イーディス・ウォートンを読む

イーディス・ウォートンを読む

大社淑子

水声社

目次

第一章　美に生きる――イーディス・ウォートンという作家

イーディス・ウォートンは、自伝的エッセイ(1)「人生と私」のなかで、こう述べている。

私はつねに目に見える世界を、多少とも調和よく構成された一連の絵のように見ていた。そして、その絵をもっと美しくしたいという願いが、私に定義できるかぎりでは、人を喜ばせたいという女性としての私の本能が取った形と言えよう。（1071）

また、真実を語らねばならないという神の基準と、「礼儀正しくして、他人の感情を傷つけてはいけない」（1074）という慣習的義務のすりあわせに苦労したという。このような二つの行動規範に苦しめられていわば慢性的な心の病に苦しんでいたとき、彼女には二つの逃避の手段があった。つまり美しいもの――綺麗な服、綺麗な絵、綺麗な風景――に対する愛着と、読書だった。さらに、美の対極としての醜さについては、次のように書いている。

私の心のなかの醜さを嫌う気持ちは、美についての感覚より早く発達したような気がする。この二つの感覚は相補的なものだから、私の意識のなかでは同時に起こったにちがいないのだが。
(1072)

このようにウォートンは生来美と醜に対する感受性が異常なほど強かったことが窺われる。つまり、物事であれ、人であれ、風景であれ、美への憧れはウォートンの心のなかに深く根ざした本能的な感覚であって、彼女は生涯この基準にしたがって生きていたように思われる。だが、それは単なる外面的な美醜の概念には留まらない。心の奥深く潜む生の衝動のようなものであって、この基準に外れると生を全うすることができないほど強力なものだった。いうなれば生の本能とか、生物的な保身の術にも通じるものであり、簡単に言えば人生観とも言えるだろう。したがって、善悪のような倫理観や、事物に対する評価、価値観をも含むものであって、人間としての生き方や芸術的な創造の面でもウォートンを突き動かす原動力になっていたように思われる。この感覚が絵画や建築、文学、演劇などを鑑賞するさいの基準となったことは言うまでもない。

以上のような観点から、本書では、この「美」という概念が、作家として、女性として、また人間としてのウォートンの人間像にどういうふうに表われているか、作品のなかにどういう形で定着しているかを、筆者なりに考察してみたい。

イーディス・ウォートンは日本ではあまり知られていないようだが、一九二一年には女性として初めて代表作『エイジ・オブ・イノセンス』によってピュリツァー賞を受賞しており、その優れた文学活動によってイェール大学から名誉博士号を授与されたほどの卓越した女性作家である。彼女が書いた作品は当時ほとんどがベストセラーとなり、彼女が相続した多額の財産と相俟って莫大な収入を得ることができた幸運な作家でもあった。

第一次大戦後は、左翼文学が台頭し、一九二九年の大恐慌を頂点とする社会的、経済的に不安な時代になったため、華やかな社交界の人間模様を描いた小説が大半を占める彼女の作品は、傑作の三冊を除いてほとんどが絶版になるという不遇の時代を迎えた。

しかし、一九七〇年代以後になるとフェミニズム文学やフェミニズム批評が盛んになり、この時代風潮に呼応してウォートン文学にこめられたフェミニズム的な思想が見直され、アメリカではウォートン・ブームが巻き起こった。彼女の全作品が復刊されたことは言うまでもなく、主な小説はほとんどが各新聞のベストセラーのリストを飾ったことは驚くには価しない。作品の映画化やTV化はもとより、ウォートンの作品をもとにした音楽が作曲されて音楽会が開催されたり、ウォートンの生活の一コマが独り芝居として演じられたりするなど、ウォートンの名前さえつけば収益があがるほどの流行になった。『イーディス・ウォートン殺人事件』というミステリーさえ出版された。これらのブームの一環として、一九九三年にマーティン・スコセッシ監督の絢爛豪華な映画『エイジ・オブ・イノセンス』が世間の話題をさらったことは記憶に新しい。

では、イーディス・ウォートンとは、どういう作家だったのか。まず、彼女の生い立ちから眺めてみよう。彼女は父ジョージ・フレデリック・ジョーンズと母ルクレシア・スティーヴンズの第三子として、一八六二年、ニューヨークの富裕な上流階級の家に生まれた。フレデリックとハリーという二人の兄がいたが、長兄は十六歳、次兄は十二歳年上だったため、いっしょに遊ぶようなことはまったくなく、彼女は一人っ子のように孤独で淋しい子供時代を送ったという。

アメリカにはヨーロッパのような貴族階級は存在しないが、この階級は金の力によって貴族とほぼ同じような生活を送ったので、金権貴族階級と呼ばれた。この階級の人々は、家族代々受け継がれてきた資産や不動産から入る収入がゆたかで、全然働く必要がなかったため、男性は体裁を整えるだけのために法律事務所や銀行に籍を置き、女性はお互いの家を訪問しあったり、ダンスパーティや晩餐会を開いて交流を深めたり、オペラや観劇に人生の目的を見いだしたりして暮らしていた。主婦の主な仕事と言えば、毎朝多数の使用人に適切な指示を与え、それが立派に遂行されるかどうか見守りさえすればよかった。晩年のウォートンについて言えば、パリ郊外と南仏に二つの家を有していたこともあって、使用人は二十二人を数えたという。

ウォートンの家系は主に船主や銀行業から始まったと言われているが、曾祖父はボストン茶党の乱に参画した傑出した軍人だった。このニューヨーク上流社会の頂点には「四百」(Four Hundred)と呼ばれる名門家族が君臨していたが、ウォートンの家族もその一員だった。したがって、何かの事業で十分な金を蓄積した新参者や成り上がりのビジネスマンたちはこの社会に憧れ、婚姻その他の理由によりどうにかしてこの社会の一員になろうと苦心するが、そういう努力が容易には実を結ばない閉鎖社会でもあった。こういう経緯はウォートンの小説に詳しく描かれているので、作品の流れとともに後に考察しよう。

しかし、この社会は財政的には恵まれ、生活の不安はまったくなかったとはいえ、ウォートンのような独立心の強い知的で文学的な女性にとっては、耐え難いほど旧態依然とした固陋で発展のない世界であり、知的な営みには全然理解を示さない不毛な社会だった。当然ながらウォートンの小説に描かれる人物たちは、さまざまな形をとって個人の欲求を圧迫し、彼らの本源的な生き方を脅かす社会と戦わねばならず、ウォートン文学の最大のテーマが社会と個人の葛藤となったことは当然かもしれない。

教育について言えば、男性は学校に行くが、女性は家で家庭教師から教育を受けるのが普通で、ウォートンもこの例に洩れず、学校教育は受けたことがない。彼女の場合、読み書きは父親から教わり、他は家庭教師から教えを受けた。そうした教師の一人がフロイライン・バールマンというドイツ人だったため、ウォートンは英語、イタリア語、フランス語に加えてドイツ語も堪能な少女となった。彼女はのちにヘルマン・ズーデルマンのドイツ語の戯曲を英訳して、『生の歓び』（*The Joy of Life*）という題でスクリブナーズ社から出版している。

ウォートンの母親は美貌とシックなドレスで有名だったというが、ニューヨーク社会の伝統と価値観を体現したような女性だったため、娘のイーディスが読書に熱中し、何やら頭のなかにあるものを書きたがっているのを心配してそれを阻止しようと紙を与えなかったので、イーディスは包み紙をもらってきては、その裏に詩や物語を書きつけたという。ウォートンの自叙伝『振り返りて』（*A Backward Glance*）によると、この地方的で因習的な社会では「ものを書く」という作家の仕事は許されざる行為であって、「魔術と肉体労働の中間」にある営みだと見做されていたという（67）。

それに加えて、母親のルクレシアは小説がよからぬ思想を吹き込むと思ったのか、自分が許可したもの以外の小説を読むことを禁じた。そのためか、ウォートンの唯一の楽しみは父の書斎で本を読むことだったから、母親に禁じられた小説ではなく、歴史や哲学、それに文学少女にしては希有なことながら科学の本を多く読んだという。のちに彼女がダーウィンの進化論に共鳴したのも、このときの経験が基になっているのかもしれない。その後、家族の友人だったエガートン・ウィンズロップの親切な助言と指導によって、彼女の読書の範囲と理解の仕方は格段に上達した。

以上のように末娘に書くことを禁じていながら、母親は彼女が書いたものを目にしてその才能に気がつき、それを新聞社や雑誌社に送った。こうした事情からウォートンの詩が活字化されたことは一種の矛盾ではあったが、幸先のよい出発点となった。

ウォートンが幼時の頃から作家としての資質を発揮していたことは、「物語を作る」という一人遊びの逸話が如実に語っている。前述したように、二人の兄は年齢が離れていたのでいっしょに遊ぶようなことはなく、彼女はいわば一人娘のようにいつも独りぼっちで、寂しく毎日を過ごしていた。そのためか才能のなせるためかはわからないが、彼女はごく幼いときから本を手に持ち、ときには逆さまに持っていたこともあったというが、いかにも本を朗読しているかのように、心に浮かんだ物語を語るというユニークな遊びを発明した。彼女はこれを「物語を作る」(making up) と呼んでいるが、彼女が生来の作家であったことをみごとに要約したエピソードであろう。たまに同年代の女の子が遊びに来ても、その子と遊ぶよりは早く「物語作り」に没頭したくていらいらしたというから、これはウォートンの本源的な欲求であったにちがいない。

のちウォートンが十七歳になったとき、母親は娘に早くふつうの女性としての道をたどらせたかったらしく、慣例より二、三年早く社交界にデビューさせた。兄たちがそうした社会で人気があったせいもあって、彼女はかなりの人気を博し、早々と婚約したが、さまざまな理由からこれは成就せず、一八八五年四月、十三歳年上のエドワード・ウォートンと結婚した。しかし、この結婚は成功したとは言えず、のちに夫のエドワード(テディ)は神経症を発症して心身ともに難しい状況になった。また、四十歳をすぎてウォートン自身が見いだしたモートン・フラートンとの本源的な愛も長続きせず、破局が近くなって憔悴していたとき、彼女は「仕事が……唯一の避難所ですし、私の存在理由なのです」(220) と相手に書き送っている。

ウォートンの最初の小説は『愛のあやまち』(*Fast and Loose*, 1877)という題の中編小説だが、これは十五歳の少女が書いた作品としては、驚くほどの才能を発揮した創作だった。みじめな結婚の罠に落ちた女主人公を描いたもので、いま読んでも立派に小説として通用するだけの構成力と文才を示している。男性の名前で発表したこの中編は、十五歳の創作にしては当然かもしれないが批評は厳しかった。その翌年、娘の文才に感動した母親がウォートンが包み紙の裏に書いた詩を『詩集』としてニューポートで自費出版した。そのうちの何編かはロングフェローの推挽を受けて、ハウエルズが主催する『アトランティック・マンスリ』の紙面を飾った。この作家としての出発にウォートンはいたく喜んだという。

この作家としての本能が最大のウォートンの特徴とするなら、第二に挙げられるのは、彼女のヨーロッパ熱、あるいは異邦人意識と呼んでもいい心情だろう。彼女が両親に連れられてヨーロッパに渡ったのは一八六六年、四歳のときだった。これは、南北戦争後、不動産の価値が下がったため、アメリカで暮らすよりヨーロッパで暮らすほうが経済的に楽だという理由から両親が行なったことで、一家はフランス、イタリア、スペインなどの国々を歴訪し、ようやく一八七二年になってニューヨークに帰ってきた。この間の六年は美についての考え方と生活の仕方について決定的な影響を彼女に及ぼすことになった。鋭い感受性と審美眼を養ったと言ってもよいだろう。次にヨーロッパに行くのは十年後の一八八二年であり、彼女の伝記作者ルイス教授によると、その後ウォートンは生涯六十回以上大西洋を横断したという。一九一一年の秋、渾身の努力をして理想通りの城に作り上げた豪邸「ザ・マウント」を売却してパリに移り住んだのちは、姪の結婚式に出席したときと、イェール大学から名誉博士号を授与されたとき以外、アメリカには戻っていない。

そのため、彼女はハーヴァード大学の教授で中世イタリアの研究で名高いチャールズ・エリオット・ノートンの娘で、生涯の親友だったサラ・ノートンに宛てて、アメリカに帰ってきたときの幻滅感を次のように書き送っている。

友人はみんなすばらしい人たちですが、私たちは誰一人本当のアメリカ人ではありません。アメリカ人のように考えたり感じたりはしないのです。私たちは、ヨーロッパの温室で育てられたみじめな異邦人なのです。(84)

この文章を読んだとき、すぐ頭に浮かんだのは、ヘンリー・ジェイムズが『ホーソーン[2]』の冒頭でリストアップした「ないないづくし」の嘆きである。彼はこう言った。

他の国々には存在するのにアメリカの生活構成には存在しない、高度な文明の細目を数え上げていけば、あとには何も残らないのに驚くだろう。ヨーロッパ的意味での国家もなければ、事実、特定の国の名前さえないのと同じだ。君主も、宮廷も、個人に対する忠誠心も、貴族も、教会も、牧師も、軍隊も、外交官も、地方のジェントルマン階級も、宮殿も、城も、荘園も、年を経た別荘も、牧師館も、萱ぶきの家も、蔦の生い茂る廃墟もない。大伽藍も、僧院も、小さなノルマン様式の教会もなければ、偉大な大学も、パブリック・スクールもない――オクスフォードも、イートンも、ハーローもない。文学もなければ、小説も、美術館も、絵画も、政治的クラブも、賭博階級――エプソム競馬も、アスコット競馬もない。　(55)

ヘンリー・ジェイムズとウォートンはほぼ同じ環境に生まれて育ち、生涯を通じて深い理解に裏づけされた親交を結んだが、感じることはほとんど同じだったと思われる。ジェイムズは後にイギリスに帰化したが、ウォートンはヨーロッパで暮らしたものの、亡くなるまでアメリカ国籍のままだった。

以上の故国に対する不満は恵まれた家庭に生まれ、贅沢に慣れた人間のわがままな述懐ではない。ヨーロッパの美的概念と生活の楽しみ方がアメリカのそれとあまりにかけ離れていたからだ。贅沢は全然知らなかった庶民中の庶民だった筆者でさえ、パリで一年間過ごしたあと、一九六四年に日本に帰国したとき、日本の街と生活環境がヨーロッパとはあまりに違うことに衝撃を受けた覚えがある。その上、あの美しかった日本橋の上に醜い高速道路が走っているのを目にしたときは、胸のふさがる思いがした。どうしてこんな無神経なことができるのか、いまだに筆者には理解することができない。

次に挙げられるのは、美術や建築やその他の芸術に対するウォートンの造詣の深さだろう。彼女は独自の芸術観を持っていたばかりでなく、個々の作品や作風にも学者的な深い知識を有していた。ウォートンの鑑識眼の鋭さ、確かさを証する一例として、彼女が自伝で語っている一つのエピソードがある。一八九四年四月にウォートンはトスカナ地方にあるサン・ヴィヴァルドの僧院を訪れた。この僧院は、フローレンスのフラ・ケルビノが十三世紀の後半に生まれたサン・ヴィヴァルド（一三二〇年没）の調査を行ない、彼が修行を行なった木の洞のあった場所に礎石を置き、のちにフラ・トマソが一連のチャペルを建設して出来上がったもので、そこにはテラコッタの群像があったという。この群像はキリストの受難を描いたもので、案内書もガイドをつとめた僧侶もともに、これを十七世紀中葉のジョヴァンニ・ゴネッリの作としていた。しかし、ウォートンはテラコッタを見た瞬間、もっと古い時代のもので、おそらくはラッビア派（The Rabbias）の作ではないかと直感した。そして、ゴネッリが関与しているのだとしたら、たぶん修復をしたのだろう、と考えた。だが、彼女はこの発見をはっきりさせたいと思い、フローレンスのカメラマン、アリナリにその写真を撮らせ、王室博物館の館長で、その方面の権威だったエンリコ・ロドルフィ教授に送って自分の意見を述べたところ、教授は彼女の主張を認めて、ゴネッリの作品ではなく十五世紀から十六世紀初めのラッビア派のものだろうという返事をくれたとのことだ。この挿話からもわかるように、ウォートンの識別眼は鋭く、的確で、専門家の域に達していたと言えよう。それだけに、彼女が描く建築や美術の解説には説得力がある。

ウォートンは前述したように、美術に対してなみなみならぬ関心と知識を有していたが、建築に関しても独自の見解を持っていた。このことは、小説家にしては珍しく、初期の詩や短編小説を除くと、第一作が建築の本であったことからも知れる。結婚後、ウォートンは自己の相続財産に加えて亡くなった従兄弟からも多額の遺産を受け継いだことにより、ニューポートの大西洋を見下ろす高台に建てられた「ランズ・エンド」と称する邸を購入した。しかし、この家の外観が醜く気に染まなかったので、新進気鋭のボストンの建築家、オグデン・コドマンに玄関までのアプローチの改造と室内装飾を依頼した。そのことから彼と建築についての意見を戦わせることになり、基本的には考え方が一致したので、これを書物にしようという計画に発展したという。しかし、二人とも無名であった上、書くことについては全くの素人であったため、ウォートンの家族の友人であり、生涯彼女の無二の親友となった法律家ウォーター・ベリに添削その他を含む多大の援助を仰いだと言われている。こうして『室内装飾』(*The Decoration of Houses*)という書物が出来上がった。

当時、分業が発達していたためか建築と室内装飾が分岐して、後者が家具商や装飾家たちが専門に扱う独立した一分野となり、いわば洋裁の一部門のようにカーテンや縁飾りやレースや造花や置物などで、ごてごてした空間を作り上げていることに対して、彼女たちは室内装飾を固有の機能に戻したいという止むにやまれぬ衝動を感じていたらしい。著者が主張したのは、室内装飾は建築の一部門でなければならないということであり、簡素、釣り合い、適合という性質を強調している。ウォートンはフランス、イタリア、イギリスなどの室内装飾の歴史から説き起こし、それをアメリカの現状と比較して、次のように述べている。

> 昔の装飾家たちが狙った効果は、主に各部分の適切な連携や調整であって、彼らの論点――建築上の調和――を抜きにしては、その方法を説明することはできない。こうした思考は、装飾するものを表面的に並べればよいという現代の室内装飾の考え方とは相容れない。(xxi)

また、独創性については次のように論じている。

> 芸術における独創性とはどういうものか？　おそらく独創的ではないものを定義したほうが簡単だろう。それは決して、さまざまな形の芸術に必要な法則として受け入れられていたものを故意に拒絶することではない。したがって、独創性というものは理屈として、必要な思想の法則を捨て去ることにあるのではなく、新しい知的概念を表現するためにそれを使うことにある。詩における独創性は、必要なリズムの法則を捨て去ることにあるのではなく、これらの法則の限界のなかで新しいリズムを作り出すことにあるのだから。(9)

室内装飾は構造上の限界と調和していなければならず（すべての装飾は構造的でなければならないという意味ではない）、この建物と全体的な装飾計画との調和、各々の詳細な装飾の調和から、建築を単なる構造物から区別するリズムが生まれるのだ。　(10)

このように、ウォートンは室内装飾は建築全体と一体化していなければならないと説き、各部屋のあり方や装飾も各部分の性質、用途、目的、使用する時間にしたがって考えなければならない、と言う。

この本は最初に室内装飾の伝統について歴史的展望を述べ、次いで各章ごとに「部屋一般」、「壁」、「ドア」、「窓」、「暖炉」、「天井と床」、「玄関」、「廊下と階段」、「応接間、私室、朝の間」、「娯楽室、舞踏室、サロン、音楽室、画廊」、「図書室、喫煙室、書斎」、「食堂」、「寝室」、「勉強室、子供部屋」、「骨董類」の各項目について詳細に論じているが、現代に当てはめても裨益するところが多い。この本を一読してわかることは、ウォートンが他に妥協しない独自で確固とした趣味の持ち主であったことだ。ときには、自分の母親の趣味に反旗を翻して持論を展開している部分もある。当時この本は好評で、当初の予想に反してよく売れたらしい。

ウォートンはこうした理論を述べるだけでなく、のちに『歓楽の家』がベストセラーになって多額の印税収入があったことも相俟って、時折訪れていたバークシャーの地方が気に入り、一九〇一年二月、マサチューセッツ州のレノックスの農地、一一三エーカー（約五千坪）を購入して、岡の上に、「マウント」という名の理論通りの美しく豪華な邸を建築した。みごとな庭園つきで、城と言っても過言ではないほどのすばらしい建築である。ウォートンは生涯いくつかの家を改築して快適な環境を作り出したが、この「マウント」だけは、すべてウォートン自身が創造した「山の上の城」だった。もちろん、設計を担当した建築家はいたわけで、最初は『室内装飾』を共同で執筆したオグデン・コドマンに依頼したが、コドマンが二十五パーセントの高額な設計料を要求したため折り合いがつかず、ホッピン・アンド・コーエン建築事務所が担当した。着工したのは一九〇一年の夏、完成したのは一九〇二年の九月だったが、ウォートンは実際この邸を愛し、多くの作品をここで執筆した。しかし、一九一〇年ごろから夫エドワードとの関係が難しくなり、彼の健康上の問題もあって、惜しいことに一九一一年にここを売却して、フランスに移り住むことになった。現在この邸は、「マウント再建委員会」が中心になって、鋭意復元中である。

「マウント」を売却したのち、ウォートンはフランスに永久的に移住することになる。最初のうち、しばらくはリュー・ド・ヴァレンヌ五三番地のヴァンダービルト家から借りたアパートに住んでいたが、やがて一九一九年、パリの北十マイルのところに位置するサン・ブリス・スー・フォレの村に元修道院だった建築物を購入して修復し、ここを「パビヨン・コロンブ」と名づりて、気候のよい時期にはここに住み、冬はリビエラで過ごした。すなわち、南仏イエールの岡の上の古い城を購入して「サン・クレール」と名づけて、十二月から六月までをそこで過ごし、その他の時期は「パビヨン・コロンブ」で過ごした。このイエールの城がどんなに彼女の気に入っていたかは、この古い城が売りに出されているのを知ったとき、ウォートンがローヤル・タイラーに向かって「私は背骨までわくわくしているの……ついにぴったり気の合う人と結婚することになったような気がするから」(Lee 543) と言ったという事実からも知れる。スコット・マーシャルはこの件に触れて、「これらの家は夫の代わりの位置を占めるようになった、ということをウォートンの言葉は示唆している。各々の家は、テディ・ウォートンや恋人のマートン・フラートンが与え得なかったもの、すなわち秩序、静謐、安定、些細な義務からの自由を与えたのだ。著作を続けるなら、そういうものが必要だと彼女は考えたのだろう」(14) と述べている。

ウォートンはまた建築と同様、造園に対しても大きな関心を抱き、自分でも園芸に凝っていたように思われる。「マウント」の庭は広大で美しく、ヨーロッパの城や別荘の庭園に比しても遜色のないものだが、その大半をウォートンは自分で設計した。たとえば、西には季節によって色とりどりの花が彩る四角の「赤い庭」を配し、東には池やイルカの噴水が中心に置かれた落ち着いた感じの「壁の庭」があり、両者の間に長い菩提樹の並木に縁取りされた砂利の散歩道が続くといったような形で、いつまで見ても飽きないほどの魅力がある。興味深いことに、彼女は一九一一年、秘密の恋人だったモートン・フラートンに宛てて、次のように書き送っている。

私は明らかに、小説家としてより庭園師としての方がずっと優秀なのです。ここの庭はどの並

びを取ってもすべて私自身が作り出したもので、『歓楽の家』をはるかに凌いでいます。(242)

前述したように「マウント」を売却して、ヨーロッパに移り住んだのち、パリ郊外とリヴィエラにウォートンらしいみごとな生活環境を作り上げたが、この両者においても庭は建物に匹敵するほど重要な要素となっていた。彼女はつねに数人の庭師を雇い入れてはいたものの、その設計や監督に多大の精力と時間とを費やしている。

当時の庭園についての雑誌に載ったある造園術の専門家によれば、ウォートンの庭は次のようなものだったという。「百聞は一見に如かず」だが、その雰囲気は出ているのではないだろうか。

庭を作るに当たってウォートンは、彼女の小説をあれほど人気の高いものにしたエネルギーと直情のありったけを注ぎこんだ。岡の斜面に発破をかけてテラスを維持するための壁を作り、すばらしいパーゴラを作って、それをツルバラで覆った。また、散歩道にオレンジの並木を植え、糸杉の木々をムーア式のアーチになるよう刈り込んだ。この大胆な設計の自然な背景として、オリーヴの木々と竜舌蘭が植わっている。ウォートンは長くてまっすぐな幅の狭い散歩道の縁取りとしてオレンジ・フリージアを植え、サボテンと多汁組織植物の大々的なコレクションをしている。(Lee 557)

ついでに言うと、一九二八年にここを訪れた『カントリ・ライフ』の編集者の意見では、「このコレクションは、モンテカルロの境界沿いにあるモナコ王子の著名なコレクションより完璧だと言われていた」(Lee 557) とのことだ。

それだけに、一九二八年の冬、はげしい冬の嵐が吹き荒んだあと、ひどい霜害に襲われて、サンクレールの庭の大半が壊滅に近い状況になったとき、ウォートンは落胆のあまりインフルエンザの高熱で苦しみ、心臓病と喉の疾患を引き起こして臥床しなければならなくなった。生涯の伴侶とも言うべき親友のウォーター・ベリが前年の秋に亡くなったことも響いているのかもしれないが、彼女の傷心ぶりは十分に理解できよう。

庭園作りと同じほどウォートンが情熱を注いだものに、旅行がある。彼女は生涯を通じて無類の旅行好きだった。前述したように、幼少の頃からヨーロッパを遍歴したことも影響しているのかもしれないが、旅はウォートンにとって必要不可欠な人生の営為だった。一八八五年に結婚したエドワード(テディ)・ウォートンは知的ならびに文学的面ではよい伴侶とは言えなかったが、スポーツマンで、旅行については両者の傾向と好みに大きな違いはなかったように思われる。結婚後の数年の間、夫妻は毎年六月から一月まではニューポートかニューヨークで過ごし、二月から六月まではヨーロッパ旅行をして過ごすのが慣わしだったらしい。結婚して三年目に、夫妻はエーゲ海をめぐる貸し切りのヨット旅行に誘われたが、そのためには一年分の年収ほどの費用がかかるので逡巡し、家族は反対したという。しかし、旅への情熱のほうが勝って後の生計のことは考えずに一八八八年二月十五日から約四カ月のクルーズに出発し、得難い歓びの経験を満喫した。ところが、幸運なことに、帰国したときには父親の従兄弟からの遺産が入って、十分な資産家になっていたという逸話がある。

このほか、ウォートンはイタリアが好きで何度となくイタリアの地を訪れている。イタリアについては『イタリアの庭と別荘』『イタリアの背景』という二冊の著書があり、フランスについては『フランス自動車旅行』ならびに『フランス風とその意味』というノンフィクションがある。それらについては別の章で考察しよう。

また、第一次大戦中に前線を視察した模様を記したドキュメントや小説があり、晩年モロッコの総督、ルイ・ユベール・リオテの招待で、ハレムの内情や、常人には見ることが許されないような部分まで見学した一部始終を語る『モロッコ』など、卓越した旅行記は多い。

しかし、彼女の旅は普通の観光客が行なう旅とは違う。旅行についての知識の大部分は読書から吸収したもので、歴史についての十分な知識と、文学的情熱に裏づけされていた。ウォートンは普通の旅行案内書に頼らず、むしろそれらを無視して、ふだん人々の訪れないような辺鄙だが興味深い箇所をめぐった。いわば研究者の「情熱の巡礼」とも言える。最初のうちはロバやラバの背中に揺られて人里離れた場所を訪れていたが、イタリアの領事に招かれての自動車の旅に味を占めたらしく、一九〇二年の当時としては珍しく贅沢な交通手段だった自動車を購入し、専属の運転手を雇い入れて、その後はヨーロッパでもアメリカでもたいていの場所は自動車で旅行した。

もう一つ、ウォートンが人生最大の生きがいの一つと考えたものは、「よい会話を」楽しむことだった。彼女は社交界の大御所ではあったが、普通の意味での社交界の交際を楽しむことはできなかった。知的にも文学的や芸術的にも話の通じる友人たちとの会話を切望し、やがてはヘンリー・ジェイムズを初めとする知識人たちの内的サークルとも呼べるものを作り上げて、彼らとの交遊を楽しんだ。たとえば「マウント」などの邸に彼らを招待し、午前中は執筆、午後は散歩や方々の訪問を楽しみ、晩餐のあとはウォートンの新作や他の文学作品などの一部を朗読したり、さまざまな問題についての議論をしたりして大いに人生を謳歌した。このグループのメンバーと言える人々には、次のような錚々たる文人たちがいた。ハーヴァード大学の教授で中世イタリア芸術の権威、チャールズ・エリオット・ノートン、ハワード・スタージェス、ウォートンの生涯の親友で法律家のウォーター・ベリ、のちに『イーディス・ウォートンの肖像』を書いたパーシー・ラボック、風景画家のロバート・ノートン、ジョン・ヒュー・スミス、ガイラード・ラプスリー、ルネサンス芸術についての批評家のバーナード・ベレンソン、フランスの著名な文学者ポール・ブールジェなど。ウォートンには女性の友人や知人は大勢いたが、ふしぎなことに「ウォートンの内的グループ」と呼ばれる知識人や文人たちは大部分が男性だけである。こうしたすばらしい友人たちと人生の大部分をすごすことが出来たウォートンは、真の意味で恵まれた幸運な女性と言ってもいいだろう。

第二章　憧れの国イタリア

『イタリアの庭と別荘』（*Italian Villas and Their Gardens*, 1904）
『イタリアの背景』（*Italian Backgrounds*, 1905）
『決断の谷』（*The Valley of Decision*, 1902）

イギリスの著名な風景画家ターナーの絵が、イタリアを訪れてからは光を得て見違えるように美しくなったように、ウォートンにとってもイタリアは最初から憧れの国だった。彼女は一八九五年、ミラノから『室内装飾』の共著者オグデン・コドマンに宛てて次のように書き送っている。

私は年を取れば取るほど、どこよりもイタリアに住みたい気持ちがつのってきます――大気そのものが建築でいっぱいですし――いたるところに繊細で美しい「線」があります。ここに比べると、他のすべてのものがひどく粗野で月並みに見えてくるのです……ああ、ここに勝るところはありません。ここを去らねばならないときはいつも、胸が張り裂ける思いがします。

(Dwight 69)

このイタリアへの思いとは裏腹に、彼女はアメリカに帰るたびに幻滅を感じてみじめになったらしい。彼女がアメリカでの自分を「みじめな異邦人」と呼んだことは前章に述べた。この言葉から明らかなように、彼女の趣味を満足させてくれるもの、彼女の考え方や感じ方に同調するものはヨーロッパ、そしてイタリアにしかなかった。しかしヘンリー・ジェイムズが忠告し、彼女がそれにしたがって、のちにアメリカ、とくに彼女が生まれ育ったニューヨークの上流社会を描いたとき、最も優れたウォートン文学が生まれたことを思えば、文学の皮肉と言わざるをえない。では、イタリアのどういう点が気に入ったのか。

非常に視覚的で、美術や建築に詳しいウォートンにとって、イタリアの魅力とは建築や絵画であり、そうした視覚芸術と一体化した美しい景色、陽光の輝き、そして人生を楽しむ素朴な人々の生き方だったのだろう。このようなウォートンが感じとったイタリアの魅力を彼女の紀行文や文化論、ならびに小説の観点から考えてみたい。

前の章で言及した最初の著作『室内装飾』の本は好評で、予想外によく売れたらしい。この本と、あとで触れる長編小説『決断の谷』が成功したため、『センチュリー』誌がとくにウォートンにイタリアについての紀行文を依頼し、その結果が『イタリアの庭と別荘』ならびに『イタリアの背景』という二冊の紀行文学に結実した。ウォートンは子供のとき以来何度もイタリアを訪れているが、『センチュリー』誌の原稿を書くため、一九〇三年、わざわざ夫とともにイタリアを再訪している。この時代、旅行記がよく読まれ、とくに旅行記は女性作家が書くのにふさわしいジャンルだと考えられていた。また、ジェイムズも、大作家のハウエルズも旅行記を書いており、旅行記の執筆は一種の栄誉ある企てだと評価されていたようだ。ついでに言うと、ウォートンに文学上多大の影響を及ぼしたポール・ブールジェも『イタリアの感覚』(*Sensation d'Italie*)という書物を発表している。

『イタリアの庭と別荘』、『イタリアの背景』

『イタリアの庭と別荘』のなかで、ウォートンは独自の庭園論を展開している。つまり、庭園というと人々はすぐ草花を思い浮かべるが、庭は花卉《かき》園芸とは違う、庭は花のために存在しているのではなく、花はのちに庭に付加された付属物にすぎない、と彼女は言う。そして、イタリアの庭の三つの要素として大理石と、水と、常緑を挙げている。言い換えれば、剪定された緑の木々と石組みが中心だと言うのだ。これは、イタリアは暑くて乾燥しているので、春の花しか栽培できないという条件のせいかもしれない。

また、庭は家と風景との関係で考えねばならないとウォートンは説く。イタリア、とくに中央と南部イタリアのカントリーハウスは岡の上に立っているが、こういう形式は家のテラスから庭を眺め、その延長線上に庭を取り巻く遠景を視野に入れた構想になっていて、自然と芸術がみごとに融合していると言う。彼女が日本の庭や借景を見たら何と言ったかは興味ある問題だが、彼女の代表作の主人公、ニューランド・アーチャーは日本へ行きたいとは言うものの、残念ながらウォートンは日本を訪れたことはない。

また、造園家の三つの課題として、庭は（一）家の建築の線に順応していなければならない、（二）そこに住む人の要求に適合しなければならない、（三）風景との和合を考えなければならない、と言う。さらに、イタリアの庭は住むものであって、生活と密接に関連していると述べ、当然のことながら、イタリアの庭から学ぶつもりなら、イタリアの精神から学ばねばならないと言っている。首肯するに値する理論であろう。

ウォートンの紀行文の特徴は、四点ある。（一）は彼女が取り上げている建築物や庭園はすべて、彼女自身が訪れた直接的経験の成果だということだ。『イタリアの庭と別荘』は、「フローレンス」、「シエナ」、「ローマ」、「ローマ近郊」、「ジェノア」、「ロンバルディア」、「ヴェニス」の各地方に分けて、それぞれの地方の建築ないし庭園の特質を述べたあと、個々の庭を論じるという形になっている。ここでウォートンが取り上げた庭は八十を下らない。イタリアに心酔している人間にして初めて実行できる壮挙であろう。

（二）は、普通の観光客が訪れない鄙びた由緒ある場所をしばしば訪れている点、ガイドブックや他の案内書とは一線を画し、ユニークで斬新な見方を示している点である。たとえば「ミラノには見るべきものがほとんどない」という俗説とは逆に、ミラノがいかに絵画的美しさに満ちているかを詳述するし、ローマはバロックの都だと言い切っている。

（三）は、前章で述べたように、対象物についての研究を怠らず、該博な知識をもとにして鋭い観察眼と鑑賞力を発揮している点である。サン・ヴィヴァルド僧院の挿話からも明らかなように、ウォートンの識別眼は鋭く、的確で、専門家の域に達していたと言えよう。それだけに、彼女が描く建築や美術の解説には説得力がある。

（四）は、ウォートンの紀行文は単なる旅行記ではなく、一種の文化論になっていることだ。たとえば『イタリアの背景』のなかで彼女は、ルネサンス初期のイタリアの宗教画には互いに関係のない二つの部分、すなわち前景と遠景があると述べている。前景は慣習的なもので、すべての細部が当時の慣習によって前もって定められているので、画家はしきたり通りに描くことしかできない。たとえば、人物は聖人、天使、聖家族などと決まっていて、同種の長い系列の上の直接的後裔にすぎず、彼らの身のこなしや服装は定則通りに描かねばならない。だが、遠景のほうは画家が自由に個性を発揮することのできる部分であって、彼らはそこに自分たち自身の直接的な観察の結果を描きこんでいる、だから遠景こそ真の絵画なのだ、とウォートンは述べている。したがって、遠景を見れば十五世紀のヴェニスやフローレンスやペルージアでは何が起こっているのかわかるのだ、とも言う。

そして、イタリアを知るのも絵画と同じで、この国も二つの部分、すなわち前景と遠景に分かれているると言い、前景とはガイドブックが語る内容とその産物であり、機械的に観光客が見るもの、遠景は時間をかけてイタリアを知ろうとする逍遥者、夢見る人、真剣にイタリアを理解し学ぼうとする研究者が見るものだと言う。別の言い方をすれば、イタリアの各都市にはそれぞれのパースペクティヴがあって、第一段階は急ぎの旅行者のもの、第二段階は三日以上滞在できる「幸せな少数者」、そのあとに続く際限のない地平線は、芸術を時間で計ることをしない閑人のためのものだと考えているようだ。

また、遠景は、ある場合にはガイドブックがざっと見ろとか、見なくていいというものから成り立っており、他の場合にはガイドブックの反対物から成り立っている、と言う。しかし、これは両者の価値を云々しているのではなく、中景を楽しむには前景を十分理解していなければならず、イタリアを知るには近道はないのだと述べている。非常に興味深い文化論であり、イタリアのみならず他の国々にも応用することができるように思われるが、ウォートンが執筆の目的としているのはこの遠景の描写ではなかろうか。

『決断の谷』

一九〇二年、ウォートンが四十歳のときに発表されたこの長編小説は、彼女の長編小説第一作に当たる。第一作だけにウォートンの特徴がはっきりと表れている作品でもある。

上下二巻、合計六七六ページに及ぶこの大作は、長年にわたるウォートンのイタリアに対する愛がみごとに結晶化したものだった。これは、ピアヌーラという架空の小公国を舞台にした十八世紀末の歴史小説であって、イタリアの歴史、社会、政治のさまざまな姿が詳細に描きこまれている。これだけの大作を上梓するには多大な努力と調査を要することは当然だが、ウォートン自身はその苦労を否定している。彼女は自伝『振り返りて』のなかで次のように述べている。

私はしばしば『谷』を書く前に何カ月もかけて一生懸命調査研究を続けたのではないかと訊かれる。だが、私は一生の間、一生懸命調査研究したことはない。そして『谷』を書き始めたときにはすでに、その仕方を学ぶには遅すぎた。私がそう言うと、いつも礼儀正しい不信の眼を向けられたものだ。おびただしい細部――風景、建築、古い家具、十八世紀の肖像画、現代の旅行記や日記のゴシップ――が徐々に、私の毛穴に入りこんで吸収されるさまを説明するのは、いつも難しいというのが本当のところだろう。(128)

謙遜と衒いと気取りが渾然一体となった興味深い文章だが、ウォートンが研究者ではなく創作家であることを示した一節かもしれない。

いずれにせよ、ウォートンは長い間イタリアを主題にした小説を書きたいと考えていたらしいが、実際に集中してこの作品に取り組み始めたのは一九〇〇年頃からであって、実際には当時の歴史、回想録、旅行記の類を丹念に調べ、レノックスの図書館に通ってノートを取り、本物の学者らしい調査をしたらしい。そして、図書館や書店では手に入らない絶版物に関しては、友人でイタリア史の専門家チャールズ・エリオット・ノートン教授が蔵書の一部を貸し与え、適切な助言をした結果、この本が完成したという。また、ウォートンはスタンダールの『パルムの僧院』に負うところが大きかったが、時代から言うと、ウォートンの小説が終わった時点、つまりナポレオンのイタリア侵攻の時点から後者の小説が始まる。

ウォートンは作品の意図について、一九〇二年二月十三日、サラ・ノートンに宛てて次のように書き送っている。

私はこの本を、社会の一面を描くもので、二人の個人的な身の上話にするつもりはありませんでした。フルヴィアとオドは、大きなパノラマの断片が映し出される姿見の一部にしかすぎません。しかし、この本の本当の弱点は、事実を物語の一般的雰囲気に十分融合させなかったため、あちこちで事実が突き出て読者と衝突することなのだと思います。

たしかにウォートンの言う通り、ナポリの啓蒙的なサロンやイリュミナティの陰謀などさまざまな政治的社会的事件の詳細が語られているし、主人公が遍歴するイタリアの小都市の状況、道中の風景などが細かく描写されているが、文章は美しく、描写自体は十分楽しめるものの、ときどき旅行記を読んでいる感じがしなくもない。また、バルザックを読むとき、細部の描写の多さに辟易するように、ときどき退屈させられることがあるのは否めない。しかし、第一作であることを考えるとウォートンの小説作法のうまさには舌を巻く。ついでに言えば、当時のジェズイット派の支配、ドミニコ派、フランチェスコ派、ベネディクト派などが複雑に絡み合った構図、相互の抗争などは、おまけの楽しみかもしれない。

この歴史小説の主人公はオド・ヴァルセッカ。物語の冒頭では、まだ九歳の少年である。彼は小公国ピアヌーラの君主である公爵の従弟だが、ポンテソルドの、ある農夫の家に里子に出されている。そこはピアヌーラ公爵の古い砦式マナーハウスだが、農家として使われているためチャペルがあった。オドはいつもボロをまとい、里親からはがみがみどなられ、食物はまずく、人生はつらいものだと考えている。それで、淋しくみじめになると、チャペルに入っては独りでじっとアッシジの聖者の顔を眺めてささやかな慰めを得ることしかできなかった。

ところが、ある日、父が亡くなったため、ピアヌーラの宮廷に住む母親のドナ・ローラから呼び戻され、彼の数奇な運命が始まる。

やがて母は再婚するが、彼は宮廷を探険したり、母方の祖父の領地ドナッツに送られ、祖父から騎士の教育を受けたりする。やがて、トリノの大学に入って九年間をトリノで過ごす。このとき進歩的な思想を持ってはいるがシニカルな青年、アルフィエリと知り合い、彼の紹介で自由思想家たちの集会に出席するようになる。彼にいちばん大きな影響を与えたのは元トリノ大学の教授、ヴィヴァルディとその娘フルヴィアで、オドは彼らからフランスの啓蒙思想やリベラリズム、現代科学の研究法などを教えられ、新しい思想を武器にして、農民たちの地位の向上をはかることはできないものかと考えはじめる。しかし、当時のイタリアはスパイの時代で、オド自身は気づかなかったが、推定王位相続者である彼にはつねに尾行がつき、彼の行為は逐一宮廷に報告されていた。また、この時代、聖職者が国を動かしていたので自由思想や啓蒙主義は危険思想だとみなされていた。そのためオドは無思慮な行為により、誰よりも尊敬するヴィヴァルディ父娘の自由と生命を陥れる結果になる。

やがて彼は君主の公爵からピアヌーラへ帰れという命令を受け、トリノからヴェルチェリへ行く途中、馬車がこわれて立往生しているヴィヴァルディ父娘を見いだし、国境を越えて彼らを逃亡させる手伝いをしようと申し出る。ところが、その夜、彼は芝居に招かれ、そこで少年のとき初めてキスをした女優に再会して語り明かしたため、寝過ごし、ヴィヴァルディ父娘を見失ってしまう。

後悔先に立たず、オドはピアヌーラで再びリベラリストたちとの会合を重ねながらフルヴィアの身を案じることしかできないが、あるとき、君主の妻の公爵夫人から危険が迫っているから、すぐピアヌーラを脱出しろとの忠告を受ける。宮廷での不祥事件と検挙騒ぎの合間にあやういところを小舟で脱出したオドは、公爵夫人の叔父に当たるモンテ・アローロ公爵の領地に身を寄せ、公爵の言いつけで美術品の蒐集をしたり、彼の名代でナポリの啓蒙的なサロンの雰囲気を楽しんだりする。

その後、ジェノアからヴェニスに遊び、友人たちにそそのかされた結果、仮面をつけて修道女との逢引きに出かけるが、同伴者の修道女の仮面とフードが剥ぎ取られたとき、それがフルヴィアであることがわかって驚く。国を追われたフルヴィアと教授は友人を頼って各地を転々としていたが、ついに教授はパヴィアで亡き人となった。フルヴィアは父が残したわずかな貯えを父の遺作『文明の起源』の出版に当てるつもりで努力した結果、アムステルダムで出版の間際まで行きながら、危険思想だという理由で取り消され、金と原稿の両方を失った。仕方なくトレヴィソの伯母の許に身を寄せたが、伯母の死後、無一文でヴェニスの貴族の従兄弟を頼ってここへ来たところ、彼の家族が居候をきらって彼女を修道院に入れてしまったのだという。宗教に対して批判的なフルヴィアはどうにかして修道院を脱出したいと念願していた。仲間の修道女のデイトのお伴をしたのも逃亡の糸口が見つかるかもしれないという望みがあったからだと、彼女は話す。

こうした経緯を聞いたオドは何とかして彼女の希望を叶えてやりたいと、日夜計画を練る。紆余曲折の結果、どうにかフルヴィアを連れ出すことができたが、国境まであと一日というとき、二人は公爵からの使者に遭遇する。使者は、オドが摂政に任命されたので至急ピアヌーラに帰れとの君主からの命令を携えていた。しかし、オドは王位継承権を捨てるから、自分と結婚してくれ、そうして父君が教えてくれた大義のためにいっしょに働こうとフルヴィアに提案する。だがフルヴィアは、個人としてより施政者のほうが国民に尽くす可能性は大きくなるではないか、オドは玉座から、自分は市井の端から共に自由のために尽力するよう召命されたのだから、直ちに故国へ出発しろと強硬に主張する。公爵からの使者はすでに、フルヴィアのパスポートと、無期限でイタリアを離れてよいという教会からの許可証を携えていた。こういうふうに説得されて、オドは最愛の女性と別れてピアヌーラに帰っていく。

ピアヌーラに到着したとき、公爵はすでに亡く、虚弱児だった息子も相次いで亡くなり、オドは摂政の座に就く暇もなく、ピアヌーラの君主となる。心にはフルヴィアが住み続けていたが、モンテ・アローロ公爵が亡くなったため、彼の広大な領地をピアヌーラに合併するには元君主の未亡人と結婚するしかないと政府から要請されて、オドはマリア・クレメンティナと結婚する。

やがて、迫害と追放の瀬戸際に追い詰められたフルヴィアがオドの保護を求めてきたことから、フルヴィアは彼の愛人となり、彼の相談役として進歩的な政策を推進する。こうしてオドとフルヴィアは、国民の福祉を目的とする施策を実施するには、貴族と聖職者の特権を制限する憲法を公布するのが基本になると考え、周囲の反対を押し切って憲法の制定に努力する。しかし、公布間近になって、オドの心にはこれが本当に国民のためになるのかという疑問が萌しはじめるのだ。もちろん、フルヴィアはオドの逡巡を弱気だと非難し、ふしぎなことにこれまで反対してきた政府内の要人たちが賛成に回ったこともあって、オドは公布に踏み切るが、聖職者や反対派の扇動に乗った一般大衆は憲法の発布を喜ばず、冒涜だ、無神論だ、危険思想だなどと叫んで、暴動を起こす。

オドの誕生日で憲法発布の日、ピアヌーラ大学ではフルヴィアに対する名誉博士号の授与式が行なわれ、オドも参列したところ、広場に押し寄せた群衆が憲法反対を叫んでオドに対して投石する。

怒った近衛兵からの発砲があったためか、群衆も激昂して、そのうちの一人がオドの傍らに立ったフルヴィアを狙撃。彼女は死ぬ。彼女の死で群衆の興奮もやや醒めた折り、裏口から逃げろという側近の忠告を無視して、オドは騎兵隊長の馬を借り、堂々と正面から宮殿に帰っていく。

しかし、憲法の実施は見送ったものの、オドは病に臥し、生きる気力も政治に対する情熱も失って、形而上学的な推論をひねって毎日を送ることしかできない。宮廷は昔通り腐敗したまま、何一つ変わらない。そして、オドは静かに、決然と抑圧政策を取るようになった。やがて、宿命の日が来た。ある朝、砦も政府も人民の手に奪われ、オドは最後通牒を突き付けられる。すなわち、人民は新しい憲法の発布と、フランスが侵攻してきたとき抵抗しないという保障を要求していた。オドは考える暇がほしいと言い、公爵夫人の部屋を訪れて即刻オーストリアへ逃れるよう説得したあと、要求に対する無条件の拒否を通告する。そして、夜が明ける前に宮殿を出、亡命者としてピエモンテに向け、独りさびしく馬を駆る。荒野を風がわたるような身に沁みる結末である。

『決断の谷』は以上のような物語だが、ウォートンが描きたかったのは、施政者としてのオドの人物像と、彼の施策が失敗せざるをえなかった要因だろう。前述のように、ウォートンは個人のロマンスより社会の一面を描きたかったと言っているが、両者は微妙に響きあっていて、オドがいなければ作者が意図したような社会の一面は描けなかったにちがいない。オドは歴史上の人物というよりは、ウォートン文学の典型に近い。おそらくオドは実在の人物をモデルにしたのではなく、作者の想像力の産物だろう。これが本物の歴史小説ではないことは、ピアヌーラという架空の公国を作り出したことからも知れる。その証拠に、オドはのちのウォートン文学の主人公と共通する性格を多分に有している。

まず、彼の二面性が挙げられる。ちょうど『エイジ・オブ・イノセンス』の主人公ニューランド・アーチャーが知的、芸術的風土を求め、ニューヨーク上流社会の一員でありながら、この社会の偽善性と非人間性を批判したように、オドは農民の悲惨な生活を親しく知っているので、貴族や聖職者との落差に怒りを押さえることができない。そして、農民を悲惨な生活から救い出し、彼らの地位向上に尽くそうという熱い心を抱きながら、同時に、贅沢でゆたかな生活の誘惑にも抵抗することができないし、権力の魅力をも承知している。また、人間の可能性を信じ、無神論に近い新思想の魅力に捉えられながら、同時に聖堂にひざまずき、聖フランシスコのような生涯を送りたいと願わずにはいられない。新しい未来に希望をかけながら、過去の遺産を学び、過去に対する郷愁を断ち切ることもできないのだ。

次に、結婚したオドは、妻に自分の仕事を理解してもらい、出来得ればいっしょに重荷を背負ってほしいと思い、マリア・クレメンティナに向かって懸命に仕事の内容を説明するが、公爵夫人は聞く耳を持たず、夫の願いにしたがう意志もなく、まして経費の切り詰めには頑として反対する。この点は、『木の実』のなかで、アムハーストが工場の改善策を妻のベッシーに説明するが、目先の具体的な事例だけを見て思想や全体像を見る能力を持たない彼女は、同情の素振りは見せても心では頑固に反対するさまを思い出させる。

さらに、純粋すぎ、誇りが高すぎて、オドが醜い権謀術策の世界に入っていけない点も、ウォートンの他の人物に共通している。そして、行動の基盤には深い倫理性と廉潔心がある。また、オドが積極的な政治活動をするよりは瞑想のほうが適している点もウォートン文学の典型と言えようか。オドは作者に似て、建築や美術を愛好する非常に視覚的な人間として描かれており、庭園に対してもなみなみならぬ関心を抱く。

では、なぜオドの施策は失敗せざるをえなかったのか。

まず、時代がある。ヴィヴァルディ教授によると、当時は啓蒙や知識が罪になる不幸な時代だった。彼は言う。

悲しいことに、私たちは啓蒙を求めるのが道徳的罪になり、それを他人に伝えるのが政治的犯罪になる時代に、住んでいるのです。私はとうの昔から、同胞の生活環境を改善しようとする試みは、どんなものであれ、入獄か逃亡に終わらねばならないということを予見していました。(191)

その上、権謀術策が渦巻く腐敗した社会だった。スパイの時代とは、同僚、友人、教師、使用人のいずれも信用できないということだ。オドは家庭教師兼侍従であり、秘書の役も果たすいちばん身近なキャスタプレストからたえず見張られ、監視されていた。また、権謀術策については、マリア・クレメンティナの恋人で、オドの許では首相をつとめたトレスコッレ伯爵がその好例だろう。彼はオドが自由主義者の集会に足繁く出かけていくのを知ると、危険思想への接近が彼の失脚を招くと計算して、いかにもリベラリストのシンパらしく同情的な言動を見せ、首相として憲法の制定に最初は反対していたが、聖職者に扇動された民衆の怒りがオドの退位に繋がると見るや、リベラルと結託して憲法の公布賛成にまわり、当日暴動が起こると予想するや、体の不調を理由に式典や閣議を欠席する。

失政の最大の要因は、オドとフルヴィアの理想主義かもしれない。つまり、彼の自由主義は頭の中だけの純粋な理想であったため、現実からこっぴどく裏切られるからだ。政治は思想ではなく、実践である。彼は現実から出発する代わりに、高踏的な思想から出発した。だから、啓蒙的な思想はあっても、それを支える実務的な農業政策や経済政策はないに等しかった。ピアヌーラを視察にきた旅行者が述べているように、彼は広大な土地に蕪を植える代わりに高価な異国の植物を植えていたのだった。農民を悲惨な生活環境から救い出そうと考えながら、具体策を練る代わりに、まず憲法を制定しようという発想に固執したことが空疎な理想主義を象徴していよう。

彼の相談役だったフルヴィアに関して言えば、彼女はオド以上に純粋で、一途で、理論的にすぎた。オドは教会と国家の権力を定義する憲法作りに没頭していたとき、自分が心血を注いできた思想に対する懐疑の念が徐々に心に萌してくるのを覚える。ところが、フルヴィアにとって、思想とは排斥されるか、原則に作り替えられるかどちらかだった。彼女は誤謬と教義の間の中間的な段階を認めず、ひたむきに目的に向かって邁進し、信念の基礎をなすものの変化を許さなかった。しかし、オドにとって思想とは、心のなかに貯えられて、行動の刺戟剤となるよりは人々に対する批評としての役を果たすものだった。そして、彼はいま憲法を公布するのが果たしていいのかどうか疑問に思い、聖職者の権利を削減する改革をするには聖職者自身の協力が必要だと説くが、フルヴィアはオドの論理を理解せず、彼の心が揺らいでいるのを非難する。つまり、オドが大火を見ているところに、フルヴィアは日の出を見ていたのだった。結局、オドの逡巡は正しかったが、オドはフルヴィアの熱情に負けてしまうのだ。その結果、オドは傷つき、地獄の苦しみを経験する。

ここで、かつてのチャプレンの予言が生きてくる。十二歳の少年だったオドが母方の祖父、ドナツ侯爵の城に滞在していた時代、チャプレンのドン・ゲルヴァソが彼の家庭教師の役割を果たしていたが、オドがトリノの大学に向けて出発するとき、次のような餞の言葉を贈る。

このことを覚えておいてもらいたい。この威厳ある地位がおまえのものになるとしたら、それは歓びとしてよりも、むしろ大災厄としてやってくるかもしれないということだ。……だから、おまえのために私が主に祈るのは、おまえがこの高み（ピアヌーラの玉座）に登るとしたら、そのような昇任がおまえを塵のなかに突っ込む瞬間になるかもしれないからだ。（75）

オドは若すぎてこの言葉の意味をはっきり理解することはできなかったが、その言葉は彼の心に灼きつき、のちに火のような意味を帯びて立ち返ってくる。統治とは万人が望む栄光の座ではなく、塵のなかに這いつくばるほどの苦しい難行だということだ。しかし、この苦しさを知るのは、オドのような心の清い廉潔漢だけかもしれない。ウォートンはすでに統治の何たるかを認識しており、それをここで描きたかったのだろう。結局、この作品でウォートンが強調しているのは、イタリアの民衆の信仰の強さと教会の支配力の強さ、そして両者が表面下で、つまり内的、精神的な面でしっかり結びついているさまかもしれない。また、フランス革命に対するオドの評価、すなわち新しい原則は彼がこれまでそのために努力してきたものではなかったという認識は、作者自身のものとも言えよう。

何よりもオドが看過していたものは、民衆=農民たちの信仰の厚さだった。ドン・ゲルヴァソがかつて彼に「人々からキリストを取り上げるとしたら、代わりに何を与えるのかね」（II-242）と反問したように、二千年かけてイタリアの民衆のなかに浸透し、根を張ってきたキリスト教は骨がらみの現実だった。だから、フルヴィアの死と民衆の暴動のあと、精神の支えを失って病臥していたオドをいち早く見舞って、ジェズイット僧のド・クルーシスは、次ぎのように説く。

キリスト教が最も強く主張しているのは、これまで人間が作り出したどんな制度にもましてお互いに対する人間関係の問題をずっと解決しやすくしたということです。結局、これがカトリック教会が持つ活力の秘密の原理なのですよ。教会は、哲学者たちが人類に物質的な平等を与えようと考えるよりずっと前に、人類に精神的な平等の憲章を与えていたのです。（II-294）

このオドの悲劇によって、ウォートンはイタリアの政治と民衆の関係についての遠景を描こうとしたのではないだろうか。作者は「私の知るかぎり、文学やその周辺のジャンルはイタリアのこの時代にはほとんど触れていない」と言っている。この点でも『決断の谷』は遠景としての資格を備えている。遠景の描き方としても成功した作品だと筆者は考える。

第三章　敗北の勝利

『歓楽の家』(*The House of Mirth*, 1905)

ヘンリー・ジェイムズは一九〇二年八月十七日の手紙のなかで、ウォートンの『決断の谷』を「文学的見地から見て、考え抜かれ、細心に研究され、興味深く、才気に溢れており、洗練された作品だ」と賞賛したあと、彼女に対する自分なりの忠告としては「ニューヨークを描きなさい」と言いたいと述べた。ウォートンの長編小説第二作『歓楽の家』がこの忠告を入れたものか作者自身の衝迫によるものかは、はっきりしないが、いずれにしても、この第二作は、ウォートンがそのなかで生まれ育ったがゆえに、どこよりも詳らかに知っている世界、すなわちニューヨークの上流社会を描いた作品である。

ちなみに、ウォートンは『決断の谷』を出版する前に短編小説集を二冊、すなわち『より高き志向』（*The Greater Inclination*, 1899）と『難局』（*Crucial Instances*, 1901）ならびに中編小説『試金石』（*The Touchstone*, 1900）を、『決断の谷』以後は、中編小説『サンクチュアリ』（*Sanctuary*, 1903）と短編小説集『転落、他』（*The Descent of Man, and Other Stories*, 1904）を出版しているので、小説家としての修練はかなり積んでいたと考えていいだろう。

『歓楽の家』は出版されるやいなやベストセラーとなり、最初の三週間に三万部、一年で十四万部を売り上げたという。文字通りウォートンの出世作となった。緊密な構成、いきいきした人物描写、すぐれた描写力が際立つこの作品は、文学者としてのウォートンの地位を揺るぎないものとした。ウォートンの伝記作者ハーマイオネ・リーによると、この作品の題名としては、最初「束の間の飾り」、「バラの年」という候補が上がっていたが、最終的に『伝道の書』七章四節の「知恵ある者の心は、喪中の家に向き、愚かな者の心は歓楽の家に向く」から取った言葉に落ち着いたとのことだ。知恵ある者と愚かな者を比較した聖書のこの言葉は、ニューヨーク社会を風刺したものかもしれない。では、作品の目的はどういうものだったのか。

ウォートンは晩年に執筆した自伝『振り返りて』のなかで、こう言っている。

問題は、いかにしてそのような題材から、小説家が他ではなく当の物語を語る理由となるような典型的な人間の意味を引き出すか、ということだ……軽佻浮薄な社会が劇的な意味を持つことができるのは、その軽佻浮薄さが破壊するものを示す場合だけ、ということがその答だ。その悲劇的な意味合いは、この社会が人々や理想を貶める力にある。端的に言えば、その答は、私の女主人公リリー・バートだ。（207）

では、この小説の女主人公、リリー・バートとは、どういう女性だったのか。彼女はニューヨーク上流社会のれっきとした一員だが、その第一条件となる資産がない。父親は一日中下町で働いていたが、家族の者からは無視されていた。彼のほうは頭は禿げ、やや前かがみになって疲れた足取りで歩くのに対して、母親のほうはわずか二歳しか年下ではないのに、若々しく活動的で、美しい舞踏服がすり切れるほどダンスに明け暮れ、実際の財政状態よりはるかに裕福に見えるコツを体得していた。彼女は財政状態がどんな状態であろうと、腕のいいコックを雇い、洗練された服装をして、「豚のような暮らし」（47）はなんとしても避けるのが、尊敬に価する人間の暮らし方だと堅く信じていた。こうした母の人生観を教え込まれたリリーは、つねに美しい服で身を飾り、品格のある立ち居振る舞いをして、生来の美貌を武器に、この世界で生涯華やかでゆたかな生活を保証してくれる金持ちの青年と結婚することを目標にして暮らしている。しかし、このような理想とは裏腹に、父が破産して死亡した後、母娘はヨーロッパを二年間放浪した。そのあげく母も死に、リリーは早々と無一文の孤児になった。

リリーの悲劇は、こうした不幸に見舞われたのが十九歳のときだったことだ。このときまで贅沢な生活に慣れきり、母の教えもあって、現在の生活様式を変えて、着実な自活の道を選ぶには遅すぎたからだ。このような哀れな状況にあったリリーを叔母のペニンストン夫人が引き取ってくれたが、それはひとえに親戚のなかには誰一人引き取り手がいなかったからにすぎない。このような逆境に置かれてはいたものの、リリーは母親の教え通り「薄汚い装い」や「豚のような暮らし」を嫌って、メイドを連れた贅沢な暮らしを続けている。それを可能にするには寄生的な暮らしに甘んじるしかなかった。資産がないので、彼女は上流階級の夫人たちの秘書兼コンパニオンのような生活をして、パーティを盛り上げ、人々を楽しませ、理想の結婚を成就するまでなんとかやり繰りを続けることしかできなかった。当時のニューヨークでは、このような居候めいた生活をする人々が少なからず存在していたらしく、ウォートンは晩年の長編『雲間の月影』（*The Glimpses of the Moon*）で、再度こういう生活をする夫婦の生活を描いている。

『歓楽の家』は、華やかな虚飾の世界で生きていたリリーが、さまざまな思惑が絡み合ってこの世界から追放され、階級の階段を一段ずつ下っていって、ついには死を選ぶしかないところまで追い詰められる悲劇を描いた作品だが、その原因は個人の行動のせいというよりは、社会の性質によるもののほうが大きい。作者はこの世界のことを『歓楽の家』の序文のなかで「伝統と慣習の小さな温室」（*Edith Wharton: The Uncollected Writings*. 265-66）と呼んでいる。では、リリーはこの世界でどのように生き、最後には死なねばならなかったのか。

第一の原因は、リリーがこの世界の住民であって、この世界のありようにどっぷり浸かっていた点にある。前述したように、彼女はこの世界の掟や習慣や考え方に通暁していたものの、それに百パーセント満足していたわけではない。彼女は周囲の人々より優れた知性と精神性と倫理性を有していた。そのため資力と権力を持つ男性との結婚が天職とはいえ、それに身も心も捧げていたとは言えないだろう。小説の冒頭で、八十万ドルの年収を持つ御曹司、パーシー・グライスが今にもリリーに求婚しようとする風情を見せており、一部の人々にはそれは時間の問題だと思われていた。彼女自身もそれを否定はしなかったが、心の底では彼を退屈だと思っていた。したがって、この勝利または理想の成就の予想からは何の熱情も歓びも感じてはいない。それは、なぜか。

その理由としては、彼女の二元性が挙げられよう。広く言えば、すべての人間は二元性を有していると言えるかもしれない。行動する自分とそれを客観的に眺めて批判する自分。見る自分と見られる自分。しかし、リリーの場合、社会の要求に従わざるをえない自分と、本源的な生き方をしたいと願う自分があって、その乖離が大きければ大きいほど衝動に走るベクトルが強く働くように思われる。リリーが生まれ育った社会の要求が、金に不自由しない生活こそこの世の理想だと思いこませているものの、彼女は心の片隅で自分にはもっと心から満足できる生活があるのではないかと思っている。その証拠に、彼女はたびたび自分の心のなかに二つの自己が巣食っているのを感じないではいられない。

金はないので結婚の候補者には入れていないものの、彼女は新進気鋭の弁護士、ローレンス・セルデンになんとなく惹かれていた。九月の初め、親友のジュディ・トレナーに招かれてベロモントの別荘に行く途中、予定していた列車に乗り遅れ、ニューヨークのグランド・セントラル駅で二時間あまりの待時間をどうしようかと迷っていたとき、たまたまセルデンに会い、彼のアパートでお茶を飲まないかと誘われる。彼女の常識はそれを拒否すべきだと主張するが、セルデンを好ましく思っているだけに、リリーはついそれを承知してしまう。このとき彼女は「自分のなかには二つの自己があって、一方は自由と高揚の深呼吸をしているのに、もう一方は小さな恐怖の暗い牢獄のなかにいて、空気を求めてあえいでいる」という感じがする。だが、後者の「あえぎはしだいにかすかになり、もう一つの自分もそのあえぎに注意しなくなり、地平線が広がり、空気は強力になって自由な精神がまさに飛翔しようと震えている」のを覚えるのだ（102）。

この二元性は、ガス・トレーナーのいまわしい誘惑からかろうじて逃げ出し、辻馬車の乗客となったときにも顔を出し、自分が「自分自身に対して見知らぬ人間になったような気がして、自分のなかの二つの自己を意識する。一つはいつもよく知っている自己、もう一つはいまわしい新しい自己であって、いつもの自分がその自己に鎖で縛りつけられているような気がする」（238）のだ。

この性質と絡み合っているのは、セルデンの誘いの場面に明らかなように、衝動的な行動である。こうした衝動的な行動が度重なると命取りになる。作者はこの場面で、「彼女が衝動に身を任せるという贅沢をすることは、めったになかった」（15）と言ってはいるが。

このときも、列車の時間が近づいてリリーがセルデンのアパートを辞し去るとき、階段を磨いていた掃除女がしげしげと彼女の姿を目に留める。その上、歩道に出ると、金髪の小男のユダヤ人、サイモン・ローズデイルとぱったり出会ってしまう。リリーはとっさに洋服屋のところに来たと嘘をつくが、ローズデイルがそのビルの所有者だったため、「ベネディックビルに洋服屋がいたとは知りませんでしたね」(21)と彼から皮肉を言われてしまう。

次に、ベロモントでは、来るはずのなかったセルデンが姿を現わしたため、リリーはいっしょに教会に行こうというパーシー・グライスとの約束を反古にして、セルデンと森のなかの散歩に出かけてしまう。その結果、パーシー・グライスとの結婚の見通しは消え、セルデンに気のあるバーサ・ドーセットの心に、嫉妬と悪意の復讐心を芽生えさせる。

それに加えて、彼女は招待主のトレナー夫人に誘われるまま、ブリッジに加わって大金をすってしまう。財政的にゆたかではないため少しでも儲けようという気がなかったとは言いきれないが、たいていの客はブリッジに加わり、加わらない客は退屈で鈍感な人々だと見做される傾向があるからだ。最大限人々の意に従おうというのが、リリーの魅力でもあり、弱点でもあった。損をした金は払わねばならず、ペニストン夫人は賭博と聞いただけで怖じ気を震うほどの古風な人間だったので、金の融通をしてもらうことは論外だった。こうした苦境にあったため、リリーはつい、彼女のささやかな金を投資して増やしてあげようというガス・トレナーの口車に乗って、ガスから金を受け取るという事態を招く。彼女は実際に彼が投資で金を増やしてくれていると無邪気に信じていたが、相手は自分の金を与えて、その見返りに性的悦楽を求めていたのだった。その結果が、妻のいないニューヨークの屋敷での性の強要となるが、リリーが必死で魔手から逃れたのは前述の通り。

では、ローレンス・セルデンとはいかなる人物か。彼は独身の弁護士だが、社交界の晩餐会やパーティを退屈だと思い、軽薄な人々と付き合うよりは自室で好きな本を読んでいたほうがよいと考える、自主的で学究的な青年だった。また、たいていの快楽的な事柄には関心を示さず、何事も注意深く識別し、行動に移すときには逡巡することが多い。この点では、ウォートンの傑作『エイジ・オブ・イノセンス』の主人公、ニューランド・アーチャーを初めとする何人かのウォートン的主人公に通じるものがある。セルデンのほうもリリーに好意を抱いているが、金持ちではないので彼女を結婚の相手とは考えず、彼女の優雅な立ち居振る舞いや、やさしい心遣い、人をそらさぬ社交術をすべて、意識した人工的なものだと解釈する。彼に対する彼女の愛さえ手管ではないかと思うのだ。こうした解釈が、無意識のうちに二人の間に齟齬を生む。

このような行き違いがこの小説の大きな特徴になっているが、ニューヨーク社会の慣習やものの考え方がその要因となっていることは否定できないだろう。『エイジ・オブ・イノセンス』のダラスは、父親のニューランド・アーチャーと亡くなった母メイの話をして、「あなた方はお互いに何も言わなかったんですね。ただ座って見つめあい、心のなかで何が起こっているかを推測したんですね」(359)と言う。このように、この世界の住民たちは、心のなかをさらけ出して話すことを「はしたない」と思い、憶測と推測だけで生きていたのだった。

ベロモントの散歩では、彼はリリーに向かって、成功とは「個人の自由」だと言い、その自由とは「すべてのもの――金、貧困、安楽や心配事、すべての物質上の事故から解放されることです。精神の共和国のようなものを維持すること――それを、ぼくは成功と言いますよ」（108）と言う。それを聞いて、リリーはこれまで自分が探し求めていたものを的確に言い当ててくれたと思い、感動する。すなわち、本心では精神の共和国に住みたい人間が、掟の厳しい虚飾の世界に住んでいることが、悲劇の原因と言えるのではないだろうか。だが、現実の問題として、精神の共和国という社会はどこに存在するのか。この理想と現実の乖離を考えて見れば、並みのニューヨーク人以上に知的で精神的な高みを指向している点で、セルデンも一種の犠牲者と言えるかもしれない。また、彼は精神の自由を希求しながら、ニューヨークの上流社会で実質的な生き方をしているという点では、理想と現実を妥協させて生きていると言えるだろう。

リリーは人も羨むほどの美貌に恵まれているが、これは両刃の剣で、美貌で際立つということは常人以上に人々の注意を引き、噂の種になりやすいということだ。その上、独身の女性にはさまざまな制約があった。男性の恋愛沙汰は比較的自由であり、既婚女性の不倫には多少の寛大さが付与されているのに、未婚の女性は厳しく身を処することが要求されていたからだ。リリーはかつてセルデンにこう言った。

あら、違いがありますわ――女性は結婚しなければならないのに、男性のほうはそうしたければ、結婚することができるってことなんです……もし私が薄汚い恰好をしていたら、誰も招待してはくれないでしょう。女性は当人と同じほど着ているもので判断されて、招かれるんです。服は背景ですし、枠組みだと言ってもいいでしょう。服だけじゃ成功できませんけど、成功の一部にはなるんです。私たちは死ぬまで、綺麗で、いい服を着てるよう期待されているんです。（17-18）

彼女が述懐するように、独身の女性が徹底的に品行方正でなければならないのは、「ひとたび人の噂になったら、おしまい」（364）になるからだ。それも悪い噂であれば、当人の居所はなくなってしまう。まず、リリーは白昼に独身男性のアパートを訪ねたこと、パーシー・グライスを袖にして結婚の希望を失ったこと、ガス・トレナーから金を受け取っていたこと、深夜、妻が不在の彼の屋敷から出る姿をセルデンとその友人に目撃されたことなどが噂の種となった。そして、致命的だったのは、バーサ・ドーセットの奸計に落ちて彼女のヨットから追放されたことが挙げられる。バーサは初めから若いネッド・シルヴァートンと不倫の逢瀬を楽しんでいる間、リリーを夫の気を逸らす隠れ蓑に使うつもりで彼女をヨットに招待したのだった。それが、列車に乗り遅れて気まずい立場になると、自分を待たずにリリーが夫のジョージと深夜いっしょに帰ってきたことをなじって、人々の面前で彼女を追放する。

こうして社交界から追放された女性には何ができるのか。ヘンリー・ジェイムズも社会の掟を破ったため社交界から追放されて死を選んだ若い女性の物語『デイジー・ミラー』を書いた。この場合、リリーは反駁はせず、黙ってこの不当な扱いを甘受した。ところが、彼女にはもう一つの深刻な打撃が待ち構えていた。失意のリリーがニューヨークに戻ってきたとき、頼みの綱のペニストン夫人が急死したのだ。順当なら夫人の遺産はすべてリリーに渡るはずだったが、従姉妹のグレイス・ステップニーが事あるごとにリリーの悪い噂を夫人の耳に注ぎこんでいたため、夫人はリリーを廃嫡して一万ドルのみをリリーに遺し、残りの財産はすべてグレイスに遺贈するという番狂わせが生じることになった。リリーがガスから受け取って、返さねばならない金額は九千ドル。遺産の額と借金の額がほぼ同額となったのは、皮肉ななりゆきだった。

だが、リリーは何の弁解もせず、社会の階段を一段ずつ下っていく。最初は金はあるものの社会的地位の低いゴーマー夫人の秘書のような役割をしていたが、ここでもバーサが手を回して悪意の中傷をしたため、リリーは居場所を失った。次に親切な友人の紹介でミセス・ハッチのところで働くが、ミセス・ハッチは彼女に上流社会に送り込んでもらう仲立ちを期待していたことがわかって、ここを去る。ついには帽子工場で働くしか方法がなくなるが、ここでもまた不器用であまり役に立たないため、解雇されるという憂き目に遭う。

だが、彼女に手段がなかったわけではない。かつてセルデンはバーサ・ドーセットと親しい関係にあったが、彼のほうはまったく関心を失っているのに対してバーサのほうは諦めきれず、何通も手紙を書いていた。セルデンが一顧だにせず、それをごみ箱に捨てたのを掃除女が手にして、リリーを手紙の主だと勘違いして売りにきたことがあった。リリーは話を聞くと、身が汚れる思いがして彼女を追い返そうとしたが、宛先がセルデンであることを知って、それを買い取っていた。したがって、その手紙をバーサのところに持ち込めば地位を回復できることは明らかだったが、リリーはそれをしようとはしなかった。彼女の潔癖さと倫理感が脅迫まがいの交渉をすることを許さなかったからだ。

さらに、適当な結婚をすれば彼女が社交界に返り咲くことは可能だった。そのため、以前求婚されていたローズデイルに結婚の意志を伝えるが、彼はリリーが手紙を使ってバーサに追放を取り消させることを条件に結婚しようと言う。ローズデイルには、金はあっても上流社会の正式のメンバーにはしてもらえない不自由な状況を、リリーとの結婚によって改善しようとする野心があったからだ。最初は嫌悪感を覚え、彼の好意を冷たく突放していたリリーが、結婚の承諾を与える気になったことには、彼女の転落の深刻さが窺われる。しかし、リリーが追放されて、彼の野心の役に立たなくなったことを知ったローズデイルは結婚を拒否する。万策尽きたリリーは、バーサの手紙を焼いたのち、事故か自殺の意志があったのかは曖昧にしか書かれていないが、多量の睡眠薬を飲んで命を断つ。

セルデンは前日のリリーの様子が気にかかり、自分の心に住むリリーへの愛情に日覚め、どうしても彼女を救い出さねばと思い定めて、彼女の部屋を訪れるが、遅きに過ぎた。死の床に横たわるリリーの姿と、枕元に置かれたガス宛ての小切手を見て、ようやく彼女が潔白であったことを知る。

最後の手段だったバーサの手紙を彼女が焼いたことは知らないまま、リリーの相手は金持ちでなければという既成概念に捉われず、勇気を出して求めれば、彼女を救えたかもしれないという思いに苦しみ、自分もまたニューヨーク社交界の目で彼女を眺め、物事の本質を見つめることをしなかった、と感じたのではなかろうか。その意味では、彼もまた、この事件の犠牲者だったと言えなくもないだろう。

以上のようなリリー・バートの一生を考えてみるとき、やはり彼女が当時のニューヨークの社会的慣習の枠を出ることができなかったことが、生をまっとうできなかった大きな要因ではなかったかと思う。この小説の中頃でブライ家が多くの人々を招いて、大々的なパーティを開いたことがあった。そのときの余興として女性客を説得して「活人画」(tableau vivants) に出演してもらうという出来事があった。このときリリーはレノーズが描いた「ミセス・ロイド」を演じたが、結果は画家レノーズの作品というよりは、リリー自身の「ミセス・ロイド」であって、一同が息を呑むほど美しかったという。この挿話はまさに、この社会の女性たちが一人の個人としてではなく、人々の目を楽しませ、その心遣いによって人々、とくに男性を喜ばせる存在にすぎなかった事実を語っていよう。すなわち、虚飾の世界に咲いた仇花にすぎないのだ。

しかし、リリー・バートはそういう制約のなかで生きてはいたが、誠実な心は失わなかった。強《ゆ》請《す》りを働くよりは命を犠牲にするほうが好ましく思えたのだ。その意味では、ニューヨークの社交界は彼女を敗北させたが、客観的に見れば、勝利したのはリリーのほうだと言っても過言ではないだろう。汚れた勝利を手にするよりは無垢のまま滅びるほうがよかったのだ。たとえ命を失おうとも、邪《よこしま》なことには手を染めず礼節を貫く、というのが彼女の美学だった。

ついでに言うと、この小説の脇役として、セルデンの従妹のガーティ・ファアリッシュという女性がたびたび登場する。リリーの目から見ると、彼女は薄汚い部屋で、地味な服を着て、慎ましく生きているが、社会福祉や慈善事業に情熱を感じている。彼女はセルデンを愛していたので、リリーに対して嫉妬を覚えることもあったが、彼女に憧れており、心が折れるたびにガーティを訪れるリリーを慰め、世話をし、力になってきた。最後の最後まではリリーを助けることはできなかったが、社会の飾りものとしての女性の生き方に対して、足が地についた庶民として描かれていると解釈することができよう。このように、ウォートンはしばしばニューヨークの住民とは対照的な、知性と良心に富む人物を描いてきた。たとえば、『エイジ・オブ・イノセンス』のニューランド・アーチャーの友人の新聞記者ネッド・ウィンセットのように。彼らは温室に住む人々とは異なり、贅沢な暮らしには程遠い生活をしているものの、自活し、確固とした信念と良識を持って働いていることで、有閑階級の人々とは違う堅実さと力強さを示している。この作品でも、リリーの対蹠点としてガーティが描かれていることで、この小説はバランスのとれた結構になっていると思う。

また、リリーが命を断つ前日、公園でネティ・ストレザーに会い、ネティの家の台所で赤ん坊を抱いて感動する場面があり、この情景に重要な意味を認める批評家もあるが、筆者は連綿とした人生の継続を象徴したものと解釈したい。

第四章　楽園追放

『木の実』（*The Fruit of the Tree*, 1907）

二十一世紀を迎えたとき、「今世紀は、人間が自分の死を選びとることのできる時代になるだろう」と予言した人がいた。いかにもその通りだと賛意を表したい。ウォートンはこの二十一世紀最大の問題を、ほぼ一世紀前に小説の主題として取り上げた。『木の実』は、一九〇五年の『歓楽の家』で文学者としての確固とした地位を築きあげたウォートンが、珍しく社会的問題に挑んだ野心作である。この小説が一九〇七年十月十九日に出版されたとき、初版五万部を刷ったという事実からも彼女の人気の高さが窺われよう。この数は、今日でさえ少なからざる成功を示すものだ。加えてその年のうちに仏訳が決まったことを考えれば、彼女の名声が英米に留まらなかったことは容易に推察できる。

しかし、六百ページを越すこの大作はウォートン文学のなかでは比較的評価が低い。なぜか。一つには、当時の大きな社会問題だった労使関係を取り上げたものの、描き方がやや皮相にすぎたため、二つには安楽死の問題を扱いながらこれが十分に論じ尽くされていないためと言えるだろう。しかし、心理劇として読めば、心理の絡み合いと複雑な人間関係はよく描きこまれており、興味はつきない。作者自身もこの小説の弱点を承知しており、一九〇七年十一月十九日付けのロバート・グラント宛ての手紙のなかで、こう書いている。

この小説の構成が気に入ってくれて大変嬉しく思っていますし、登場人物をいわば単なる〈建築材料〉にしたきらいがある点については、まったく同感です。実は私自身、正確にどこに弱点があるのかはわかりかけています。私は男性のような着想の仕方をして――たいていの女性よりやや建築的、劇的に作って――それから、女性的な扱い方をしたのです。つまり、構成と広がりのために、女性が得意とする些細な出来事の効果、挿話的な性格描写を犠牲にしたと言ってもいいかもしれません。

作者のこの言葉が正確に何を指しているのかは推測することしかできないが、「建築的、劇的」な着想というのは、おそらくは労使問題と安楽死の主題であり、「女性的な扱い方」とは、問題の本質自体に深く切り込まず、それを人物たちの心理的葛藤の契機にすり替えている点だろう。こうした資本家対労働者の問題はウォートンには不似合いな題材であるのに、どうしてこういう問題を小説の主題に選んだのか不思議な感じがしないでもない。しかし、当時「マックレイカー」と呼ばれる暴露物や、シンクレア・ルイスの小説その他がもてはやされ、巷の話題になっていたこともあって、政治には程遠い存在だったヘンリー・ジェイムズでさえ『ボストン人』という社会的な小説を書いた。こういうことからも窺われるように、主題としての社会問題が一種の流行だったのではないだろうか。

この作品の主題は三つある。一つは、右に述べた織物工場における使用者対従業員の労使問題。第二は安楽死の問題。第三は結婚の問題。しかし、後述するように、ウォートンは第一の主題を社会的な問題としてではなく、主人公のライフワークの追求、言い換えれば個人的な欲求の問題にすり替えている。『木の実』が社会小説としての迫力に欠けるのはこうした点に起因しているのではなかろうか。労使問題は個人としては解決できず、長年にわたる労働組合運動の闘争の結果として解決されなければならなかったことは、歴史が語る通りである。

安楽死の問題も基本的な論理を構築するわけではなく、主としてこの問題をめぐるさまざまな心理的倫理的葛藤の原因になっているだけである。また、安楽死に伴う法律上の問題は論議されず、一人の人間を死にいたらしめる行為についての哲学的、倫理的な考察が十分になされているとは言い難い。むしろ、これらの二つの問題は、登場人物の心理が織りなす唐草模様の絡まりを形成する道具に使われているというのが事実だろう。ウォートン自身は、一九〇八年七月七日付けのサラ・ノートン宛ての手紙で、知人の女性を見舞った件に触れて「ああ彼女のように、私にモルヒネがあったら、いかにすばやくこの苦しみを終わらせたことかしら」と書いている。したがって『木の実』の女主人公ジャスティーンが苦渋の果てに選び取った行為は、作者の考え方を映していると受け取っていいだろう。

題名の『木の実』とは、いうまでもなくエデンの園の禁断の木の実をもじったものと思われる。安楽死という許されざる行為を犯した女と、良くも悪くもその恩恵をこうむった男の生涯を指したものと受け取ることができよう。では、この経緯はどういうふうに描かれているのだろうか。以下、順を追って分析してみたい。

この長編小説の主な舞台はマサチューセッツ州ハナフォード。主な登場人物はこの町の織物工場の副支配人、ジョン・アムハーストと、その妻ベッシー・ウエストモアおよびベッシーの連れ子のシシリー、それにベッシーの死後彼の後妻となるジャスティーン・ブレントの四人。脇役としては、ベッシーの父、ラングホープ氏と、友人のミセス・アンセル、それからジャスティーンの昔の同僚で、のちにベッシーの主治医となるワイアントがいる。

主人公のアムハーストの視点から考えれば、ウォートン作品の例に洩れず、この作品も個人と社会の葛藤と考えることができよう。彼が理想を実現するために戦わねばならない社会は、第一に労働者対資本家という形で現われる。彼は副支配人という中間で微妙な立場にあるが、心情的には完全に労働者側に立っている。また、地位が不安定だという点でも資本者側とは言い難い。第二の葛藤は、妻ベッシーが体現する上流社会との闘い。第三は禁を犯した者を配偶者に持つ人間と世間との闘いと言えよう。

アムハーストは高い鼻、引き締まった口元、内面を見つめる灰色の目をした魅力的な男性だが、物語の冒頭では母を貧弱な家に住まわせ、念入りにブラシはかけてはあるものの仕立ては悪く、縫い目の部分が擦り切れたスーツを着ている。しかし、労働者階級の出身ではない。ベッシーと同じ階級の出身で、母親はミセス・アンセルの学友だった。ところが、機械にかけては天才的な才能の持ち主だった父親の血を享けたためか単なる法律家や政治家を目指さず、世の中を少しでも前進させたい、社会の改善に何らかの貢献をしたいという熱情に燃えて、みずから手を動かして働く道を選んだ。つまり、技術に対する愛が徐々に働く人々への共感と同情に変わり、それが彼らのためによりよい環境を作りたいという欲求を生み出したのだ。

彼は読書家だったが、「炎のように貪欲に本を読むジャスティーンとは違って、本の内容を吸収するのは遅かった」(319)という地の文から推測できるように、心底からの善意の人だが、人の心を読むことにかけては少々鈍感だった。マーガレット・B・マクダウェルは「やや矛盾することだが、ジョン・アムハーストは、その慣習的で保守的な信念にもかかわらず、ウォートンの作品中の数少ない、強くて、男らしく、情け深い男性の一人だ」(1)と述べている。また、彼にはつねに「いかに困難であろうと、決定的な行動のほうが、その後に続く時間のかかる再調整より楽だった」

（295）と述べられている通り、行動の人ではあっても、権謀術策には程遠い人間だった。だから、上流社会の言外の掟や手管や駆け引きなどは、彼にはとうてい馴染めない異質のものだったことは想像に難くない。

しかし、理想に燃えて工場に入ったものの、生活の道は険しく、何もかも思うようにはいかず、挫折感を抱くことが多かった。かつては工場経営者の意識の変革と法律作りで目的を達成することができると夢見たこともあったが、最近の経験からそういう甘い考え方は改め、金と政治の力がなければ目的を達することはできないと悟っている。このように、彼は決して一面的な理想主義者ではなかった。妥協や調整の必要も認め、金も強力なコネもない身分では、「金と労働を隔てる強力な障壁に独力で攻撃をかけることがいかに無益であるか」（97）も自覚している。だが、世直しの情熱はいささかも衰えることはない。

物語の幕があがるのはハナフォードのホープ病院。アムハーストは、工場の劣悪な条件のため事故で腕に怪我をした工員ディロンを見舞ったところ、いかにも有能そうに見える看護師ミス・ブレント（＝ジャスティーン）が彼に付き添っているのを見る。それで、彼は一日の勤務を終えた彼女を強引に誘って、ディロンの容体を訊く。彼女のほうも病院の外で患者の容体について話すのは病院の規則に背くことは承知していながら、アムハーストの熱情に負けて、率直に彼は右腕を切断することになるだろうと告げ、その結果解雇される。この場面は、クライマックスを形作るベッシーの安楽死とパラレルをなす。

この悲惨な事件が象徴するように工場の床面積の拡大と作業室の清掃や整備が、危険を排除するための急務であり、アムハーストはこういう事情を十分すぎるほど知っていたが、支配人に反対したり、彼の施策を批判したりすれば職を失うことになるので、改革を進めることはできない。また、使われていない社長の別荘を解放して公園や従業員のための運動場を作り、会社の売店や社宅を廃止して工員でも持ち家が持てるようにすれば、労働意欲も湧くし、工場の発展にもつながると考えている。

『木の実』で描かれるハナフォードのウエストモア織物工場は、七百人以上の女性が働く中位の同族会社である。所有者はニューヨークで暮らすウエストモア一族だが、最近まで社長だったリチャード・ウエストモアが死んで、所有権は彼の未亡人ベッシー・ウエストモアに移っていた。ただし、社長の椅子は元財務部長のハルフォード・ゲインズが占め、財務部長にはゲインズの息子ウエストモア・ゲインズが昇格した。だが、この父子は工場の仕事はすべて工場長に任せきりで労使問題に口をはさむことは控え、現状維持に徹している。要するに、この工場の場合、不在資本家＝使用者の無責任な態度が労働者の働く意欲を低下させ、工員たちの悲惨な状況を作り出していたのだ。そして、この使用者の態度はそのまま、彼らが属する上流社会のものの考え方ないし生き方でもあった。

しかし、八方ふさがりだったアムハーストに思いがけない好機がめぐってきた。ベッシーをはじめとするウエストモア一族が工場を視察するためハナフォードを訪れ、たまたま工場長が病気で倒れたため、副支配人のアムハーストが工場を案内することになったからだ。アムハーストはミセス・ウエストモア（＝ベッシー）に会った瞬間から彼女の美しさに魅せられ、彼の説明に対しゆたかな同情と真摯な理解を示す夫人を見て、この人の心を動かすことで工場の労働条件を改善できるのではないかと熱い希望が湧いてくるのを感じる。

では、ベッシーはどんな女性か。やがてアムハーストと再婚することになるベッシーは、すべてを感情で判断する情緒的な人間である上、環境の産物だった。環境というのは、彼女が生まれ、育ち、そのなかで生きている軽佻浮薄な上流社会を指す。だから働く人々に簡単に同情しはするものの、それを実質的な改善策に移すことについては消極的で、物事の全体像を見ようとはしない。その上、世間知らずで生活の苦労を知らず、危機にさいしては子供っぽい感情的な反応を示さないではいられない。だから、学生の頃パリでいっしょに寄宿舎生活をしたことのあるジャスティーンは、こうしたベッシーの特徴を、自分独自の色は持たない「世界でいちばん可愛いカメレオン」（150）と評す。

ベッシーはディロンの事故に対して深い同情を示し、アムハーストの直言に純粋な関心を見せはするが、彼の改善策を聞くから夜訪問しろと約束したにもかかわらず、弁護士に対応させ、そのままニューヨークに帰ってしまうという不誠実な態度をも見せる。その後彼の意見を容れて多少の改善策は進めるが、本筋を理解したわけではなく、自分の施策に反対の意見を述べたと怒った工場長がアムハーストを解雇したときになって、あわててハナフォードを再訪し同情と愛情を披瀝して、ついにはアムハーストと再婚するにいたる。それに、彼女はまた「無意識の偽善性」（120）や、自己欺瞞の才能をも備えた女性だった。つまり本心は別のところにありながら、関心を抱いている相手には全面的に同情していると思わせ、自分もその問題に夢中だと信じこむようなところがあった。したがって、ベッシーとの結婚により工場を働く者にとって快適な場所に作り変えようとしたアムハーストの計画は、一部は実現しかけたものの、大筋では実現するにいたらず、ベッシーとの結婚も三年経たないうちに破綻してしまう。この結婚が破綻するのは、ベッシーの性格も大きく作用しているが、もう一つはアムハーストが妻の世界のインサイダーになれなかったことも大きい。結局、彼と妻との間には越えがたい性格と教育と習慣の違いがあったのだ。

また、彼女は目先の具体的な事柄だけを理解して、背景をなす思想や全体像を理解しようとはしない。工場の状態に関心を寄せるのはアムハーストが懸命になっているからで、工場の実情に興味を感じたからではない。したがって、潔癖なアムハーストが彼女の金を工場のために使用する許可を求めようとすると、彼の説明に苛立ちを隠さず、自分と娘の小遣いが減らされることに不平を洩らす。そして、彼が強く出れば、ただ夫の愛情を繋ぎとめておきたいばかりに妥協する。また、想像力に欠けているので夫の心は読めず、その博愛的な計画の将来を思い描くことはできないし、内省的能力も持ち合わせていないので、彼女のほうが変わることも望めない。だから、アムハーストは、たえず重大な問題を先送りする彼女の生き方を「空虚な思考の上にかかった薄い慣習の外皮」

(340)にすぎないと感じることもある。

この二人の結婚生活について言えば、アムハーストのほうは周囲の冷淡な反応に気をくじかれ、無関心と敵意に囲まれていると感じないではいられない。いきおい彼の計画は頓挫する。こうした結婚の破綻や夫婦の葛藤はベッシーの属する社会と彼との葛藤と読み替えることができよう。己れの快楽と快適な生活に固執し、他人の苦痛を思いやる想像力を持たず、不愉快な事件が起これば、正面からその問題に対決することはせず、ひたすら回避し、ごまかすことで事態の収拾をはかろうとする社会。こういう性質は、ベッシーの家が評判の悪いブランシュ・カーベリの逢引き場所に使われているのを新聞で知ったアムハーストが激怒したとき、ラングホープ氏が示唆した提案に如実に表われている。

ブランシュは離婚女性だったが、年下の恋人を養うために今の夫と再婚したという噂の持ち主で、ベッシーを自由に操り、彼女の家を訪問するときにはかならず相手もそこを訪れるよう手配していたのだった。アムハーストはブランシュの立ち入りを差し止めるよう妻に迫るが、義父はしばらく夫婦でヨーロッパに行ったらどうだと言う。この場合、ベッシーは不承不承夫に従ってブランシュとの交際を控えたが、これは夫に同意したからではなく、彼の側にもそれだけの犠牲に見合う譲歩を期待した暗黙の取引の結果だった。アムハーストにとっては、この妻の打算も不快だったが、義父の忠告は「何物にも乱されぬ快楽の追求に執心する社会が、不快なものの侵入から身を守るために考案した巧妙な回避機構の一部のように思われ」る。それは「あらゆる責任の挑戦に対して富が用意した軽蔑的な答えだった。義務や悲しみや不名誉は、同様に住居を変えることによって避けられ、ヨーロッパ行きの旅費が支払える間は、人生におけるどんな事態にも直面する必要はなく、徹底的に戦う必要もないのだった」(313)と作者は言う。その上、この社会は金には無頓着に見えながら、その実すべてを金銭に換算して考える徹底的に打算で動く世界、品位や廉潔心より財力が物を言う社会だった。

だが、アムハーストはこういう手管を学ぶことも、その心を理解することもできない。彼の廉潔心がそれを許さないからだ。その結果、彼は孤立無援の戦いを強いられる。ベッシーからすれば、夫は美貌その他の長所を生かして社交界を征服してくれると期待していたのに、彼はその機会を逸したばかりか、まったく違う人生観を持ち出すので、落胆してしまう。彼は平凡でも滑稽でもないが、社交の技術に欠け、スポーツは好きだがその話はしたがらず、喫煙室の談話にも興味を示さず、株価の高低にも無関心、トランプはできず、玉突きにも本気で取り組もうとしない。

アムハースト自身、妻を取り巻く社交界の人々をもてなしながら、彼らの話は「競馬新聞に載った赤と黄色の象形文字と同じくらい意味不明だ」(275)という感じを抱く。したがって、彼の社交上の欠陥が露わになるにつれて、ベッシーが自分たちの結婚に対する周囲の評価を気にしはじめるのは驚くには当たらない。また、ラングホープ氏に代表されるウエストモア一族はアムハーストの改革の情熱を理解することはできず、彼は貪欲な野心から動いていると解釈する。その結果、アムハーストは自分が入り込んだ社会の敵意に悩まされ、何よりも妻の無関心と不信感を堪え難く感じるようになる。また、ベッシーがすべてを金銭問題に帰着させて考えることにいらだち、次のように言わざるをえない。

きみたちはみんな、金持ちの女と結婚した男は、妻の許可を得ないで一ペニーでも使ったら自尊心を失うと考えているようだが、それはきみたち全員が金をそれほど神聖なものだと考えているからだ……夢や希望はどうなんだ。正義や善や品位に対する信念は？　もし夫がそうしたものを奪って破壊するとしたら、首に碾臼をつけてやったがいい。だが、彼が妻の金に手を触れるまでは誰も何も言やしない――金に手をつけるが早いか、あいつは財産目当てに結婚した打算的なけだものというわけだ。（323-24）

それに対してベッシーは「何をおっしゃっているのかわからないわ――とっても変な言葉を使うんですもの――どうして私がこれまでの生活で学んできた考え方を棄てさせようとするの？　私たちの基準が違うのよ――どうしてあなたの基準だけがいつも正しいの？」（324）と反論する。その結果、アムハーストは「妻は収入の一部でも犠牲にするよりは、友人を見捨ててぼくの歓心を買うほうを選ぶのだ」（327）と考え、その発見が二人の関係に汚れた影を落とすのを自覚する。彼は二人の間にはもはや愛は存在せず、妻に対する自分の支配力も失われてしまったと感じないではいられない。

だから、アムハーストがジャスティーンに惹かれるのは、彼女の暖かい人柄や工場と労働者に対する理解のためだけではなく、二人がこの浮薄な世界における異質の人間同士だという自覚からだった。二人以外の人々は「同じ基準を持ち、同じ言語を話し、同じ持ち合わせの比喩を繰り出し、人間や行為を判断するのに同じ分銅や尺度を使う」(272) のに対して、二人は自分の頭で考え、自分で判断したところに従って生きようとする。ラングホープ氏の意見が周囲の人々と多少違うように見えても、それは年齢と経験の違いから来るもので、質や種類の違いではなかった。

結局、ベッシーはわがままな小児的性格のために破滅する。ジャスティーンとの再会を喜んだベッシーは、この昔の級友を誘って六週間をアディロンダックスでいっしょに過ごしたところ、シシリーが植物学その他を丁寧に説明するジャスティーンを慕うようになったため、家庭教師兼コンパニオンとして同居してくれるよう彼女を説得する。そういう経緯があったにもかかわらず、ときにはジャスティーンが娘を奪ったのではないかと邪推するし、夫の態度が気に入らぬと、腹いせに交際を禁じられた友だちの許に走る。さらに、夫が仕事のためニューヨークの自宅になかなか帰ってこないことと、ジャスティーンがベッシーのために帰宅を促す手紙を夫に書いたことを怒って、雪の日に、危険だから乗るなと言われていた馬に乗り、落馬して背骨を折るという致命的な重傷を負う。

ジャスティーンはこうしたベッシーとは正反対の性格の持ち主で、確固とした自己と独立心を持ち、自分に忠実に生きようとする女性である。この点で、登場人物のうち作者にいちばん近い。物語の初めでは、ほっそりした若い肢体と細い首、濃く黒い巻毛、黒く輝く眼、浅黒い肌、表情がたえず変化する魅力的な顔を持った二十四歳の女性で、どこか『真夏の夜の夢』のエアリエルに通じる妖精的な雰囲気を身につけている。

しかし、知的な女性とはいえ、さまざまな点でアンビヴァレントな面をも備えており、この点が社会との軋轢を生む原因となる。言い換えれば、ゆたかな知性を備えながら激しい感情に押し流されて社会が規定した枠組みを踏み外してしまうのだ。アムハーストの目からすると、ジャスティーンのすべてが「敏捷で、きれいで、しなやかだった。それに性格の力が感情の表面に近いところにある」(277)ように思われる。

たとえば看護師として働いているときも、病人の機嫌を取ったり気休めを言ったりすることはせず、目に同情の色を浮かべ、熟練した手の動きで患者に対する思いやりと注意を表わすだけだ。このように内に熱い情熱を秘めながら、表面的にはいかにもクールな態度を保っている。だが、彼女自身「私は看護師には向かないんです――みじめな感傷家として生きて、死ぬでしょう」(13)と言うように、あまりに人間的すぎて看護師の職業に徹することができない。「うわべはなんとか快活で冷淡な職業的態度を身につけてはいても、どっと押し寄せる同情の念が鎧《よろ》ったその表面に近すぎるところに息づいていたからだ」(388)。彼女が真の意味でよい看護師だったら安楽死の問題は起きなかったはずだ。彼女が苦痛を嫌い、深く患者に同情する「看護師には向かない」性格だったからこそ、この問題が生じたのだと言ってもよいだろう。

ジャスティーンは裕福な家庭の出身ではなかったが、家柄としてはベッシーに劣ってはいない。美男で放蕩好きな父が早逝したため、母が顔をひきつらせながら貧しさと戦う暮らしをしたあと他界したので、彼女は生計の手段として看護師の職を選んだのだった。しかし時折、生命に満ちた精神を単調な仕事に縛りつけ、たえず醜悪さ、苦痛、きつい勤務に直面させる運命に反抗することもあった。このように生きがいを感じる仕事を持ちながら、いらだち、安逸な生活を批判しながらその魅力に届するというアンビヴァレントな面が彼女の特質になっている。こうした状況は『歓楽の家』の女主人公リリー・バートの身分に酷似していよう。職業を持ったリリーの再現とさえ言えるかもしれない。彼女はこうした状況で暮らしながら、高尚な行為と人生の愉しみが結合している憧れの生活が、どこかにあるような気がしてならない。

ジャスティーンはまた、他の若い女性と同様、自分自身の生活と幸福を求めてもいた。そして、『歓楽の家』に登場するローレンス・セルデンが「精神の共和国」を主張するように、ジャスティーンも他の人々とは一線を画した精神の避難所とも言える空間を作り上げている。言いかえれば、彼女の世界には主に退屈な人々や粗野な人々が住んでいたが、この二者のはざまに、ふだんの外部の関係のなかでは抑制せざるをえない潔癖さを十分に発揮できる独自の「内的王国」(152)を築き上げていたのだった。これまでこの王国に入りこんだ人はいなかったが、それだけに彼らがまだどこか手の届かないところにいるという思いが働いて、新しいグループの人々に会うたびに若々しい好奇心を感じないではいられない。洞察力に富むミセス・アンセルは、彼女を見て「興味深い、謎めいた人ね……友人……つまり同盟者として役に立つかもしれないわ」(214-5)と言う。

しかし、ジャスティーンは快適な生活に安住することはできず、しばらく気楽な生活が続くと、再び本来の仕事に帰りたくなる。彼女はアムハーストに向かって「ここの安易な生活は性に会わないわ」、「最近は本来の仕事――私の特別な仕事に戻りたいと思うんです……もっと厳しい看護の仕事に帰って、みじめな人たちを助けてあげたいんです」(462-3)と言う。アムハーストは工場労働者の待遇改善のため、ジャスティーンは病気の人々の看護を通して、共に社会や他の人々のために働きたいと考えている。二人に共通したこの情熱は、相手のために喜んで犠牲になる心の寛さに通底していよう。

さらに、アムハーストの言葉によると、ジャスティーンは「頭で感じる」(446)女性だった。また、世間の慣習や考え方に左右されず、自分の頭で考え、自分の思った通りに果敢に行動する新しい女性だった。こういう性格だったため、ベッシーの愚行を見ていると憐憫の情を越えて軽蔑心さえ抱くことがあったが、瀕死の床で無益な苦痛に呻吟するベッシーを見ていると、どうにかしてこの苦しみを終わらせたいと切望するようになる。ベッシーの苦痛ははげしく、回復の望みはない。万に一つ、回復することがあっても下半身は完全に麻痺してしまうのは明らかだった。生ける屍か、死か。やがて日を重ねるにしたがって痛み止めの麻酔薬が切れてくると、ベッシーの苦しみは見るに耐えないほどはげしくなり、彼女自身「死にたい」と洩らすようになる。

ジャスティーンはこれまでの病院の経験から、医者が慈悲心から無益な死の苦しみを短くするのを見たことがあった。そして、ベッシーの有様が無意味な動物的苦痛としか思えず、どうして医学の恩恵がこのケースに当てはまらないのか、疑問に思う。牧師に意見を求めても、人間の生命は聖なるものだから神の意志に従うほかはない、との紋切型の答しか返ってこない。ここで、彼女は科学と宗教と社会の三層の壁に直面する。

主任医師は悲観的ながらはっきりした意見は留保したのに対して、担当医ワイアントはアムハーストが南米から帰国するまで彼女を生かしておこうと必死になり、万に一つの回復にかすかな望みを繋ぐ。また、一人の人間をこういう状態でどれだけ生かしておけるか記録を作ることが職業上の業績にもなると考え、ベッシーを人間ではなく一つの症例としてしか考えない。だから、生命の火が弱まると刺戟剤を与えて心臓の働きを回復し、いたずらに苦痛を長引かせさえする。ジャスティーンには科学的情熱が人間的な憐れみの情に取って代わっているように思われてならず、「こんな状態で人間を生かしておくなんて、キリスト教が発明した洗練された残虐行為の一つじゃないかしら」(402)という感想を洩らす。したがって、彼女にとってモルヒネの致死量を与えてベッシーを死に至らしめるのは一種の慈善行為であり、かぎりなく人間的な行ないだったのだ。

数日間のたえざる疑問と心の葛藤の結果、彼女の心は慈善的な処置のほうに傾き、ワイアントの留守中看護の当番がまわってきたとき、これを実施に移す。この行為の実施に当たって彼女が拠り所にしたかったのは、アムハーストの意見だった。だが、彼の不在でそれを確かめることはできなかったものの、以前彼はディロンの件で安楽死に言及したことがあったし、本棚にあったベイコンの著作に彼の答えを見出したと信じこむ。ベッシーはほとんど本を読まなかったが、ジャスティーンはアムハーストの読書観につきあっていける女性だった。その本を開いたとき、彼女は「我々が滅びるのは、他人の例に従ったからだ。ソクラテースは多数派の意見をラミエ——子供たちを驚かすお化けと呼んでいた」(429) という文章を見いだし、そこにアムハーストが鉛筆で印をつけているのを見て、これこそ彼の意志だと思いこむ。

彼女が独創性を最大の人生の指針と考え、人の掟を「他人の例」と読み替えたところにつまずきの石があったと言えよう。彼女が理性で動いたとしたら、思いこみを実施に移す前に、医療に携わる人間として、まずワイアントその他の医者と人道的な医療について話し合い、ワイアントを説得すべきだったのではなかろうか。いずれにせよ、頭のなかの思想と、それが実施された場合の反応は同じではない。また、頭のなかにのみ存在していた思想は、往々にして現実の強さと力を欠いているものだ。このため、ジャスティーンはこの逸脱行為によって手ひどいしっぺ返しを受けることになる。

だが、彼女の行為の動機になったのは、理知ではなく感情だった。回復の見込みがない、本人が苦痛より死を望んでいるという理由は、いかにも論理的帰結か理性的な結論のように見えるが、ジャスティーンが果敢な行動に走ったのは、ベッシーの苦しみを見るのに耐えられなくなったからにちがいない。他人の苦痛を見ていられない心の弱さ、または優しさや同情心は、理知ではなく感情に属するものだろう。この点では、彼女もまた感情の動物だった。感情で動いたのち、さまざまな理屈をつけて自分は正しいと思いこむのだ。彼女は自分の心を検証し、自分の行動は正常で、普通で、完全に正当化できると確信する。

ここで、ウォートンの特徴的な主題になっている結婚の問題が浮上する。ベッシーの死後、終始ウエストモア工場の様子に真摯な関心を寄せていたジャスティーンはアムハーストの心の支えとなり、やがて彼と結婚し、この上ない幸福に浸るが、自分の犯した重大な行為については誰にも打ち明けることをしなかった。アムハーストにも話さなかったのは、本能的に現在の幸福を守りたいという気持ちが働いたためだろうが、自分の行為を正しいと信じて疑わなかったものの、この隠蔽は無意識のうちに働く罪の意識を示唆してはいないだろうか。

秘密が明るみに出たのは、ベッシーの担当医をつとめたワイアントの脅迫による。彼はかつてのジャスティーンの友人兼同僚で、彼女に求婚したが斥けられたという経緯もあって、人間的な弱さから麻薬に頼るようになった。ジャスティーンとアムハーストの結婚後八カ月経ったとき、彼はラングホープ氏が大きな影響力を持つニューヨークのセント・クリストファー病院の常勤医師の職を手に入れたいと思い、ジャスティーンの秘密を取引の道具として義父宛てのアムハーストの推薦状を要求する。しかし、良心的なジャスティーンはこの人事が招きかねない重大な結果を慮り、彼は常勤の医師には不適格だと主張して、世事に疎く事情を知らずに書いたアムハーストの推薦状を取り戻そうとする。その結果、ワイアントは彼女の秘密を暴露し、彼女のほうは正直にそれを認めるが、自分の行為については一瞬たりとも後悔したことはないし、良心に恥じることもなかった、その上アムハーストがあの場にいたら自分と同じことをしたにちがいない、と主張する。

しかし、事実が明るみに出たときのアムハーストの反応は、彼女が期待していたものとは大きく違っていた。彼は感情と偏見を越えることができず、本能的な嫌悪感と不快な疑惑に駆られて彼女に背を向ける。彼女の行為を理解しようとはせず、世間の人々と同じように彼女を裁いたのだ。つまり頭では理解できても、感情ではジャスティーンの行為を許すことができなかった。第一に、かつては愛し、生活を共にした人間の命が故意に摘み取られたことが堪え難い。ジャスティーンを大切に思ったのもベッシーの最後を看取ったからではなかったか。第二に、ジャスティーンは最初に会ったときから彼に好意を抱き、不幸な結婚生活の間、暖かい同情を寄せて彼を支えてくれたのではあったが、ベッシーの生前から彼を愛していたとすると、自分を利するための行為を行なったのではないと言い切れるか。彼はこの暗い疑惑を払拭することができなかった。第三に、一人の女性から与えられたものが、もう一人の女性の故意の行為によって得られたという事実が耐えがたい。ベッシーは結局彼を許し、死ぬ六カ月前に書いた遺言書で、財産の半分を信託財産として娘に、あとの半分を夫に遺していた。その結果、彼は自由に彼女の金で工場の改革ができるようになったが、もう一度ウエストモアを諦めなければならないと思う。最初は「夢」を捨てねばならなかったが、今回失わなければならないのは「実」のほうだった。そして、第四に、ジャスティーンがこれまでこの件を隠していた理由が解せなかった。

しかし、アムハーストは厳しい心中の葛藤と感情の克服の結果、ジャスティーンを理解できると思い彼女を許そうとするが、感受性の鋭いジャスティーンは彼の心中の戦いを察し、彼が自分の心に強いた許しを受け入れることができない。彼が彼女の行為を頭では理解しても、心では理解していないことがわかったからだ。こうして、彼女の決意は揺れる。

二人がこの問題にもう一度直面しなければならなくなったのは、ラングホープ氏がセント・クリストファー病院によるワイアントの任命を知らせてきたからだった。秘密の暴露で二人が動転していたとき、ワイアントは推薦状を持ち去り、希望の職を手に入れたのだった。ジャスティーンは今すぐ任命取り消しの手紙を書いてくれとアムハーストに頼みはするものの、その結果、自分の秘密が公開されるという事態に対応できず、一瞬躊躇して彼に助けを求める。そのためアムハーストは何もしないで成り行きに任せようとするが、廉潔心と倫理感に富んだジャスティーンは、このとき二人が交わしたキスを不名誉の協定のように感じないではいられない。結局、ジャスティーンはワイアントが社会に及ぼす悪影響を考えて思いなおし、立ち直る。そして、「私、一時間たりとも偽りの幸福はほしくないの」（541）と宣言し、夫に断りの手紙を書いてくれと頼む。これは、彼女の感情に対する理性の勝利だろう。

ところが、アムハーストはワイアントの口から秘密が暴露されることは避けたいので、直接ラングホープ氏のところに話しに行き、ベッシーに回復の望みがあったからこそ亡き者にされたのだという疑いが、ほんのわずかでも義父の心に萌す気配が見えた場合には、ウエストモアを捨ててどこか遠いところですべてをやり直そうと提案する。それを聞いてジャスティーンは、現在の困難な状況を去って新しい地ですべてをやり直せるという期待にいったんは歓喜するものの、やがて愛情と理性がその選択肢を拒否する。その場合、夫はライフワークを放棄せざるをえず、彼が救いかけた労働者は再び貧しく醜悪な環境に逆戻りし、彼の名誉は永久に傷ついてしまうからだ。それもすべて、自分の性急で浅墓な行為の結果だった。ちょうどイヴがアダムを誘惑して知恵の実を食べさせ、彼ともども楽園追放の憂き目に会ったように、彼女は自分の弱さから彼をひきずり落とそうとしているのだ、と考えた。そう思うと彼女は、これまでの自信を支えていた確固とした信念も論理も潰え、自分の世界が音立てて崩壊するのを感じる。しかし、ジャスティーンは何としても愛する人の名誉を守らねばならなかった。彼の名を自分の汚名から切り離すことが至上命令だった。それでアムハーストに数日の猶予を願い、翌日ラングホープ氏に直接会ってすべてを告白し、夫の家を去ることを約束する。このとき、彼女が義父に説明したのは、真実を知ったとき、いかにアムハーストが嫌悪に駆られて彼女を忌避し斥けたかということだった。彼女は一番苦しかった瞬間を誇張してラングホープ氏に話し、自分にとって最も大切な人を諦める道を選んだのだ。これ以上大きな自己犠牲はない。そうすることで、彼女は自分の行為によって彼が汚される可能性を封じこめようとした。彼からの送金を一切拒否し、すべてをアムハーストと結婚する前の状態に戻そうとしたのだ。さもなければ、彼に共謀の汚名を着せることになるからだった。このとき初めてジャスティーンは「入念に作りあげられた人間社会の建築物から軽率に取り外された一つの石が、いかに不体裁になった構造物の遠く離れた部分に裂目を生じるか」(555)を理解する。

　こうして、ジャスティーンは約束通り、夫のもとを去って看護師の仕事に戻る。これが社会の道を踏み外した代価だった。ちょうどグレアム・グリーンの『情事の終り』の女主人公が恋人の無事を祈り、その代償として彼に二度と会わないことを神に約束したため、断腸の思いで去っていくように。彼女にこの苦しい選択を遂行する強さと勇気を与えたのは、彼に対する強い愛と、自己犠牲を厭わない高潔な心情に他ならない。

　しかし、人の心を読むのが苦手なアムハーストには、ジャスティーンの意図は長い間不明のままだった。彼がようやく妻の真意を汲み取ることができたのは、数年後、ラングホープ氏も亡くなったあとになって、ミセス・アンセルの説明を聞いてからだった。その結果、彼は病院で働いていたジャスティーンに会いに行き、再び彼女を家に迎え入れる。こうして『木の実』は一種のハッピーエンドで終わるが、最後の工場の改革を祝う記念式典の場面では、これが本当の意味での結末ではないことを示している。この式典のさい、アムハーストは工場のために出資して今日の発展の礎を築いた亡き妻ベッシーを讃える演説をして、彼女が計画したリクリエーション・センターの青写真を高々と掲げて見せる。だが、それはブランシュに唆され、夫に反抗したいばかりに計画した、プールやジムの青写真で、資金が不足して計画倒れになったものだった。アムハーストは曲がりなりにも生涯の理想を実現することができ、万事が首尾よく収まった現在、その幸運を享受するためには、あれほど彼を悩ませた亡き妻を神格化しなければ気がすまなかったのだ。そのさまを見たジャスティーンは真実を夫に伝えたいとの強い衝動を感じながら、どうしてもそれを口にすることができず、次のように感じないではいられない。

墓から呼び出され、献身と理想に似た衣裳を着せられた想像上のベッシーを迎え、狭量な復讐の衝動が高貴な精神の働きに偽装させられているのを見ていると――ベッシーの小さな意地悪な幽霊が、自分の場所を奪った妻を罰するために、こんな方法を考え出したかのように思われた。(628)

結局、これほど共通点の多い夫婦の間でさえ、一度入った亀裂は完全には修復することができず、真の意味での理解や幸福は手の届かないものになったのだ。以上のように、ウォートンがこの長編で描きたかったのは、倫理の問題を前にしたジャスティーンとアムハーストの理性と感情の戦いではなかったろうか。秘密が暴露されてからの二人の心の戦いははげしく、緊迫して、劇的な展開を見せる。迷い、惧れ、不安、疑惑、偏見、妄想、失意、絶望、愛、希望、期待、悔恨が交錯する一方では、悩み、傷つき、苦しみ、闇のなかで必死の模索が続く。解決の方法は見つからず、心は堂々巡りを繰り返し、苦渋の選択しか残されていない。ウエストモア工場も安楽死もこの心の戦いと愛のありようを描くための道具とさえ言えるほどだ。結果として、この作品の主眼となったのは、ジャスティーンの生き方だろう。彼女は、安楽死の方法についての迷いや反省はあったかもしれないが、無益な苦しみを阻止したことに、基本的には後悔はなかったのだと思われる。そして、その後の生き方については、多少の妥協はあったにせよ、潔白に自分の意志を貫いた。この生き方には作者の賛意が感じられる。この点では、『木の実』はウォートン文学の王道に属する作品だと言えるだろう。

アーサー・ホブソン・クィンは、この作品を評して「結婚の関係についての考察」だと言い、中心はあくまでもアムハーストであって、「自分が選んだ仕事と愛する二人の女性のもっと個人的な要求とのはざまで生きる男の葛藤」を描いていると言う。さらに言葉を続けて、結婚生活には正義より寛容が必要であるのに、それを知らないアムハーストは「絶対に結婚してはいけない男の一人」(2)だと厳しい批判をしている。確かにアムハーストは、労働者に対する同情と友愛には富んでいても、身近の女性を真に理解する雅量には欠けていた。結婚するまで女性のことはあまり考えたことはなく、女性とは「論理的ではない衝動の塊」(560)だという認識しかなかったからかもしれない。

彼を愛したのは、まったく対照的な性格を持った二人の女性だった。ニューヨークの上流社会の基準と慣習を体現した女と、社会の掟より自分の判断を重視して敢然と社会の掟を無視した女。美貌と魅力にあふれてはいても知性的な営為には背を向け、ひたすら安逸と快楽を追い、愛情にすべてを賭ける女と、心の平和を無視しても物事の底の底まで洗い上げ、たとえ幸福を破壊することがあろうと真実を求める女。前者は彼の愛情を繋ぎ留め、彼の人生に不可欠な本質的な存在になろうとしたものの、自分の所有する工場から影に押しやられて破滅し、後者は性急な行動の結果によって裏切られる。共に、アムハーストの人生の至上の存在にはなり得なかった。だが、アムハーストがもっと感受性に富んだ寛容さを備えていたら、もっと人の心の機微に通じていたら、二人の女性の運命はどういう軌跡を描いただろうか。これは、考えてみる価値のある仮説かもしれない。

この作品には随所に結婚の実態を窺わせる表現が出てくるので、クィンに倣ってこの作品に描かれた結婚を論じるのも一興かもしれない。アムハーストはベッシーとの結婚が暗礁に乗り上げ、それに伴い仕事のほうも挫折せざると得なくなったとき、「妥協が結婚の法則」(292)だということを自覚する。またベッシーは、ジャスティーンに向かって「結婚は跛行」だと言う。「結婚なんて、既成の靴と同じように居心地悪いものなのよ。たった一つの制度がどうしてあらゆる個人のケースに適合できるのかしら？　それに、かつて結婚というものが想像上のケースに当てはまるよう発明されたからって、どうして私たち全員が不自由な歩き方をしなくちゃならないの？」(350)

このように、すでに結婚しているアムハーストとベッシーは結婚に大きな期待はかけていないのに対して、まだ結婚していなかったジャスティーンだけが「私に翼があるとしたら、家燕になるわ」(303)と言う。この言葉が表わしているように、ジャスティーンは結婚に対して少なからざる期待をかけていたように思われる。しかし、彼女でさえアムハーストとベッシーの結婚生活を観察して、「たいていの結婚は、合わない趣味と取り合わせがまずい野心とのつぎはぎ細工だわ」(369)という感想を抱く。彼女はついに期待通りの至福の生活を手にしながら、社会の掟に背いた報いとして、この幸福をみずから諦めなければならなかった。ともあれ、以上のような結婚に対する幻滅的な解釈には、作者自身の結婚に対する失望が影を落としているように思われる。

ウォートンが円熟した三十八歳のときに出版した野心作『木の実』は、ウォートン文学の傑作とは言えないまでも、心理ドラマとして読めばなかなか興味深く、さまざまな視点から光を当てて分析するに足る作品である。

第五章　バークシャーの冬、そして夏

『イーサン・フロム』（*Ethan Frome*, 1911）
『夏』（*Summer*, 1917）

バークシャーは、アメリカ合衆国東部のマサチューセッツ州最西端に位置する細長い高地の郡で、二つの山脈が南北に走っており、美しい滝や川があって風光明媚な上、史跡や文化的施設に富んでいるので、観光地としても知られている。ウォートンがこの地に深い愛着をおぼえ、丘の上の広大な土地を購入して「ザ・マウント」と呼ばれる豪奢な邸宅を建てたことは前に述べた。こうしてウォートンはこの地にほぼ十年間住み、付近の住民たちと交流し、村の有様や生活の仕方をつぶさに知り、彼らの言語も十分に理解していた。このような備えをした上で、ニューイングランドを背景にした小説を二作発表した。したがって、「この地方を全然知らない作家が書いた小説」だと評した一部の批評家たちには強く反発した。筆者も作品を読んだかぎりでは、右の評言は偏見に発しているのではないかと思う。

また、『イーサン・フロム』の成り立ちについては、自伝『振り返りて』のなかで、ウォートンは次のように述べている。

物語を書くことが最上の喜びとなり、この上なく易々と書けた作品は、『イーサン・フロム』だった。私は長い間、世間から見捨てられたニュー・イングランドの山間の村の生活を、ありのままに描きたいと考えていた。その生活は、私の時代になってさえ、メアリ・ワトキンスやサラ・オルン・ジュエットが描く薔薇色の光景から見られる生活とはまったく違う。一世代前はその何千倍も違っていたはずだ。当時、西マサチューセッツ州の雪に閉ざされた村は、いまだに道徳的にも物理的にも陰欝な場所であって、村の長い通りに並んだペンキの塗ってない木造の家々の玄関、あるいは隣接した岡の上に孤立した農家の背後には、狂気、近親相姦、緩慢な知的道徳的飢餓状態が隠れていた。エミリ・ブロンテなら、我が国の辺鄙な谷間に、彼女のヨークシャーの沼地と同じような荒涼たる悲劇を見いだしたことだろう。（293-94）

さらに、一九二二年版の『イーサン・フロム』の序文では、右の感じ方を敷衍して、「これまでのニューイングランドを描いた小説は、漠然とした植物学的、方言的なものを別にすると、私が見た美しいが苛烈な土地にはほとんど似ていないという居心地の悪い感じ」を抱いていた（*Edith*

Wharton: The Uncollected Critical Writings. 259）と述べている。つまり、方々に露出した花崗岩が看過されているというのだ。その意味では、ウォートンのこの二作は、ニューイングランドの花崗岩を描いたものと言えるかもしれない。

『イーサン・フロム』

一九一一年に発表された『イーサン・フロム』は、これまでの舞台だったニューヨークの上流社会からは一転して、ニュー・イングランドの寒村に住む樵夫《きこり》の物語である。似たような環境を背景にした小説としては『夏』がある。「バナー姉妹」（"Bunner Sisters"）も貧しい姉妹の物語だが、この作品の背景はニューヨークだ。

また、この作品は好評で人気が出たためか、オーエンとドナルド・デイヴィスによって演劇化され、一九三一年の一月、フィラデルフィアで上演され、のちにニューヨークでも上演された。演出はガスリー・マククリンティック（Guthrie McClintic）。さらに、一九九三年、タッチストーン・ホームヴィデオで映画化された。監督はジョン・マッデン、イーサン・フロム役はリアム・ニーサン、マティ役はパトリシア・アルケット、ジーナ役はジョン・アランという配役で、白一色の雪景色と黒づくめのイーサンの役作りがすばらしい。

この作品は、ウォートン自身が「序文」に記している通り、フランス語のレッスンとして書き始められた。ウォートンは四歳のときからフランス語を話していたというが、パリに居をさだめて以来、自分のフランス語を磨き上げ、語彙を増やしたいと思って、フランス語の家庭教師を雇ったところ、週に二、三回のレッスンのたびに作文を提出しろと言われたという。こうして書き始められたのがイーサンの物語だが、このレッスンは数週間で終わったため、改めて英語で完成したとのことだ。

『イーサン・フロム』は周到な構成と緻密な描写、悲惨な雰囲気をみごとに表現した技法と相俟って、アメリカ文学の古典と評されており、作者のウォートンも、この作品の執筆後、次のように自伝に記して、自信のほどを示している。

私はまだ小説の書き方がわかってはいないけれど、その方法を見つけ出すにはどうすればいいか、わかっている。（209）

私が突如として、道具を十分に使いこなすようになった職人の気分がわかるようになったのは、『イーサン・フロム』を書き上げたときだった。（209）

以上のように、この中編は小説として完璧な形を備えており、ウォートンの不遇の時代にも、『イーサン・フロム』と『国のしきたり』、『エイジ・オブ・イノセンス』の三作だけは、絶版の憂き目には遭わず、出版され続けてきた。

ついでに言うと、『イーサン・フロム』の、風変わりな構成も賛否両論の的になってきた。この雪に閉ざされた寒村に住むイーサンの悲劇を描くのに、作者はよそ者のエンジニアを導入部に登場させている。彼はスタークフィールドに近いベッツブリッジの発電所に関係した仕事で初めてこの地を訪れ、毎日郵便局に手紙を取りに訪れる異形の人物に強い関心を抱く。その男は、人間の残骸にすぎないと言えるほど体の片方が折れ曲がり、一歩一歩が鎖でぐいと引っ張られるような不自由な歩き方をしながら、どこか近寄りがたい威厳があり、頑なで不屈な表情を浮かべていたからだ。そのため、彼について周囲のさまざまな人物に問いかけ、口の重い彼らからようやく聞き出した断片と、偶然彼の家で一夜を明かした経験とを組み合わせて、なんとか彼の来歴を組み立てたという設定が、この小説の導入部になっている。少々ややこしいが、イーサンという謎めいた人物の過去の悲劇を徐々に明らかにするためには、この複雑な導入部が効を奏していると筆者は考える。

この小説の主人公、イーサン・フロムは、知的で、向上心もあり、廉潔な気質を持った好青年である。彼は将来のエンジニアを目指して数年前、ウスターの工業大学で一年間物理学の研究をしたことがあった。しかし、こうした希望に満ちた将来の夢を無残に打ち砕いたのは、父の死とそれに続く不幸の連鎖だった。

人間が美しく生きるには、陳腐なことながら、天職と定めた仕事を貫くこと、美しい環境で生きること、経済的に豊かであること、幸せを実感できることなどがあげられよう。イーサンはその一歩を踏み出したとたん、周囲の自然の状況と人的環境、それに貧窮した経済状態のため、希望通り生きることが叶わなくなった。自然環境とは、彼が住む村、スタークフィールドの苛酷な自然、とくに生きる意欲を失わせるほど厳しい冬の、たとえようもない苛烈な気候と言ってよかろう。こうした環境の有様をウォートンは話者の声を借りて、次のように描写している。

水晶のように透明に凍りついたあと陽の射さない寒さが長々と続き、二月の猛吹雪がこの呪われた村の周囲に白いテントを張りめぐらし、三月の荒々しい風がさらなる攻撃をしかけると、なぜスタークフィールドが飢えて六カ月の包囲から命乞いもせず城を明け渡してしまう守備隊のようになってしまうのか、そのわけがわかり始めてきた。　(9)

人的環境としては、早すぎた父の死があった。そのため、イーサンは学業を諦めて故郷に帰らねばならなくなった。それに続く母親の鬱病めいた病気と死。母を見送ったあと、孤独地獄に陥るのを恐れて、イーサンは母の看病に来てくれていた年上の従姉のジーナに衝動的に求婚して結婚した。ところが、ジーナもスタークフィールドの苛酷な自然と単調さに耐え切れず病身になり、病気のために方々の医者を訪ねることだけを生きがいにして、イーサンが得るわずかばかりの収入を蕩尽することに慰めを見いだすようになった。だから、御者のハーモン・ガウは「イーサンはスタークフィールドの冬をあんまり長く過ごしすぎたんですよ」(7)、「たいていの利口な人間は出て行ってしまいますからね」(9)と言った。

イーサンは以上のような理由でこの苛酷な村から出ていくことができない自分の境遇を、フロム家の墓石に嘲笑されているような気がする。何年もの間、門の内側の小高い丘の上に並ぶフロム家の墓石は、この地を出て自由を得たいと願うイーサンの希望を完膚ないほど打ち砕いてきた。しかし、こうしたつらい生活にかすかな灯がともったのだ。作者は言う。

何年もの間、その物言わぬ仲間たちは、彼の焦りや、変化と自由を求める彼の欲求を嘲笑してきた。〈我々は一度も出て行けなかった……どうしておまえだけが出て行けるのか?〉という言葉が墓石の一つ一つの上に書かれているように思われた。だから、門を出入りするときにはいつでも〈彼らの仲間入りをするまで、おれは今のように生き続けることになるんだろう〉と考えて身震いするのだった。ところが、いま変化への欲求はすべて消えてしまい、この墓場の光景は、連続と安定の暖かい感じを与えてくれるようになった。(55)

ジーナが病身で家事が十分に行なえないため、彼女の親戚で身寄りのない二十歳のマティ・シルヴァーが手伝いに来ることになり、彼の意識が変わったのだ。マティは不器用で、家事や農場の仕事に慣れておらず、彼が手取り足取りして教えなければならなかったが、イーサンはそういう仕事に予想外の喜びを感じるようになった。自然の美しさに誰よりも敏感だったイーサンは、同じようにそれに感動し、彼の学識を賞賛し、彼が教えることに一つ一つ響きあう魂をマティのなかに発見したからだ。その結果、これまで砂漠のように味気なかった生活に、明るい灯がともったのだ。

楽しいイベントが皆無の単調で寂れた村のなかで、若者たちにとって唯一の娯楽は教会でのダンスの集まりだった。この集まりに出席したマティを迎えに行って二人で夜道を歩いて帰ってくるのが、イーサンにとっては何物にも替えがたい喜びだったが、彼は既婚者であるため、愛の告白をすることはできない。こうした機会のたびに、マティに言い寄る雑貨商の息子、デニス・イーディに嫉妬し、マティの言動に一喜一憂するイーサンの姿には、恋する者の苦しみと歓びがいきいきと描かれている。しかし、その幸せはあえなく潰え去ることになる。

イーサンとマティが共同して働くことに喜びを感じている事実をジーナは見て取り、二人の仲を嫉妬して、マティを追放しようと心を決めたからだ。こういう雲行きになったとき、ジーナのネコが、彼女の代弁者とも解釈できそうな奇妙な役割を果たす。医者を訪ねるためジーナが一晩留守にしたとき、マティが食卓を飾ろうと、ジーナが大事にしていた漬物皿を持ち出したところ、猫がふいにその上に乗って、貴重な皿を割ってしまったのだ。翌日イーサンが膠で皿の修復をしようと計画していたところ、予定より早く帰宅したジーナがそれを見つけて、さんざんマティを罵ったあげく、新しいお手伝いを雇ったので翌日出て行けと、残酷な通告をする。

だが、マティに行く当てはない。こうなった以上、二人で家を出て、どこか知らない場所で生活しようとイーサンは計画するが、二人分の汽車の切符を買う余裕もないことがわかって愕然とする。ここでは、貧困が退路を断つ。

仕方なくイーサンは、木材の搬入先のアンドルー・ヘイルに頼みこんで幾許かの金を貸してもらおうとするが、今度は彼の廉潔心がそれを阻む。彼は農場と製材所をジーナに遺せば、抵当に入ってはいるものの何年かは生活できるだろうと考え、ヘイルの家を訪ねようとしたとき、途中で会ったミセス・ヘイルが「ジーナの具合が悪くて……本当に大変ね」(154)と親切な言葉をかけてくれたのだ。すると、その言葉でイーサンは我に帰り、自分はヘイル家の人々の同情を利用して、妻を捨てるという後暗い目的のために金を借りようとしていることに思いいたる。すると、そんな破廉恥なことはできないという反省の心が湧いてくるのだ。ここでは、彼が常人以上に倫理的であることが推測できよう。

だが、二人に打つべき手はない。最後の思い出に、いっしょに教会のピクニックに参加した場所を訪ね、次いで、これまで気にはかかっていたものの、まだ実行したことのない橇遊びをしようと思いつく。そこでこれまでにないほどの心暖まる橇遊びを楽しんだとき、マティが突然、イーサンほどの橇の名手なら思ったところに橇を滑らせることができるだろう、だからあの大きく危険なニレの木に橇をぶつけてくれと頼む。この自殺の提案にイーサンは一瞬たじろぐが、最後に二人が一体になるのはこの方法しかないと思い定めて、ニレの木をめがけて橇を発進させる。橇は速度を増し、大気は何百万もの火の箭となって彼を掠めるが、最後の一瞬、妻の歪んだ顔が彼と目的物の間に割り込んだので、彼は目測を誤り、無残な不具の形で生き残ることになった。

以上のようなイーサンの悲劇を俯瞰して見ると、慎ましい幸福を夢見た若者の幸の源を断ち切ったのは、一つには厳しい自然の脅威であり、二つには経済的な貧困、そして最後には彼自身の倫理性だったことがわかる。つまり、偽りの口実で人でなしの行為をすることに対する抵抗の心が、彼を押し止めるのだ。このように、ウォートンの作品はつねに倫理性に貫かれており、倫理的に正しい生き方をすることこそ、美しく生きるための基礎的条件になっていることが窺われる。

だが、何よりも注目しなければならないのは、卓越したウォートンの描写力だ。生きとし生ける者を閉じこめてしまう苛酷な雪景色の描写もさることながら、言葉にはならない登場人物の心理描写の巧みさには、感嘆すべきものがある。とくにこの小説では、イーサンはマティに対する愛情を心に秘めたままにして、言葉にすることはしないし、妻のジーナは二人の親しさに嫉妬し、彼らの仲を引き裂くことに余念がないが、その怒りと妬心を一言も口には出さず、秘かに胸の内で燃やして決定的な行動に出る。マティも遠慮があって、思うことを述べることはしない。言い換えれば、これは沈黙と禁忌の物語でありながら、作者は他の物語以上に雄弁にイーサンとマティの悲恋を語っている。こうした特質は、ひとえに作者の優れた描写力の賜物だろう。

『夏』

『イーサン・フロム』の六年後に発表された『夏』は、同じような中編で、前者の対と見做されている。ウォートンの作品中ニュー・イングランドを背景にした作品はこの二作だけであり、共に厳しい環境と貧困が大きな要素となっている点では似ているとも言えるが、内容はまったく違う。『イーサン・フロム』の雪に閉ざされたスタークフィールドの荒涼たる景色に対して、『夏』では、雪が降る場面はあるものの、大体は六月に始まる暑い季節であって、ウォートン自身、この小説を「暑いイーサン」と呼んでいるところからも、作者の頭には始めからこの二作を対として構想したことがわかる。また、ウォートンはたびたび男女の三角関係をテーマにした小説を書いてきたが、『イーサン・フロム』はその典型であり、『夏』もその例に洩れないが、ここで特記すべきことは、めずらしくウォートンが差別問題を扱っている点だろう。

『イーサン・フロム』の主人公は、寡黙で大人しい男性だったのに対して、『夏』の女主人公、チャリティ・ロイヤルは、はっきり物を言う、果敢で率直な若い女性であって、養い親に対しても、遠慮なく罵詈雑言を浴びせる。この点では、前者が沈黙の書であったのに対して、後者は饒舌の書だと言っていいかもしれない。また、前者は禁欲の書であったのに対して、後者では性は解放されており、ロイヤル弁護士は夜、チャリティの部屋に忍んで行くし、チャリティのほうは結婚もしていないのに妊娠する羽目になる。

では、チャリテイとロイヤル弁護士は、どういう関係として設定されているのだろうか。チャリテイは幼いときに人々が忌避する「山」からロイヤル弁護士が連れてきた娘であって、養女として正式に籍には入れてないが、妻を亡くしたロイヤルと二人で暮らしている。のちに彼女は自分の出自を知ることになるが、父は酔っ払いの前科者で、母親は半分売春婦だと言われていた。他の小説とは違うもう一つの大きな事件は、チャリティが十七歳になったとき、夜ロイヤル弁護士が彼女の部屋に忍んできて、求婚するという出来事が起こったことだ。そのとき、チャリティは彼に対して嫌悪の情しか感じておらず、「あんた、鏡で自分の顔を見てから、どのくらい経つの？……お手伝いさんを雇うより私と結婚したほうが安上がりと思ってるんでしょ」（34）とまくしたてて、養い親に屈辱感を与える。こう言われて彼はそのまま引き下がるが、無理な交渉をして、無経験だった彼女が望んでいた図書館の職を確保してやり、年寄りではあったがお手伝いを雇い入れる。こうして、ロイヤル弁護士は、ひどい侮辱を受けたにもかかわらず、彼女の暴言をそのまま実現してやるという度量を示す。

このように、『夏』で描かれているのは、環境に歯向かい、それと戦う若い女性の物語であると同時に、孤独な人間だったロイヤル弁護士が忍耐強くチャリティを守り、その心に訴えかけ、ついに彼女の心を解きほぐすにいたる物語でもあり、彼に対するチャリティの心情の変化がその主題であると考えることができよう。

小説の冒頭で、チャリティは弁護士の家から出て、「何もかも本当にいやになってしまう！」（9）

と述懐するが、この言葉に表われたノース・ドーマーという町の単調さと閉塞感は、スタークフィールドの冬の苛酷さに通じるものがある。また、チャリテイのこの叫びは、青春期の反抗的な気分を表わしているのはもちろんだが、それ以上に彼女が置かれた環境の単調さ、面白味のなさに加えて、自由に使える金のないこと、孤独であること、この街に閉じこめられていることへの怒りを表わしていると考えることができる。彼女が図書館で働きたいと言い出したのも、収入を得て、この街から出て行きたいという願いに発していることは疑いを容れない。つまり、自由と独立がほしいのだ。

このような経緯で決まった図書館勤務が、彼女にとっては結果的に状況を変える契機になった。そこで、彼女はルシアス・ハーヴェイという恋人に遭遇することになるからだ。彼は建築の研究をしており、始終図書館を利用するだけでなく、その地方の特徴のある建築物を視察するために、チャリティに街の案内を頼む。こうした経緯と、チャリティが懇願して彼を弁護士の家に下宿させたこともあって、二人はしだいに親交を深め、チャリティは彼との結婚を夢見るようになる。

しかし、ロイヤル弁護士は二人の愛の真実を見通しており、ルシアスを家から追い出すばかりか、ある日、二人の逢引き場所に姿を現わして、チャリティに彼が結婚の意志を持っているかどうか問いただせと命令する。そして、やってきたルシアスに対して、「おまえが結婚の申し込みをしないし、その気もないのは、その必要がないからだ。他のどの男とも同じさ……みんなは彼女がどんな人間か、どんなところから来たかを知っているからだ」(207)と言う。つまり、差別された山上の村の出身だから、対等の人間として扱う必要はないと考えているのだろう、とルシアスの心のなかの差別意識を抉決してみせるのだ。ルシアスはひるみ、彼が帰ったあと、チャリティに向かって「一、二カ月留守にするが、帰ってきたら結婚しよう」（210）と言い残して去って行く。

だが、それが束の間の弁解だったのは明らかで、やがて、彼がアナベル・バルチと婚約したという噂が流れてくる。チャリティは彼の子を身籠もったことが明らかになった今、彼からこのように裏切られて、重い宿命に圧倒されそうになる。彼女はなすすべもなく、生まれてくる子をどういうふうに育てればいいのかもわからない。思い悩んだ末、自分のアイデンティティを確認したいという欲求が芽生え、母親に会いたいと思い、徒歩で、山に向かって一歩一歩嶮しい道を登り始める。この山登りは、彼女の向上心と主体性の確立への目覚めと受け取っていいだろう。途中、山と文明化された下界との仲立ちをしていたリフ・ハイアットと牧師のミスター・マイルズに会い、馬車に同乗させてもらって山に到達するが、母はすでに死んでいた。くしゃくしゃの破れ服のまま、花もなく、柩もなく、部屋の隅のマットレスの上に横たわっていた。溝のなかの死んだ犬のように。母の屍をマットレスごと、掘ったばかりの墓のなかに埋葬したあと、チャリティは母が横たわっていた部屋に寝て、貧しく不幸だった母の生涯を思い、自分が山に留まっていたら、どういう生活をしていただろうかと考える。いつかロイヤル弁護士がルシアスに言った「いかにも。母親はいたよ。だが、喜んで子供を手放した。誰にだってやっただろう」（73）という言葉が蘇り、生まれてくる子にどういう生活を送らせることになるかを考えると、暗澹たる気持ちにならざるをえない。チャリティが自分を「さびしい空の輪のなかの小さい斑点にしかすぎない」（264）と考えていたとき、ロイヤル弁護士が馬車で彼女を探しにきた。

以上のように、率直で、開放的で、遠慮や思いやりがなく、いわば野育ちで、気質のはげしいチャリティに対して、ロイヤル弁護士はやや偏屈で寡黙、容易には心を開かない、知的で複雑な人物である。彼は弁護士というれっきとした知的職業を持ち、都会で暮らす知識人ではあるが、イーサンと同じように心を開く相手のいない孤独な存在だ。また、山からチャリティを連れてきて、養い育てるという事実からも明らかなように、差別意識を持たない、ヒューマニスティックな人間だと考えられよう。

したがって、この小説はいかに彼が手に負えないチャリティを見守り、保護し、助け、寛い心で将来を保証し、その心を開くか、その経緯を語った物語だと考えることができる。彼は苛酷で、はげしいところもある男だが、同時に、臆病で、弱いところもある、悲しみに沈んだ人間だった。前述したように、彼はある夜、チャリティの部屋に入ってきて彼女から口汚く罵られたにもかかわらず、自分の権力と人望を使ってその望みを叶えてやるが、その後は彼女に対して怒るというよりは、自己嫌悪に陥って、図書館で働く彼女が男にだまされて、捨てられる経緯を黙って見守ることしかできない。しかし、抑圧された彼の心情は、ときとして暴発することもある。

ある日のこと、酔っ払って女連れで船から降りたところ、チャリティとルシアスがデイトをしているところを見て、「この売女！　帽子もかぶらぬ、いまいましい売女だ、おまえは！」(151)と、衆人環視のなかでチャリティを罵倒する。またあるとき、チャリティとルシアスとの交際が街の噂になっているからと、ロイヤルがチャリティを諌めたとき、彼女は「ああ、私はいつだって、どんなにあんたが嫌だったことか！」(112)と叫ぶが、彼はその罵言をじっと耐え、「きみの冷笑やあざけりにもかかわらず、私はきみをまともな女性としてずっと愛してきたことは、きみも知っているはずだ。結婚したら、ここを出て他の大きな街に行ってやり直そう」(116)と言う。しかし、その訴えは彼女の心には届かなかった。

以上のように、二人は同じ屋根の下で暮らしながら、右のような険悪な間柄になるのだが、チャリティが彼の誠実な性格を認め、彼の愛を感じとるには、二つの過程が必要だった。一つはルシアスの愛と裏切り、二つ目は自分のアイデンティティを確立するため山に登ったことだ。チャリティが徹底的に自分の無力さを悟り、自分が身一つではなく、生まれてくる子に対する絶対的な責任があることを自覚したとき、はじめて彼の黙せる存在が平和と安全を保証してくれることを感じとり、彼が自分と近い人間だったことを悟る。つまり、「これまでつねに、彼を憎むべき邪魔者であって、努力すれば彼を出し抜き、支配できる人物だ」(275)と考えていたのに、突然彼が「寂しい男」(276)であって、自分と近しい存在だったことを身に沁みて感じるのだ。

キャロル・J・シングリーは、この作品に対するホイットマンの影響を論じており、デイヴィド・ホルブルックは、チャリティはウォートンの他我であって、この小説は母を排して父と結婚するウォートンの無意識の神話だと論じている。さらに、スキレムは、この作品をアメリカの父権的、性的経済に対するウォートンの最も率直な批判だと述べている。いずれにしても、多くのことを考えさせられる複雑で含蓄の深い作品であることは確かだろう。ついでに言うと、ウォートン自身は『イーサン・フロム』より『夏』のほうが気に入っていたという。だが、筆者としては『イーサン・フロム』のほうを何倍も高く評価したい。

第六章　愛の試練

『砂州』（*The Reef*, 1912）

ウォートンの結婚は成功したとは言い難いが、彼女は一度だけ本物の恋をしたことがある。相手はアメリカ人ジャーナリストで、パリ駐在の『ロンドン・タイムズ』特派員だったモートン・フラートン。彼はハーヴァード大学を卒業しており、ノートン教授の教え子で、ヘンリー・ジェイムズの若い友人兼讃美者だった。彼とウォートンが出会ったのは一九〇七年、ウォートンが四十五歳、フラートンが四十二歳のときのことだ。二人の関係が続いたのは、一九〇七年から一九一〇年までと言われているが、その後も二人はよき友人として過ごした模様。しかし、このときモートンは四歳年下の従妹のキャサリンと婚約しており、スキャンダルになりそうな同性愛の過去があった上、離婚したあるフランス人女性と深い関係があって、一時期脅迫されていたため、ウォートンが経済的に援助したとも言われている。こうした事情はすべてルイス教授の発見であって、ピュリツァー賞を受賞した彼のウォートンの伝記が出版されてから、ウォートン批評は大きく変化した。『砂州』の序文を書いたオーキンクロスは、その冒頭で「本を開く前に、読者は当時の倫理的状況を頭に入れておかねばならない。当時、婚姻外の肉体的愛情は、女性にとっては身の破滅となり、男性にとってはやや非難すべきことと考えられていたからだ」(vii)と述べている。これは至言であって、今日の性についての自由な考え方からすると、この小説に描かれている人々の逡巡や苦悩や行動の原因がまったく理解できないか、ばかげたものに見える可能性が否定できないからだ。

ウォートンはヘンリー・ジェイムズと親交があり、住んでいた世界も作品の世界もよく似ていたこともあって、ジェイムズの弟子と見做されることが多いが、ウォートンはこうした見方に反発し抵抗してきた。よくよく眺めれば、両者の世界ははっきり異なっている。しかし、数多いウォートンの作品中、『砂州』はもっともヘンリー・ジェイムズに近く、この小説が「ジェイムズ的だ」と評されることに対しては、ウォートン自身、あまり反論していない。当のジェイムズはこの作品を賞め、「ラシーヌ的」だと評している。たしかにその通りで、三一致の法則とは言わないまでも、場所はパリとジブレに限られており、登場人物も主には四人だけ、主筋としては、彼らの会話と、言葉にならない心の葛藤だけであって、いかにも演劇的であり、舞台の上で演じるのにふさわしい。

登場人物は、金髪で、行動的で、容貌の整った若きアメリカの外交官、ジョージ・ダローと、その婚約者と目される未亡人のアナ・リース、亡夫の連れ子でアナの義理の息子、オーウェンと、アナの義母、マダム・ド・シャンテル、アナ自身の娘のエフィと、その家庭教師、ソフィ・ヴァーナーであって、アナ一家は彼女が亡夫から相続した城とも呼べるジブレの広壮な屋敷に住んでいる。使用人と最後に顔を出すソフィの姉や時折の客を別にすると、登場人物は右の六人だけで、そのうちジョージ、アナ、オーウェン、ソフィの四角関係がこの小説の骨格をなす。この点からしても、四角関係を扱ったジェームズの『黄金の杯』と比較されることが多い。

作品の冒頭で、ジョージ・ダローは、アナに会うためイギリスからパリまで旅してくるが、パリに到着したとたん、理由も説明もなく「三十日までは来ないで」というアナからの電報を受け取る。その後、理由を記した速達が来るかと期待していたが、それも来なかったので、むしゃくしゃしていたジョージは、たまたまドーヴァー海峡を渡る直前チェアリング・クロスで出会った若く美しいソフィ・ヴァーナーにパリ案内をしたのち、演劇志望の彼女を劇場に連れて行ったり食事に誘ったりして一週間を過ごすうち、親しい間柄になった。その間にアナからの手紙が来るが、彼はそれを読みもせず、暖炉に投げこんだ。

ところが、指定された日にジブレに着いてみると、エフィの家庭教師に雇われていたのは他ならぬソフィであって、その上ソフィに恋したオーウェンが近く彼女と婚約するとのこと。この意外な成り行きにジョージは驚き、なんとかパリのアヴァンチュールを隠し通そうとするところに、四人四様の心の葛藤が始まる。

だが、この四角関係の中心に置かれているのは、アナ・リースだ。この作品を執筆していたとき、ウォートンはモートン・フラートンとの愛が終わって失意の状況にあった。そのためもあって、未来を賭けた愛に幻滅するアナの苦悩が詳細に描かれており、そこには少なからず作者の心情が描きこまれているように思われる。この小説が半自伝的と言われる所以だろう。そういう事情があったためか、好意的な批評にもかかわらず、ウォートン自身はこの作品があまり気に入らなかったらしく、一九一二年十一月二十三日付けのバーナード・ベレンソンへの手紙のなかに、次のように記している。

本当は送りたくないのですが、私の著書を送ります。というのは、嫌気がさしているのです——哀れで、みじめで、生気のない固まりなのですから。

一言で言えば、この小説には、中年になって得た愛に意味ある人生の望みを託していた女性が、愛する男性に裏切られ、苦悩ののちその愛を捨てようと心を決めるが、結局意志を貫くことができず、妥協してしまう様が描かれている。また、この愛の成り行きには、男女の愛の性質の違いと、対処の仕方の違いが描きこまれているように思われる。

まず、アナ・リースについて。少女時代のアナ・サマーズは上流階級の出身で、この社会の慣習と掟に縛られているが、文学や芸術に深い関心を抱いていた。しかし、周囲の人々はこうしたことに無関心だったので、アナは自分だけが異なっているという違和感を感じ続けてきた。偉大な詩や記憶に残る行為を形成している情熱や感覚をどうして皆が無視するのか、理解することができなかったのだ。ここには、作者自身の経験が描きこまれていると見ることができよう。またアナは、人生と、その苛酷さ、危険、不可思議さを怖れており、自分自身と人生の間に、「薄いが突き通すことのできないヴェール」(84)がかかっているような気がしてならない。また、情熱的に生まれついてはいるものの、強くて十全な感情には慣れておらず、それを怖れてはいけないということは、頭ではわかっていても怖れる気持ちを払拭することができなかった。そして、いつの日か、真実の愛がこの非現実な魔力から自分を解放してくれるのではないかという期待を抱いていた。内心では「崇高な愛が人生の謎を解く鍵だ」(86)と信じないではいられなかったのだ。

ところが、イタリアで会い、のちにニューヨークで再会したフレーザー・リースは、文学や芸術に造詣が深く、芸術品の蒐集もしていたので、アナは自分を理解してくれる人ができたと思い、愛はなかったが、彼と結婚した。しかし、彼との結婚も彼女の心情を変えるにはいたらなかったし、彼女と人生の間に下がっているヴェールを取りのぞきもしなかった。夫は進歩的な思想の持ち主で、革命に対する情熱を抱いており、より自由で優れた社会をアナに垣間見せてくれはしたものの、母親のマダム・ド・シャンテルの敬虔な宗教的儀式については不問にしろと言い、地方の狭い社会の偏見を伝統と言い換えるだけで、アナの疑問を説き明かしてはくれなかった。その結果、彼女が期待していた人生への強い関心や苦悩からはいっそう遠ざかったような気がしてならなかった。ロマンスと現実との落差は依然として埋まらず、「現実の人生」とは現実でもなければ、生きてもいないと悟らざるをえなかった。娘の誕生によって実際の生を感じ取りはしたものの、やがては非現実の同じ色に染まっていったように思われる。要するに、「レディらしい抑圧」(86)のモデルのような生活を送っていたにすぎない。それだけに、ジョージ・ダローとの出会いは、心を揺るがす新しい経験であって、この愛に期待する気持ちもそれだけ大きかったと言うことができる。彼女は以前彼に会ったことがあり、その折、常ならぬ心のときめきを感じはしたが、例によってその感情は抑圧して、別人との結婚に踏み切ったのだ。ところが、夫が病死して未亡人になった今、十二年ぶりに大使館でダローに再会して、どうにか再婚の話が持ち上がるまでになっていたのだった。

こうしたアナの性格に対して、ソフィのほうはいわば自然児であって、眠ければダローの視線の下でも平気で眠り、金がなく、いい勤め先もないことを初対面のジョージに向かって率直に話す。また、持てる者と持たない者の不公平を嘆きながら、そうした状況を嫉妬もひがみもなく、明るく、当然のように語る現代女性だった。両親の死後、ニューヨークの寄宿舎生活で人生を始めたが、全員が忙しく無関心な世界で、一人でどうにかやっていくしかなかったので、独立心の強い、自由で、闊達な人間になっていた。親から多少の遺産を受け継いだはずだったが、後見人が亡くなったので、それもうやむやになり、経済的にはゆたかとは言い難い状況にあった。

ジブレでソフィに会ったジョージ・ダローは驚き、以前どこかのパーティで会ったことがあるとお茶を濁したが、二人の間に何かあると感じたのはオーウェンが最初だった。彼は以前パリでダローがソフィを芝居に連れて行ったとき、ロビーで二人に会ったことがあり、食事の折りソフィが同じピンクのイヴニング・ドレスを着ていたことや、ダローが来てからソフィの態度が変わったこと、周囲に人がいないと思うときは、いつでも二人が深刻な話をしているらしいことなどに気づき、何かあると感じたのだった。

　ところがジョージ・ダローのほうは、パリの一週間を行きずりの冒険にすぎないとしか思っておらず、彼女のことを忘れていたが、彼女が義理の娘になることには釈然とせず、なんとかこの成り行きを阻止できないものかと考える。それに加えてアナの義理の母、マダム・ド・シャンテルは、地位と家柄のよさがないので社会の慣習にしたがってソフィの結婚に反対の態度を取り、思い止まるよう彼女を説得してくれとジョージに頼む。仕方なくジョージは機会を見つけては、愛のない結婚をするとみじめになると言い、新しい職を探すならできるだけの援助をしようと申し出る。

　すると、感受性の鋭いソフィは彼の真意を見抜き、「あなたの友人とは結婚してもらいたくないんでしょう」（205）と言う。やがて、彼女はオーウェンとは結婚できない、だからここを出て行く、とアナに告げる。動転したアナが彼女の意図を確かめてくれと再度ジョージに頼むと、ソフィは「ここを去るか留まるかはあなたしだい」（149）と言い、この地で彼に再会して、自分が本当に愛しているのはダローだとわかり、「私は選択をした――それだけのこと。一度あなたを愛したから、あなたを留めておくつもり……ここに隠しておくわ」と言い、自分の胸に手を置く。（263）

ジョージは彼女を憐れみ、気の毒に思うが、アナに対しては、大したことは起こらなかった、ソフィは表面的な知り合いにすぎないとひたすら逃げを打ち、嘘を言い、真実を包み隠そうとするが、アナはソフィの苦しみ方や涙から重大な事柄があったことを悟り、真実を話すよう迫ったので、彼はついに隠しきれなくなって、パリの出来事を告白する。

アナはそれまで、ソフィの率直さ、受容力、新しい経験に対する貪欲さ、積極性などを羨んでいたが、今度は自分の知らない性的経験をダローと重ねたことが加わって、羨望と同時に嫉妬を覚え、その様子をさまざまに想像して耐え難い苦痛を味わう。そして、彼女に対する嫌悪と同時に惹かれるものを感じ、彼女によらねば自分の救いはないとまで思いつめる。そして、去って行ったソフィを追って、パリまで出かけて行く。

オーウェンも彼なりに苦しみ、ジブリを出てパリへ赴く。こうして四人は四様に苦しみつつ、心理的に成長を遂げるのだが、その心理的な揺れが誰よりも大きく、その苦しみが詳細に描かれているのはアナだ。彼女は結局、この愛の苦しみによって人間的に成長し、若い時代の人生や愛に対する怖れを克服して、一人の十全な女性、新しい人間としての進化の姿を見せる。だが、その過程では、さまざまな点で弁証法的発展の跡を見て取ることができよう。

まず彼女はジョージ・ダローをジブレに迎え入れ、彼に対する愛を自覚して、「彼の気分の影や翳になりたい」と願い、自分は彼にとって「奴隷であり、女神であり、十代の少女のようでもある」(124) と感じる。

また、愛する男性の不実への疑いが兆すと、真実を突き止めたい気持ちと、昔の怖れを知らない無知の状態へ戻りたいという矛盾した気持ちに苛まれ、真実を知りたい欲望と、このままの状態で愛を貫きたいという本能的な希望が芽生えて、心は揺れに揺れる。

やがて、ダローを問い詰めて彼の告白を聞いたあとでは、「自分が崇拝するジョージ・ダローと嫌悪するジョージ・ダローは同じ人間で、分けて考えることができない」(302)ことに思い悩む。だから、両者に出て行ってもらい、自分は思い出も希望もない悲しみの砂漠に取り残される運命だと感じざるをえない。こうして正反対の要因が一つに統合された暁には、両方を失うことになり、それには耐えることができない。彼に二度と会うことはないと思うと、それは不可能だ、過去の愚行が二人を引き離すことは不合理だと、本能が声を上げ始める。

最後の望みの綱だったソフィを彼女の姉の家に訪ねると、ソフィはすでにインドに発ったあとだということがわかって、結局アナはジョージの腕のなかに帰っていく。

スーザン・グッドマンは題名の「砂州」を次のように解釈している。

たとえば、ソフィの絶対的な誠実さは、キャロル・ヴァーショーヴェンが示唆するように、アナとダローがぶつかる砂州となるからだ。すべての人が溺死しかけている海では、砂州は確かな足がかりの望みを与えてくれるので、アナはそれを掴む。というのは、ソフィはアナが破ろうと考えているすべての原理を代表しているからだ(1)。

それに対してキャロル・J・シングリは次のように述べている。

その規則に従っていれば、自分を支えてくれると信じていた制度に迷わされて、アナは砂州に乗り上げたボートのように、父権制に座礁したのだ。父権制は女性らしさを排斥するので、古代のソフィアは居場所を失った。だが、彼女は木や蔦のように、意識のなかに根を張ってはいるものの、今一度歓迎され、神に並んで、あるいはイシスやデメテールのような古代の女神のパンテオンで、天国における真の住居を取り戻すことのできる日を待ちながら、地球の表面を彷徨い歩くよう運命づけられているのだ(2)。

ソフィの貧しさと若さと自由な精神は、アナとダローの富や上流階級性と鋭く対立する。さらに重要なことは、その各々が擁護する性的社会的基準を破ったことだ(3)。

たしかに、アナの、そして一部にはダローの精神的、意識的成長の媒体となったのはソフィであって、彼女は新しい生き方を示した近代的な新しい女性だと言えるが、彼女自身は真実を貫いたとはいえ、オーウェンとの結婚も叶わず、希望を実現することも、愛を成就することもできず、輝かしい未来は到底望めないインドへと旅立っていく。ダローへの愛は胸の奥にしまっているとはいうものの、ここには『エイジ・オブ・イノセンス』の主人公ニューランド・アーチャーの愛の行方とも共通するところがあり、愛についてのウォートンのペシミズムを窺うことができる。

第七章　ペルシウスの敗北

『国のしきたり』（*The Custom of the Country*, 1913）

一九一三年に発表された『国のしきたり』は、『歓楽の家』のリリー・バートとは正反対の、利己的で、野心に燃える若いアメリカ人女性の一代記である。一八九〇年頃には開拓線がついに太平洋岸に達したこともあって、十九世紀末のアメリカは、歴史的にも、経済的、産業的にも、画期的な変革を遂げつつあった時代で、今日の資本主義的アメリカの土台となる「新しいアメリカ」が誕生しかけていた。それに伴い、そこに住む人々の思想や価値観、倫理観も少なからず変化して、社会を写す小説も、こうした時代に生きる「新しい女」の生き方を描くのが一種の流行のようになった。マーガレット・ミッチェルの『風と共に去りぬ』の女主人公、スカーレット・オハラや、シオドア・ドライサーの『シスター・キャリー』は、その典型と言えよう。

ウォートンもこの流行に乗ったのか、リリー・バートの対極を描きたかったのかはさだかではないが、『歓楽の家』とは逆に、中西部出身のいわば田舎者の女性が、ニューヨーク社交界のトップを占める名門家族のなかに入り込み、その典型とも言える紳士の夫を破滅させ、今度はフランス貴族の家庭に入りこんで、その家族をも破綻させるという、破天荒で悪魔的な生きざまが描きこまれている。その努力の大きさを示しているのか、『歓楽の家』はわずか六カ月で書き上げたというのに比して、『国のしきたり』のほうは、六百ページ近い大部の作品とはいえ、完成するのに五年を要している。その間に、二、三の小説や紀行記が入り、ウォートンの生涯の大事件たるモートン・フラートンとの恋が挟まっていることを思えば、この執筆期間の長さも特記する必要はないかもしれない。

ニューヨークの上流社会は、のちに『旧いニューヨーク』や『エイジ・オブ・イノセンス』で詳細に描かれることになるが、ここは家の格式や富の多寡によって、はっきり段階が決まったピラミッド型の階級社会であって、外側から入りこもうとしても、表面はつるつるして取っかかりさえ掴めない閉鎖的で排他的な社会である。『歓楽の家』でも、金の力でこの社会の一員になろうという野心を持ったローズデイルがさまざまな努力をするが、なかなかその目的を果たせない有様が詳しく描かれていたが、このようにこの閉鎖社会に入りこもうとするよそ者の姿は、ウォートン文学の少なからぬ部分を占めている。

それが『国のしきたり』の大きなテーマの一つになっており、女主人公のアンディーン・スプラッグがいかにしてこの世界に入りこみ、それを支配するにいたるかが、この小説の大きな魅力の一つになっている。

では、アンディーン・スプラッグとは、どんな女性か。

父親のミスター・スプラッグは、中西部のアペックス・シティの出身で、その町の水道工事の請負で多額の金を儲け、以前は家の雑用すべてを自分の手で行なっていたが、いまでは金のおかげで使用人にすべての仕事を任せている。ところが、娘のアンディーンは類い稀な美貌に恵まれており、彼女の魅力はアペックスのような小さな町には納まりきれないという思いこみもあって、アペックスの家を売ってニューヨークに出て、豪奢なホテル暮らしをしようという娘のわがままに、しぶしぶ従っている。しかし、ニューヨークには一人の知り合いもなく、上流社会の情報をくれるのは、新聞の社交界欄と、ミセス・ヒーニーという名のマッサージ師しかいない。やがて、アンディーンは上流社会の人々は金曜日の夜にオペラを観劇するという噂を聞きこんできて、オペラの桟敷を購入してくれとしつこく父親にせがむ。しかし、それには多額の費用がかかるので逡巡していたアブナー・スプラッグが結局娘の願いを容れて桟敷を買った結果、アンディーンは上流社会に入る糸口を掴むことができた。一つには、金持ちだが放蕩者のピーター・ヴァン・ディーゲンの熱い視線を受けたこと。二つには彼の妻の従兄に当たる、名門ダゴネット家の御曹子、ラルフ・マーヴェルの関心を惹いたこと。のちに、彼とアンディーンは結婚するが、二人はまったく正反対の性格の持ち主であることが、しだいに明らかになってくる。

アンディーンは落ち着きがなく、たえず何らかの役に立つ情報を得ようと焦り、片時も静かにしていることがない。著者はこう述べている。

彼女はいつも、体を折ったり、ひねったりしていた。そして、彼女がする動作の一つ一つが、赤みがかった金髪を巻き上げて束ねたちょうど下の襟首から始まり、切れ間なく華奢な体全体を通って、彼女の指の先、細く落ち着きのない足先まで流れていくように思われた。(6)

こうした彼女の絶え間ない動きははにかみの結果ではなく、人中でいきいきと活動していることが正しい身の処し方で、騒々しく落ち着きなく振る舞うことが快活さを表わすのだと考えていたためだ。また、他人が自分をどう思うかが言行の基本になっているので、他人を模倣しないではいられない。

アンディーンはおそろしく独立心に富んでいながら、熱情的な模倣屋だった。すべての人々を粋な外観と独創性で驚かせたいと思ってはいたものの、同時に、いちばん最後に出会った人の真似をしないではいられなかった。このようにして生み出された二つの理想の混乱は、彼女が二つの道のどちらかを選ばねばならないときには、非常な困惑を引き起こすのだった。(19)

このように他人を模倣しなければならないということは、確固とした自分を持たず、主体性がないということだ。自分に対する評価は、他人がどう思うかという他人本位のものであるから、自分に勝る基準があれば、それを取りこんで、より好ましい印象を与えようとする本能が働く。いきおい模倣する結果となる。アンディーンにとって一番の歓びは、他人が自分の姿を見て賞賛してくれることに他ならない。彼女がたえず鏡を見て、他人の目に映るはずの自分の容姿を確認するのは、そのためだ。彼女の夫となったラルフ・マーヴェルは、それを見抜いてこう考える。

若い人々には、いつもナルシス的な要素があるものだ。アンディーンが真に喜ぶのは、一般の人々の賞賛の面持ちに反映された自分自身の魅力のイメージだ。彼女には鋭い知覚と適応性があるので、自分の魅力を写す表面の質にもっと注意する術をすぐに学ぶだろう。それまでは、私の批評が彼女の歓びを傷つけないようにしなければならない。（157）

だから、彼女はラルフの愛より賞賛をほしがった。そして、彼と二人きりになることを望まず、つねに外界の他人のなかに出たがった。ラルフとの結婚が、彼に対する愛からではなく、ニューヨークの上流社会に入りこむ手段であったから、この傾向は当然と言えば当然だった。

彼女は楽しい思いをしたかった。彼女にとって楽しい思いとは、衆目を集めること、誰彼なしの無差別な享楽――楽隊《バンド》、旗、群衆、貪欲な衝動との密接な触れ合い、そうした衝動のなかを、冷静に安全を守りながら歩く感覚――だった。（223-4）

以上の引用からも明らかなように、アンディーンの欲望も野心も非常に激しいものでありながら、それはつねに「他」によって形作られ、自己のうちに胚胎したものではないため、明確な目的意識もなければ、成就の歓びもなく、他人の目が移り変わるままに、永遠に新しいものを求めてさまよい続けるばかり。永久に満足することがなく、常に自分が現在享受している以上の快楽や栄誉の幻想に駆り立てられて行動する。それは、確固とした精神を持たないがゆえに皮相であり、愛が欠如しているゆえに、あくまでも不毛な世界だった。赤みがかった金色の髪を輝くティアラのように燃え立たせながら、「光の箭のなかに住む何かの寓話のなかの人物」（21）のようなアンディーンの姿は、事実、ブレイク・ネヴィアスが言うように「新しい物質主義の完全な開花」（148）だった。そして、この物質主義の化身は、女性としての人間性さえ否定しているように思われる。

では、ラルフとアンディーンの結婚生活はどんなものだったのか。ラルフのやさしさと美貌よりは家柄の良さに惹かれて結婚したとはいえ、アンディーンは夫への愛情は露ほども示さず、息子のポールを身籠ったと知るや、十カ月の蟄居と不恰好な容姿になる未来を憎んで、子供のように嘆き悲しむ。また、男友達のピーター・ヴァン・ディーゲンがパリに行くと知ると、費用がかかることも承知で、夫と息子を捨ててパリに赴く。ピーターからもらった真珠のネックレスは即刻送り返せ、と父に強く命令されたにもかかわらず、もらった物は私の物、と割り切り、それを売り払って当座の費用に当てるのだ。さらに、ラルフとの結婚を強引に解消したのち、フランスの貴族、レイモン・ド・シェールとの結婚を前にして、ラルフの手からポールを奪うのは、母性としての愛情からではなく、世間体を繕うためだった。彼女は、ダゴネット家によるポールの誕生日パーティも忘れて男友達と歓楽に耽る母親であり、父母は彼女の物質的快楽を満たすための財政的拠り所にすぎない。病的なほど自己中心的であり、物事に対する反応は異常なほどの幼児的性格を見せる。このように、物質的虚栄に憑かれた面を強調され、一人の女性としての感情も人間性をも作者に剥奪されたアンディーンの姿は、しばしばグロテスクで、異常であり、それだけに彼女に対する作者の嫌悪感を感じとりたくなるのは当然かもしれない。同じ世界の住民ということもあって、作者の同情は、ラルフのほうに強く傾いているように思われる。

このようなアンディーンとは逆に、ラルフは学究的で、詩作に歓びを見いだすジレッタントだった。陰影もあざやかで、深みを知らず、欲望の形さえ明確で著しいアンディーンの世界に比べて、ラルフが住む伝統の世界は、すべてが半影、半音に満たされている。だから、アンディーンには「この半影と半音、選択と省略の世界では、すべてがぼやけて、わけのわからないものに見えた。彼女はこの蜘蛛の巣を取り払って、舞台の中心人物としての自分を確認したいというはげしい欲求」(37) を感じないではいられない。

この社会においては、離婚は最大の醜聞、一門の恥辱であり、金のために働くのは紳士にあらざる行為だと見做される。成人した男子は、職について働くよりは芸術や美や礼譲心について話しながら、「紳士」として無為に過ごすほうがはるかに上品で、美しい生き方だと考えられていた。したがって、ニューヨークの社交界のなかで高位を占めるダゴネット家とマーヴェル家を律するのは次のような掟である。

ダゴネット家やマーヴェル家の伝統のなかで、とりとめのないこの生の手すさびに対立するものはなかった。四、五代もの間、男子ならコロンビア大学かハーヴァード大学に行って法律を修め、それから、多かれ少なかれ教養ある無為の生活にはまりこむというのが両家のしきたりだった。唯一の肝心なことは「紳士らしく」生きなければならないということ——つまり、単なる金儲けをおだやかに軽蔑し、より洗練された感覚には受け身で五感を開き、葡萄酒の品質については、はっきりした一つないし二つの原則を保持し、さらには、個人的名誉と「事業上の」名誉をまだ区別しない古風な廉潔さをもって——生きなければならないということだった。(75)

こうした処世訓に律せられ、裕福ではないまでも、書物を求め、休日には芸術や理想の歓びを味わえる場所まで遠出する余裕があれば、それ以上の物質的栄誉を求めはしなかった。自分たちを取り巻く世界をあるがままに受け入れ、それに誇りを持ち、外界の事物に歓びを求めるよりは、自己の内なる世界に拠り所を求めようとするのだ。

彼がいかに内的生活を大切なものに思っているかは、次の洞窟のイメージが如実に表わしている。

かつてラルフは少年のとき、海岸で潮と潮の合間に、一つの洞窟を発見したことがあった。青緑色の光と不可思議なささやきに充ち、たった一本の光の箭で空と通じている、秘密な近づきがたい場所だった。彼はこの掘出物を他の少年たちには隠していたのだが、それは吝な根性からではなく――彼はいつも率直な少年だったから――彼らは全員が善良な少年たちだったけれど、他人には理解できない何かが洞窟にはあるということ、また、いずれにしても、がっしりした雀斑《そばかす》のある従兄弟たちをそこに密入させ掠奪させたあとでは、二度と再び彼の洞窟には戻らないだろうと感じたからだった。

彼の内なる世界も同じだった。それは、外的な印象に染められてはいても、周囲に秘密のカーテンをめぐらせているので、彼は前と同じひそかな所有の歓びを感じつつ、そこに入っていくのだった。（76）

こうした内的で精神的な世界に対して、アンディーンが代表する世界は、あくまでも外的な世界であり、物質的な世界である。自己を恃む生き方に対して、他人を鏡とする生き方であり、芸術に対する卑俗、「静」に対する「動」の世界だった。

ラルフはアンディーンに惹かれはしたものの、恋のために盲目になったわけではなく、彼女の限界や粗野なところには気づいていた。また、彼女には伝統的な保護物がなく、新しい印象に対しては感じやすいところがあり、人生の経験が浅いため、誘惑には弱く、簡単にその餌食になってしまうのではないかと恐れていた。そのため、アンディーンは岩屋に繋がれたアンドロメダであり、自分は俗悪なピーター・ヴァン・ディーゲンやその輩たちから彼女を救い出す騎士、つまりロシナンテ変じたペガサスに乗ったペルシウスだと考え、この救いを実行するのが自分の使命だと感じて、彼女と結婚したのだった。

ところが、このペルシウスは、使命を達成するどころか、逆にアンドロメダから破滅させられてしまうのだ。アンディーンは他人の渇仰を希求しているため、ドレスや装身具に多大の費用をかけ、その上、贅沢がしたくて、部屋の模様替えや、避暑、転地療養に多額の金を使う。したがって、金の問題が結婚当初から大きな問題となっていた。

ラルフは一応法律家ということになっていたが、これは金銭的には全然儲からない職業であり、雑誌に詩や評論を書いてはいたものの、収入は十ドル程度の僅少なもの。主な収入はミスター・ダゴネットが仕送りしてくれる年に三千ドルしかなく、月二百五十ドルでは到底生活を維持してはいけなかった。アンディーンの父親はウォール街で幸運に見舞われればその都度送金してはくれるものの、それを当てにすることはできない。それで、ラルフはやむなく法律事務所をやめて、不向きな不動産業に入る。これがどれほどつらい仕事であったかは、彼が従妹のクレアに語る次の言葉に遺憾なく表われている。

人間は、性に合わない仕事がどんなに骨の折れるものか、たとえ両方をやる時間があるとしても、いかに自分に適した仕事をする力を破壊してしまうものか、やってみるまではわからないものだよ。しかし、ぼくはポールを扶養しなければならないから、今の仕事をやめるわけにはいかない……この仕事がぼくをめちゃくちゃにしてしまうのではないかと、死ぬほど恐れているんだよ。（321）

だが、彼の妻はピーターのあとを追ってパリまでやってきたものの、ピーターはアンディーンの予想に反して妻を離婚して彼女と結婚しようとはしなかった。失意のあまり、彼女は夫のラルフが重病だという知らせを受けてもアメリカに帰ろうとはせず、今度は自分に関心を示したフランス人貴族のレイモン・ド・シェールを虜にしようと図る。そして、無実の夫に対して、仕事に熱中するあまり家庭を顧みないという理由を口実に離婚の手続きを取るのだ。ラルフの世界では離婚は大変な醜聞となるので、ラルフはひたすら沈黙を守り、サウス・ダコタ州スー・フォールズでの離婚手続きのときも、裁判で争うことは彼の社会のしきたりに合わないからと戦わなかったため、ポールの親権はアンディーンに取られる結果になった。離婚が成立するやいなや、アンディーンはフランスでは宗教的な結婚が有望だと聞いてカトリックに改宗するが、今度は離婚女性は結婚できないという障害にぶっかる。すると、金の力で法王の結婚取り消しの措置を得ようと、ラルフに金を要求する。それができなければ、ポールを引き取るとの圧力をかけるのだ。

その結果、ラルフはわが子を手元に置きたいばかりに金策に没頭することになる。以前金に困っていたとき、アンディーンから紹介されたアペックス出身の事業家エルマー・モファットと少しばかり後ろ暗い取引をして金を得たことがあったため、再びモファットに金策を依頼すると、五万ドル出資すれは十万ドルにしてあげようと言われ、彼は親戚一同からようやくその金をかき集めて彼に託したが、約束の三週間が経っても、その金は入らず、その上、モファットがかつてアンディーンの夫であったことがわかり、大きな衝撃を受ける。そして、絶望のあまり拳銃自殺を遂げるのだ。

夫を喪ったアンディーンは、離婚女性ではなく、自由な立場にある未亡人としてレイモン・ド・シェールと結婚し、ダゴネット家の反対を押し切って、ポールをフランスに引き取っただけでなく、五千ドルの扶養、教育料さえ勝ち取った。ポールは義父を愛し、レイモンも彼を可愛がったが、レイモンはラルフより嫉妬深く、愛を尊ぶ思いに比例して妻に対する支配力を強めたので、アンディーンは独立性を失った、と嘆くことになった。さらに、彼は家族や一門の連帯性を重視したので、弟の侯爵の借金を肩代わりし、アンディーンが狙っていたパリの別邸、プルミエ・ドテル・ド・シエールには弟夫婦を住まわせ、アンディーンは郊外のサン・デセールの領地に母親といっしょに住まわせておく。
やがて彼は、浅薄で俗悪なこと以外に興味を持たないアンディーンに失望し、無関心と冷淡さから彼女を放任するようになり、社交界の空気も彼女に対して冷たいものになっていく。アンディーンは生来の派手好きな性格と、かまってもらえなくなった怒りと苛立ちからますます浪費癖を強め、ついに、夫から自分の借金は自分の責任で始末するよう言い渡されると、彼らが命より大切に思うルイ十五世からの贈り物のタペストリを売ろうと試みて、夫の激怒に遭う。しかし、夫の怒りの意味が理解できないアンディーンは、一時的な激情に駆られて、最初の夫だったエルマー・モファットの許に走る。このようなアンディーンに体現されるアメリカの新しい物質主義の台頭を、ウォートンはレイモンの口を借りて次のように述べている。

きみたちはみんな同じだ。きみたち全員が。きみたちは、我々が知りもしなければ想像もできない国から、我々の間にやって来る。きみたち自身さえほとんど愛していないので、我々の国に来て一日も経たないうちに自分の生家さえ忘れてしまうような国から。もっともその家が、きみたちの知らないうちに崩れてしまわなければ、の話だが。きみたちは我々の言語をしゃべり、その意味を知りもしないで、我々の国にやってくる。我々の欲するものを欲しがり、どうして我々がそれを欲しがっているか知りもしない。我々の弱さをまね、愚かさを誇張し、我々が大事に思っているものを無視して愚弄する――きみたちは、町ほども大きいホテルから、そして紙と同じほど薄っぺらで、通りは名前をつけられるほどの時間も経っていず、建物は乾かないうちに崩され、我々が自分たちの所有物を誇るのと同じほど、人々が変化を誇りにする町からやってくる。そして、きみたちが我々のやり方をまね、我々のスラングを使っているため、きみたちは我々にとって人生を優雅で名誉あるものにしている事物すべてを理解していると想像した。それほど、我々はばかだったのだ。 (545)

前述したように、作者の同情はラルフやレイモンの側にあると言えるが、それは現実の、崩れかけ、死にかけた上流社会の片鱗というよりは、作者の追憶のなかで浄化され理想化された社会であるように思われる。いわばローレンス・セルデンやニューランド・アーチャーによって代表される、作者の環境と同質の世界だと言えよう。

結局、アンディーンにとって最後には同郷出身のエルマー・モファットの妻としての地位が、彼女の欲求と野心をいちはんよく満たしてくれるものだったという筋書きを考えると、結局人間は異なる「国のしきたり」には同化することができない、というのが作者の言わんとしているところかもしれない。これまで長い間の人知の蓄積と歴史を経て伝統を築きあげてきた社会に入りこみ、価値観がまったく違う生活に同化しようとしても、その限界を越えるのは至難の業だろう。ことに、アンディーンのような自我と独立心の強い女性にあっては、不可能に近い。「国のしきたり」とはそれほど根が深く、人々の言動を本能的に律するもので、どちらの側にも容易に移行することはできない、というのが、この小説の主眼だろうか。

しかしアンディーンは、今こそ欲するものはすべて手に入る境遇になったとはいえ、ある夜会の晩、かつては目立たなかったジム・ドレスコールがイギリス大使になったという知らせを聞き、自分こそ大使夫人にもっともふさわしい女だと思う。だが、度重なる離婚歴のため、大使夫人こそは彼女にとって最も遠い、不可能な地位だった。


では、エルマー・モッファットとはどういう人物だったのか。彼は紳士ではなく、下品で、粗野で、倫理感が薄い。これまでに手段を選ばない方法で資金の蓄積を成し遂げ、鉄道王としての名声を誇っているが、書画骨董の収集も手がけており、とにかく「最良のものがほしい」と明言する。そして、最後にはシェール家の財政難につけこんでルイ十五世からの下賜品で、一家が家宝にしていたタペストリを手に入れて、壁に飾っているが、それを譲渡してもらうのは「シェールにとっては、歯を抜かれるに等しかったはずだ」(589)とうそぶく。ここには、新しい資本主義が伝統と誇りで生きている旧世界を打破し、転覆しようとする潮流が窺われる。

モファットはもともとアペックス・シティの出身とはいえ、アペックスの誰一人として、彼がどこから来たか知る人はいない。彼は若いとき、紅燈のスラムに近い家に下宿して、靴屋や石炭商人などさまざまな職についたあと、アペックス水道局の発電所に入りこみ、教会その他の会合で、ユーモアとペイソスを織り交ぜた演説で頭角を表わしたが、ある日のこと禁酒主義の演説をしている最中、酔っ払っていたせいで倒れ、尻餅をつくという醜態を演じた。その後の日曜日に、このすさまじい醜聞のせいで敵対的になった空気のなかで彼がアンディーンを見かけていっしょに散歩しないかと誘ったところ、彼女は友人たちに対する挑戦的な気持ちからそれに応じ、二人が衆人環視のなかを歩いたことが駆け落ちの計画へと発展し、一週間のちに連れ戻されるという前歴があった。

以上のように、この結婚ではニューヨークの伝統的な世界と、西部からの侵入者たちの世界とに別れた価値観が描かれているが、作者はどちらも肯定していないように思われる。前者は礼譲と伝統に満ちた美しい世界であっても、水面下では人間の個性と主体性を圧殺する非情さを秘めた世界であり、後者はあまりにも粗野で自己中心的だった。この世界に永続的な価値を見出だすことはできないだろう。女性の肉体的な魅力と野心と金への執着がいかに周囲の男性たちを滅ぼし、彼らの世界を下から切り崩していくか、アンディーンがいかに倫理的には空虚な女性であるか、それでいて恐るべき破壊力を有しているかが、みごとに描きこまれている。

しかし、ここで注目しておきたいのは、脇役ながら重要な意味を持つラルフの友人、チャールズ・ボウエンの言葉である。彼はラルフの妹のクレアといっしょに息子の誕生パーティの晩に帰ってこないアンディーンを待ちながら、アメリカの結婚について話し合う。そのとき、彼は平均的なアメリカ人は、妻を見下げていると言う。すなわち、男性が女性のために身を粉にして働くのは正常なことだが、ラルフが自分の仕事について妻に何も言わないのは異常だと言う。とはいえ、妻にそういうことを打ち明けるのは「国のしきたり」に反しているからだろうという意見を述べる。ヨーロッパの女性たちは男性のしていることに強い関心を抱くが、それは男たちが彼女たちを価値あるものだと考えて、絵の中心に置いているからだが、アメリカ人男性は、アメリカ人男性という種族のならわしのせいで、女性が伴侶の仕事に関心を持つよう仕向けてはいない、と言うのだ。確かにアンディーンがラルフとレイモンとの結婚を通して戦ってきたのは、夫の無関心を打破して、自分のほうに注意を向けてもらいたいという衝動に発していた。そう考えると、「国のしきたり」こそ、アンディーンの脱線を許し、ラルフとレイモンの悲劇を生んだのではないかという推測も成り立つ。ここでは、結婚の問題ならびに男女の問題について、ウォートンが基本的で重要な問題提起をしているのではないかと思われる。

第八章　第二の祖国フランス

『フランス自動車旅行』（*A Motor-Flight through France*, 1908）
『フランス風とその意味』（*French Ways and Their Meaning*, 1919）
『戦うフランス、ダンケルクからベルポートまで』（*Fighting France, from Dunkerque to Belport*, 1915）
『マルヌ河』（*The Marne*, 1918）
『戦場の息子』（*A Son at the Front*, 1922）

ウォートンは一九〇七年一月にパリ、サン・ジェルマンのヴァレンヌ通り五八番地にあったジョージ・ヴァンダービルトのアパートを借りて、フランスでの生活を始めたが、一九一八年にはパリの北十マイルに位置するサン・ブリス・スー・フォレ村の別荘を購入して、パヴィヨン・コロンブと名づけた。翌一九一九年にはリヴィエラ地方のイエールの古い城を買い取ってサン・クレールと命名し、六月から十二月半ばまでは前者に、十二月半ばから五月までは後者に住むという生活を続けた。大雑把に考えると、ウォートンは生涯の半分をアメリカで、のちの半分をフランスで過ごしたことになる。したがって、フランスは彼女にとって「第二の祖国」とも言うべき大切な国だった。

そのためか一九一四年八月三日にドイツがフランスに宣戦布告をして第一次世界大戦が勃発する

と、ウォートンはいち早くフランスのために働き始めた。すなわち、戦時の混乱のなかで職を失った縫子たちに働く場所を創設し、十一月には難民のためのホステルを設立した。したがって、ルイス教授によると、一九一五年の終わりまでにホステルにより九三三〇人の難民を援助し、二十三万五千食を提供し、医療の方面では七七〇〇人の世話をし、三四〇〇人に職を見つけてあげたという。また、一九一五年にはフランダースの児童救援委員会を立ち上げ、パリおよびノルマンディーの海岸に六つの施設を作って、七五〇人のフランダース人の子供たちの面倒を見た。さらに、アメリカの参戦を願って、アメリカの友人や知人たちに働きかけ、フランスにおける事業を推進するための募金活動を行なった。こうした業績に対して、一九一六年、フランスの大統領は、ウォートンにレジョンドヌール勲章を授与した。

それに加えて、ウォートンがホステルのための資金援助をするため、著名な作家、詩人、アーティストや音楽家たちに寄稿してもらって、『ホームレスの書物』(*The Book of the Homeless*) を刊行したことも、彼女の業績に付け加えてもよかろう。

『フランス自動車旅行』

このようにウォートンは愛するフランスのために懸命に働き、努力しただけでなく、フランスについての旅行記やエッセイ、小説などを数点発表している。旅行記としては『フランス自動車旅行』があり、ルイス教授によれば「つねに独創的で優れたウォートンの旅行記のなかでも、おそらくは最上のもの」(168)とのことだが、当時は珍しかった自動車を自在に使ってガイドブックには載っていない景勝の地をゆたかに盛りこんだ、今日でも利用価値のある旅行記で、ほとんどフランス全土をめぐっていると言っても過言ではないだろう。とくに印象に残るのはノアンのジョルジュ・サンドの昔の屋敷を訪問したときの有様で、ジョージ・エリオットと並んで型破りの生涯を送ったこの作家に対する傾倒ぶりが窺われる。やがてこの訪問を知ったヘンリー・ジェイムズが先を越されたことを悔しがったため、のちにウォートンは彼といっしょにノアンを再訪している。

『フランス風とその意味』

一九一九年に発表した『フランス風とその意味』は、スーザン・バード・ライトによれば、フランスに永住する決心をしたウォートンの自己正当化の書物だとのことだが、シンシア・グリフィン・ウルフは「フランス社会についての皮相的な研究」(296)だと一蹴している。ウォートン自身これを「取りとめのない」(v)思いつきの本だと断っているが、随所に興味深い記述があって、ときにはアメリカ、ドイツ、フランスの比較文化的な意見も述べられており、エッセイとしては読んで楽しい書物である。

たとえばフランス人は「人類のなかでもっとも人間的な民族だ」(x)と言うが、この文章は、木々や動物が互いに話し合うと考えられていた古代の迷信的な魔力から完全に脱して、長い間の経験と持ち前の鋭敏な感覚を人生の喜びと啓蒙のために用いてきた民族だという説明がなければ、すぐには理解しがたいかもしれない。また、フランス人は何よりも自由を愛し、美食とよき会話を楽しむ民族だと述べているが、これこそウォートンがフランスに惹かれた原因とも受け取ることができる。

もう一つ重要な点は、フランス人には息をするのと同じほど生まれつきの審美眼が備わっていて、この生来の特質を日々の生活に活かしているという記述だろう。審美眼は芸術と同じものではなく、芸術を包みこむ雰囲気のようなものであり、すべての芸術を律する原則だと、ウォートンは言う。さらに、審美眼の本質はその応用能力にあり、あらゆる事物に均斉、調和、秩序を生み出すよう目と頭脳が連携して働くふしぎな能力だと説く。つまり、フランス人は全員が見る目を持っており、その結果芸術的な民族を作り上げているのだ、と言う。ゆえに、フランス人にとっては美を楽しみ、批評的知性を働かすことが、生きるに値する最上のものの二者であって、この国では芸術や知識が無視されたり、物質的関心に従属させることができると考えるようなことは絶対にないのだと言う。

女性に関しては、フランスに新しい女性はいないが、本当のフランス人女性はアメリカ人にとって新しく感じられるのであって、フランス人女性は大人なのだと述べている。フランス人女性に比べると、平均的なアメリカ人女性は幼稚園児に等しい、という痛烈な批判もしている。その結果、フランス人にとって、生活が芸術になっているのだ、と言っている。

『戦うフランス、ダンケルクからベルポートまで』

大戦を背景にした作品としては、日記風のエッセイ『戦うフランス、ダンケルクからベルポートまで』があり、これは戦時中のフランスの状況をドキュメンタリー風に綴ったもので、一九一四年七月三十日のパリの情景から始まって、救急病院の視察、赤十字の働き、ヴェルダンの荒廃した有様や、陸軍病院の視察などが洞察力ゆたかな筆で描かれており、ロレーヌ地方やヴォージュ地方に入った五月十四日から、日記風な叙述に変わっている。最後は一九一五年八月のアルザス地方の記述で終わっているが、最後のまとめとして、戦時中のフランスの街や人々の暮らしについて述べている。すなわち、宣戦布告以来、フランス国民は国のために身を捧げるという高揚したエネルギーと白熱した決意に燃えていると言い、そうした態度を生み出した条件ないし性格として、フランス人の知性、行動と相補関係にある表現力、勇気の質を挙げている。そして、この勇気は合理化され、考え抜かれ、特別な目的のためには不可欠だとされているものだと言う。また、彼らが恐れている死は塹壕のなかの死ではなく、国民的理想の死であって、その危険を理性的に認識しているがゆえに、世界一聡明な民族が世界一崇高な民族になっているのだと断じている。

『マルヌ河』と『戦場の息子』

大戦中のフランスを題材にした小説としては、『マルヌ河』と『戦場の息子』がある。前者はトロイ・ベルナップという少年の生い立ちから始まって、彼が成人してマルヌの戦いに参画し、背中に弾丸を受けて病院に収容され、戦場の有様を思い返す場面を描いた小品である。『戦場の息子』のほうは長編で、よくできた感動的な物語に仕上がっている。

だが、この作品は戦争小説の一つではあるが、純粋な戦争小説ではない。ウォートンにしては珍しく世代間の断絶と、父性愛の葛藤、そして、それらに関連した芸術の問題を扱っている。人間関係はやや複雑だが、主として主人公ジョン・キャムトンの視点から描かれている。では、ジョン・キャムトンとはどういう人物か。

彼は六十歳近いアメリカ人の画家で、パリのモンマルトルにスタジオを構えている。だが、人々と気やすくつきあうことはできず、それでいて人々なしでは生きていけない、という困った性格の持ち主として設定されている。時代は一九四一年七月三十日のことで、一人息子のジョージがアメリカからイギリス経由で帰ってくるところ。彼は翌日の夕方、パリに到着する予定だ。ジョン・キャムトンはすでに肖像画家として名をなしていたが、三年前、息子のジョージの寝顔を描いた絵画が最高傑作として高く評価され、にわかに脚光を浴びることになった。その結果、彼に肖像画を描いてもらおうとスタジオに群れをなしてやってくる顧客たちは、描きたい気持ちが全然起こらない人々だが、最高の報酬を払ってくれた。最近この仕事がかつてないほど退屈になってきたものの、現在彼の注意を惹いているのは、彼のモデルたちに戦争が与えた影響であって、これをなんとかカンヴァスの上に捉えたいと思っている。

彼は以前ジュリアという女性と結婚していた。だが、ジョージが生まれてまもなく離婚、孤独な生活を強いられているが、すてきな息子を通して心の平和と満足感が次の角で待っているような気がしてならない。ジュリアは離婚後しばらくして、「バラード・アンド・ブラント」銀行の頭取、アンダーソン・ブラントと再婚し、ジョージを引き取っている。ジョージはイギリスで教育を受け、アメリカのハーヴァード大学の入学が容易になるというので、フランスで軍務に就いた。その後十八歳でハーヴァード大学に入学したが、二年目に結核を発症。療養所で療養したのち快癒して大学に戻り、学位を取ったあとニューヨークの「バラード・アンド・ブラント」銀行に入社する予定になっている。現在は二十五歳の好青年になっているが、フランスで生まれたため、戦争になってフランスの動員令が下ったら、四十八時間以内にフランスの軍隊に入隊しなければならない。そのため、周囲の人々は、彼がアメリカで生まれていさえすれば、と甲斐のない言葉で嘆いている。

離婚以来ジョンは特定の日だけジョージに会うことになっており、いつもは彼のメイドが息子を彼の住居に連れてくるのだが、ジョージが十二歳のとき、ひどい風邪を引いて外出できなくなったので、ジョンのほうが十年ぶりでブラント家を訪れることになった。そのとき、ジョージはベッドで熱心に本を読んでおり、ブラント家にはみごとな図書室があるので、そこにある本を片端から読んでいるのだという。こうして彼は、本の虫になっている息子の姿を目にして、自分の知らない面が多々あることに気づき、息子に対するアンダーソンの影響を感じ取り、嫉妬の念を覚える。

ジョンとアンダーソンとの関係はこのようにややこしいものだが、息子に対する愛情の深さについてはいずれも甲乙つけがたく、実父と養父の違いはない。しかし、結局、子供は成人すれば親から離れていくのがつねであり、これは万人が甘受しなければならない運命だろう。その意味では、これは愛情と喪失の物語であり、戦争がそれを普通以上に強調し、不可避なものに作り上げていると考えることができる。喪失の過程は三段階で描かれている。父親としてのジョンの場合について言えば、（一）はジョージの養父によって、（二）は彼の愛する女性によって、（三）は死によって。

この小説では、戦場に赴く息子を前にして、ジョンもアンダーソンもジュリアも共にジョージの死を恐れており、なんとか命の危険のないところへ配属されるよう、できるかぎりの運動をする。その甲斐あって、最初は後方の参謀本部付きとなるが、ジョージ自身は親の影響でこういう任務に就くことを潔しとせず、どちらの親にも告げず、志願して前線に赴く。数カ月後、親たちの恐れが的中して、ジョージは砲弾で負傷してドーレンの病院に搬送される。知らせを受けた三人の親は早速病院に駆けつけたところ、熱が下がれば肺から弾丸を取り出す手術をするという状態。だが、多忙な外科医はなかなか到着せず、ここでもアンダーソンがさまざまなコネを使って外科医の到着を急がせ、手術のあとは、混みあう陸軍病院よりは、と海岸に近い僧院の病室に移動させることに成功した。こうした過程でも複雑な交渉をするのはアンダーソンだが、彼はジョンに遠慮して控えめに振る舞い、ジョンが病室にいる間は階下の待合室で忍耐強く待つ。したがって、ジョンは古い競争心を捨てて、彼に感謝することしかできない。こうして、二人の親の共謀関係ができあがる。

ジョージはどちらかと言うと、間接的に描かれており、彼自身の気持ちより彼に対する周囲の人々の感情の交錯のほうが前面に出て、彼自身の感情や考えは推測の域を出ないことが多い。では、どうして彼はアメリカ人でありながら、フランスのために戦い、死んでいったのか。
戦争が始まったとき少年だった『マルヌ河』の主人公のトロイは、フランスのことを思って泣きたい気持ちになる。

フランス、彼のフランスは攻撃され、侵入され、凌辱されている――それなのに、フランスを崇拝している彼、哀れで無力なアメリカの少年は、フランスのために何一つすることができない――女の子のように、泣くことさえできなかった。それは、つらかった……というのは、フランスは彼の休暇の世界、幻想と想像の世界、宇宙に向かって開かれた大きな、はざま飾りのついた窓だったからだ。（10）

そして、長ずるにつれて「フランスを救うことこそ、世界の明らかな義務」（38）だと考えるようになった。また、彼の若い家庭教師、ゴーティエの「自己満足は死に等しい……フランスは不死鳥さ。いつも過誤は認めるが、その灰のなかから蘇るんだよ」（39）という言葉にも影響されて、十八歳になったとき、志願して戦線に出る。
『戦場の息子』のジョージの気持ちも、これに通じるものがあるのではなかろうか。ジョン・キャムトンが甥を戦争で喪った旧友のポール・ダストレイと戦争について話しあうくだりがある。引用してみよう。

「もしぼくらが愛するものすべてを捧げて、あのちっぽけな虫けらどもが廃墟にダンスホールを再開できるようにしてやるとしたら、一体全体、何が残るんだ?」とキャムトンが質問した。ダストレイは半白の頭を両手に抱えて、じっと地面を見つめてすわっていた。「フランスだよ」と彼は言った。「人間がいなくなったフランスとは、いったい何だ?」「そうだな――一つの概念だと思うよ」「そうだね。ぼくもそう思う」キャムトンは重々しく立ち上がった。

一つの概念、彼らはそれにしがみつかねばならないのだ。この喪失の深みに落ちたダストレイがいまだにそう考え、それによって生きることができるのだとしたら、キャムトンだってそれによって助けてもらえるのではないだろうか。一つの概念、それがフランスだった。生まれて、文明の物語のなかにつねに存在するようになって以来、その概念がフランスだった。戦うヴィジョンや目的がそれによって力を回復する光る点なのだ。その意味で、フランスはダストレイと同じくキャムトンにとっても精神の故郷となっていた。思想家、芸術家、すべての創造者たちにとって、フランスはつねに第二の祖国だった。もしフランスが敗北したら、文明もそれといっしょに滅びるだろう。すると、彼らが信じていたもの、導かれていたものすべてが失われてしまう。それがジョージが感じていたものだった。それが彼をアルゴンヌからアルザス

へと駆り立てたのだった。（366）

次に、どちらの親も知らなかったことだが、ジョージはマッジ・タルケットという既婚女性を愛しており、彼女に離婚を迫っていたことが明らかになる。ジョージが出征する前夜、ジョンもアンダーソンも最後の夜を彼と過ごしたいと願い、彼がどちらの親を選ぶかが問題になっていたが、彼はサン・モリッツで親しくなった連中と食事をするのだと言って、三人の親を失望させる。このとき、共に食事をしたのはマッジであって、彼は親より恋人のほうを選んだのだった。

そういうことをまったく知らなかったジョンは、看護師をしていたマッジに会い、彼女の顔を見て、描く情熱が久しぶりに湧いてきて、その肖像画を描くため彼女のアパートに通う。ところが、マッジはやがて看護師の仕事を辞めて自分自身の人生を生きることにした、と宣言する。これは、もともと描く気の起こらない人々の肖像画を描くことに嫌気がさして、戦時中だからとボランティアの仕事や赤十字の仕事を手伝ったりしていたジョンに対する激励の言葉でもあった。彼女は言う。

> 自分から離れていたこれらのひどい何カ月かのあとで、私は自分の人生を生きる本来の自分になろうと決心したの。いま私は、それが、すべてのアーティストや創造者の義務であり、あなたの義務であるのと同じように、私の義務でもあるということがわかったの。私と同じようにお感じにならない？　賛成してくださらない？　私たちは世界のために美を救わなくてはなら

ないのよ。手遅れにならないうちに、このひどい壊滅と廃墟のなかから美を救いださなくてはいけないわ……確かに、みんなが美を救うために力を合わせなければならないの。みんなの力が必要よ。私たちのうち一番無知で賤しい人々の力も。でなければ、この世界はすべてが死と醜悪に充ちてしまう。結局、唯一の本当の死は醜さではないかしら。 (224)

彼女はこう言って、ジョンに絵画に戻れと説き、彼は彼女を描くことで自分を取り戻す。このマッジの言葉は、作者自身の言葉とも受け取ることができる。戦争は芸術をも破壊してしまうのだ。だから、精一杯その力に抗って美を繫ぎとめておこうとする懸命の努力の証ではないだろうか。

そして、ついに死がジョージを捉えることになる。ジョージは傷が癒えると、再び第一線に戻って、ヴェルダンの戦いで致命傷を受けて病院送りになるからだ。十二月にヴェルダンは勝利したが、その犠牲は重すぎた。ジョージはかつてジョンがその肖像画を描いたときと同じように白いベッドに横たわっていたが、もう二度と戦線に送られる身体ではなかった。ジョンは前線に近い病院のほうがジョージを独り占めにできるからいいと考えていたが、パリのほうが外科的には好ましかったのでパリへの移動に賛成し、ブラント夫妻が見舞うときには席を外すことにする。アンダーソンも控えめにジョージを見舞っていた。

ついにアメリカが参戦し戦争も終わりに近づいたが、ジョンとジョージの間には「息子の経験という橋のかけられない奈落」（403）が存在するのを父はどうすることもできない。そして、ジョージは最後に「父さん」という声をかけて、静かに息を引き取る。
ジョージの死後、ジュリアが彼の記念碑を作ろうと言い出し、ジョンは反対するが、ついには自分がデザインするから支払いのほうは頼むとアンダーソンに言い、ジョージの写真を見ながら粘土をこね始める。

このように、親は子供を唯一の生き甲斐としてその安全を確保しようと努力するが、子供のほうは親より異性への愛を重要視し、たとえ命を犠牲にすることがあろうとも、独立して主体的な生を生きようとした。その結果、命を喪うことになるのだが、それが自分の選択した生であることにいささかの後悔もなく、従容として死を迎えるのだ。残された親には孤独な老年の生しかなく、芸術の道に立ち帰りはしたものの、希望も喜びもない人生の黄昏を迎えた一人の人間の寂しい心が哀切極まりない筆致で描かれている。

この主人公の心理に絡んで、ジョージの友人たちが志願する有様、息子を戦線に送った親たちの不安と心配、戦死の報を受けた親たちの悲しみや嘆きが如実に描かれ、それに伴う赤十字その他の後方機関の活動や困難な問題などが説得力ゆたかに描写されており、戦争中のフランスの状況が活写されている。ウォートンの後期の作品中の傑作と言うべきか。

第九章　ゴルゴンの眼

『エイジ・オブ・イノセンス』(*The Age of Innocence*, 1920)

『エイジ・オブ・イノセンス』は、いわばウォートン文学の集大成で、一九二一年にはピュリツァー賞を受賞した。背景は、「旧いニューヨーク」と呼ばれる一八七〇年代の上流社会であって、作者の少女時代に当たる。この社会は、優雅で美しく、洗練されており、富と贅美にみちた小世界だが、芸術を愛し、文学を志すイーディス・ウォートンにとっては、創造活動を抑制する不毛な社会でもあった。したがって、彼女は皮肉や風刺を用いて、この社会の一面を痛烈に批判したこともある。しかし、年を経るにしたがい、またこの閉鎖的な小世界が外部からの圧力に屈してしだいに変化し、上品さ、繊細さを失っていくにつれて、古きよき時代に対する郷愁の念が強くなっていく。本書のなかでは、成り上がりの銀行家ジュリアス・ボーフォートや、靴クリーム製造会社社長の未亡人、ミセス・ストラザーズなどの姿を通して、物質主義や俗化の波がしだいにこの堅固な小世界を侵食し崩壊させてゆくさまが、巧みに描かれている。また、こうしたニューヨークの上流社会にたいする愛着と批判という矛盾した気持ちは、ニューランド・アーチャーという主人公のなかにみごとに描きこまれている、と筆者は考える。

さらに作者は、主人公の母親のアーチャー夫人とその親友のジャクソン氏に分けて、社交界に通暁していた自分の母親の一面を描きこんでいるし、報われないで終わるニューランド・アーチャーの愛には、作者自身の不幸な愛を描きこんでいると思われる。その点では、『エイジ・オブ・イノセンス』は、非常に自伝的要素の濃い作品であると言えよう。

さきに、イーディス・ウォートンのほとんど全作品に共通する大きな特徴は三角関係だと書いたが、もう一つの大きな主題は社会と個人の葛藤である。たいていの場合、結果は悲劇に終わる。しかし、悲劇を招くのは、主人公がおかれた環境＝外的要因のためばかりでなく、主人公の倫理感という内的要因が大きく作用している。そのため、彼女が描く人物は社会との戦いに破れて破滅しても、この強い倫理感のゆえに読者の共感はかえって主人公のほうに集まり、敗北の勝利という印象を与えることが多い。本書もこうした特質を典型的に表わしているので、以下に少しばかりそのメカニズムを筆者なりに解説してみたい

まず、この作品のなかでは、社会が大きな役割を果たしているが、これは、いうなれば徹底的に

装われた社会である。ここに住む人々は、船主や銀行家など「新大陸に信仰を奉じて死ぬためではなく、銀行預金で生活するために移住してきた」("The Old Maid" 77) 富裕な人々であって、しばしば「金権貴族階級」とか「商業貴族階級」と呼ばれている。彼らの子弟は、ほとんど体裁だけのために法律家や銀行家修業をしているものの、厳しい義務や拘束を伴わない悠長なものであって、今日の実業界や企業の在り方とは程遠い。また、この世界の住民は、金銭のことを口にするのを卑しみ、上品な服装と美食とすぐれた社交術を楽しむことに最大の関心を払う。彼らの称揚する生活上のモットーは、「物事を立派に行なう」("The Old Maid" 77) ことであり、これは必然的に、本質より外観に意を用い、善悪より美醜を行動規範とする。こうして彼らは、「すべきこと」と「すべきでないこと」を截然と区別し、「不愉快な事柄は無視」して、つねに醜い真実より美しい虚偽のほうを選ぶ。そして、醜聞や不名誉を表に出さないため、強固な家族的連帯感を発揮して個人の欲求を圧殺する。つまり、こういう人々が作り上げているのは、優雅で美しいとはいえ、作りものの人工的な社会であって、自由な精神や本源的な欲望を、無垢で純真な仮面の下で抑圧してしまう恐ろしい不毛性をも備えている。

また、ここは、家の格式や富の大小によってはっきり段階がきまったピラミッド型の階級社会であって、外部から入りこもうとしても、表面はつるつるして取っかかりさえ掴めない閉鎖性が支配するところでもある。したがって、この世界を律する行動規範に通じているのはこの社会に生まれ育ったインサイダーしかなく、そこで語られる言葉や、行動の意味を外部の者が理解するのは、不可能に近い。作者は、こう書いている。

実際のところ、彼らはみんな一種の象形文字の世界に住んでいるようなものだった。そこでは、真実の事柄はけっして語られも、なされも、考えられもせず、ただ一連の恣意的なしるしによって表わされるだけである。(42)

そして、この社会の最大の特徴を、作者はイノセンスという言葉で表わしている。この小説の題名になっている"innocence"は、非常に訳しにくい言葉だ。以前筆者は、本書の題名を「無垢の時代」または「無邪気な時代」と訳したことがあるが、正直なところ、どれも当たっていないように思われる。ウォートン文学の最初の翻訳者、伊藤整は「汚れなき時代」という訳語を当てているが、これは題名としては美しくても、やはり原題のニュアンスを正しく伝えるものではないだろう。「イノセンス」は汚れがない、無実だという意味ではなく、天性の無邪気さでも天真爛漫さでもなく、経験に対する無垢の意味でもない。醜聞や不愉快なことは押し隠し、ひたすら人為的に外面だけを飾って築きあげた純白さであり、醜い真実に対しては知らぬふりをきめこむ欺瞞、または虚偽に他ならない。作者の言葉によると「想像力に対して心を閉じ、経験に対して感情を閉ざしてしまう無垢」(145)である。本書のなかでは、主人公ニューランド・アーチャーの妻になるメイ・ウエランドが、このイノセンスの体現者として描かれている。スコセッシの映画は、『エイジ・オブ・

イノセンス』と原語をそのまま片仮名で表現しているので、本書もそれを採用することにした。

『エイジ・オブ・イノセンス』は、ウォートンがたびたび描く三角関係の悲劇物語の一つだが、この悲劇の要因は主人公ニューランド・アーチャーの二面性にある、と筆者は考える。すなわち、社会の慣習の信奉者としての面と、すぐれた精神性だ。こうした性質は、イーディス・ウォートンの他の多くの作品の主人公、たとえば『歓楽の家』のローレンス・セルデン、『木の実』のジャスティーン・ブレント、または『イーサン・フロム』の同名の主人公などに通じるものである。具体的に言えば、彼はニューヨークの名家に生まれた青年で、この社会の伝統やものの考え方を遵奉し、その洗練された趣味を何よりも愛している。「〈よい趣味〉に背くこと以上に恐ろしいものはほとんどない」(12)と考え、「夜会服を着るほうが清潔だし、居心地がいいので夜会服を着、清潔と居心地のよさは、つつましい予算のなかでは費用がかかる二項目であることには一度も考えが及ば」(122)ない。しかし、オペラ座に集まっている夜会服の紳士たちの考え方をそのまま受け入れてはいるものの、自分のほうがこの紳士たちの「誰よりも、ずっと多くの本を読み、ずっと多く考え、ずっと多く世間を見ているはずだ」(6)と感じないではいられない。このように、集団としてのニューヨークの紳士たちよりずっと旺盛な知的関心と芸術愛好心のせいで、彼はニューヨークの上流社会に愛着をおぼえている一方では、あきたりなさをも感じている。これは、作者自身の見方の反映であろう。

ニューランド・アーチャーは、イーディス・ウォートンの文学活動が周囲の人たちから無視され、ときには非難されたように、彼の文学ならびに芸術的な趣味は、周囲の人々からは理解してもらえない。また、「よい会話」があって人々が知的自由を楽しむことのできる理想的なサロンを希求しているが、それは彼の社会ではとうてい望めないものだった。したがって、心のなかにはつねに満たされない不満が巣くい、彼はたえず「どこかに真実の人間が住み、真実の事件が彼らの身に起こっている」(182)と想像しないではいられない。彼は、このようなアンビヴァレントな心情の持ち主であるからこそ、貧しいジャーナリスト、ネッド・ウィンセットのような人々との交遊を楽しみ、彼との議論のなかに刺激と自分の魂を啓発してくれるものを見出して、精神の愉楽と心の高揚をおぼえるのだ。

とはいえ、ニューヨーク人としては例外的なこうした傾向も、所詮はディレッタントの域を出ず、何ひとつ積極的な価値を生むことはできない。ウィンセットのほうも、こうしたアーチャーの状況とその資質を鋭く見抜き、次のように言う。

きみたちは、見捨てられた家の壁にかかった絵みたいなもんだ。「紳士の肖像」ってとこだ。袖をまくりあげて、こやしのまっただなかに入っていくのでなきゃ、きみたちは誰一人、金輪際なんの役にも立たんだろう。　　　　(124)

また、ロンドンのカーフリ夫人の家で、彼女の甥の家庭教師だというムッシュー・リヴィエールに会い、ウィンセットの場合と同じような精神的満足感をおぼえるが、この気持ちは、ニューヨーク社交界の典型的な産物である妻のメイには理解してもらえない。ついでに言うと、リヴィエールはエレンの逃亡に力を貸したと言われていた、オレンスキー伯爵の秘書だった。ここには、ニューヨークの貴族社会に生まれた者のもつ当然の限界があり、アーチャーの悲劇を胚胎させた内的環境がある。

彼が三角関係の悲劇的な愛に捉えられるのは、他ならぬこの二面性のためである。彼がメイ・ウエランドを愛したのは、彼女がニューヨークの趣味と基準を体現した純潔な乙女だからであって、エレン・オレンスカを愛したのは、ニューヨークをあきたりなく思う彼の人並み外れた高度な精神性のゆえである。「率直そうな額、まじめな目、あかるく無邪気な口」(40)をしたメイは、彼が所属している社会制度の驚くべき産物であって、いつも彼女が手にしている鈴蘭の花束のように清楚な美しい女性である。作者はメイを次のように描写している。もしメイの「単純さが心の貧しい単純さだったら、彼はじれて、反抗したことだろう。しかし、彼女の人格の線はわずかしかなかったとはいえ、その顔と同じようなみごとな形をしていたので、彼女はアーチャーの旧い伝統や尊崇の念の守護神となった」(197)。

以上のような彼の二面性は、婚約者のメイにたいする矛盾した期待にも表われている。アーチャーはかつて人妻との恋に心を悩ませたことがあった。この夫人との情事は男性が通過しなければならない一種のイニシエーションにも似た束の間の恋にすぎなかったが、婚約時代アーチャーは、メイの純潔に対するかぎりない敬意をおぼえる一方で、彼女が例の「魅力的な既婚夫人と同じほど世故に長け、人の機嫌をとれる女になってほしいという願望」(5)が心の奥底にひそんでいるのを感じないではいられなかった。それでいて、その夫人のもつ弱さや虚偽はみじんもあってほしくない。これは、男性にありがちな実に勝手な期待だが、メイにこうした奇跡的な資質が望めない以上、彼が他の女性に心を移す可能性は、ここですでに予想されている。

メイ・ウエランドのイノセンスは、入念な欺瞞の制度が築きあげたもので、「何も隠すものがないので率直であり、用心しなければならないようなことは何も知らないので自信にみちている」(42)。また、メイは何であれ、あえて真実の姿を見つめようとはせず、現実のありようを知らないですませる能力に秀でている。彼女の目がすみきっているのも、その顔に一人の人間というよりは一つの型を表わす表情が浮かんでいるのも、すべてこの「知らないですませる能力」(189)のおかげだった。彼女の言葉はすべて、周囲の人々から教えこまれたものであり、社会の慣習によるものにすぎない。そのため、アーチャーはどうにかして、メイに自分の意見を述べることのできる独立した女性になってほしいと思い、結婚したあかつきには、自分がその導き手になろうと決心する。自分たちの結婚は、慣習に根ざした周囲の平凡な結婚とは違う、独特で、創意にみちた精神の安息所にしたいと思うからだ。ニューヨークの慣習によれば、結婚を前にした男女は『品位のある』男として自分の過去を妻から隠すのが彼の義務であり、結婚適齢期の娘として隠すべき過去をもたないのが彼女の義務」(41) だという。このような結婚生活では、夫婦はおたがいについていったい何を知ることができるのか、と彼は疑問に思わないではいられない。

しかし、アーチャーはひとたびメイの無邪気さと率直さを入念に観察してみると、それはすべて人工的なものにすぎないとわかって落胆する。そして、この純潔さは、男が「雪だるまのように打ち砕いて夫としての喜びを味わうために」(43)、何世代もの女たちが寄ってたかって巧みに作りあげたものだ、ということを知る。そこでアーチャーは、自分を取り巻く女たちを目かくしをしたも同然の生き方をしていると思い、彼女たちをケンタッキーの洞窟魚のようなものではないかと考える。この比喩は恐ろしい。ここには、慣習のもつ底知れぬ恐ろしさとイノセンスに潜む危険がある。彼は「メイに目を開けろと言ったとき、その目がむなしく虚無を見つめるばかりだったら、どうしよう?」(81) と考えて身震いする。 しかし、妻の精神の導き手になろうという彼の決心は瓦解せざるをえない。新婚旅行で数カ月をヨーロッパで過ごしたアーチャーは、妻の関心がスポーツと買物ないし一部の観劇にしかなく、旅行や文学や芸術にはあまり興味を見せないことを知って失望するからだ。また、彼女に一人の人間としての自由と独立を与えようとしたところで、妻には「自分は自由ではないというほんのかすかな自覚さえない」(196) ことを発見して、アーチャーは彼女を解放しようという気を失って、古い結婚観に逆戻りしてしまう。

ニューランド・アーチャーが、オレンスカ伯爵夫人を愛するようになるのは、彼女がメイとは正反対の性格をもっているからだ。メイの言葉や振る舞いは、社会的慣習という点から見れば非の打ちどころのないものであるのに対して、従姉のエレン・オレンスカは、服装においても行動においても慣習よりは自分の好みを重視する女性である。彼女は「どうして自分の流儀を作りださないんです?」(72)と言い、親戚たちの顰蹙を買っても意に介さず、町外れの貧しい芸術家街に住み、芸術的雰囲気があるからといって人々が排斥するストラザーズ夫人宅の夜会にも平気で出かけて行く。また、ニューヨーク一の名門ヴァン・デル・ルイデン家の客人である公爵を、こともなげに「これまで会ったなかでいちばん退屈な人よ」(61)と言い、ヴァン・デル・ルイデン家の堂々たる客間を墓場のように陰気だと評す。そして、ボーフォートが破産したあとでは、ニューヨークの人々が背を向けているボーフォート夫人を見舞って、非難の嵐を招く。この意味では、彼女は上流階級の出身でありながら、アウトサイダーとして設定されている。彼女がついにニューヨークから追放されるのは、まさしくこの自由で独立したアウトサイダー的性質のためである。

したがって、オレンスカ伯爵夫人は、メイが体現するニューヨークの慣習的な社会とウィンセットが象徴する知的なボヘミアン的世界の両方を止揚し、アーチャーの二面性を統一する要素であろう。メイが無垢を象徴するとすれば、オレンスカ伯爵夫人は経験を象徴すると言ってもいい。アーチャーが二人に送る花がいみじくも象徴するように、メイが純潔を表わす鈴蘭の花なら、後者に送る夕日を受けて燃えたつような黄色のバラは、情熱を表わしていると言えよう。彼女こそは、アーチャーがメイに期待した前述の火と水のように違う二つの性質を合わせもつ女性である。また、彼女はニューヨークの出身でありながら、ポーランドの富裕な伯爵と結婚して長年ヨーロッパで暮らしたことから、ニューヨークよりさらに洗練され、知的、芸術的雰囲気をもつヨーロッパ社交界の特質を身につけた人として描かれている。このように、オレンスカ伯爵夫人は、知的独立性と美的芸術的感受性を備えた女性であり、偽善的な上流階級の人々のあいだで生活するよりは、貧しい芸術家たちが住むボヘミアン地区で暮らすことを好む風変わりな女性であって、アーチャーがロマンチックな愛情を注ぐ対象にふさわしい。

また、メイが慣習のレンズを通してものを見る女性であるのに対して、エレン・オレンスカは物事をありのままに見る女性である。そのため、アーチャーは彼女を、いままで会った人のなかでいちばん正直な人だと言う。この言葉にたいして、彼女はゴルゴンに直面しなければならなかったためだと答える。彼女の言葉によると、ゴルゴンは見る人を盲いさせるのではなく、涙を乾かし、目蓋をひらいたまま固定してしまうので、それを見た人は、その後恵まれた闇に浸ることができなくなるのだという。これは、ニューヨークの住人とは違って美しい虚偽に満足することができず、醜い真実を直視して、現実に即した生き方をしようとする人のありようを語る言葉ではないだろうか。

本書の中心となるのは、ニューランド・アーチャーとオレンスカ伯爵夫人の両者が、たがいの愛を通してより高い価値に対して開眼する過程である。後者はこれまで知らなかったニューヨークのよさを認めるようになり、前者はニューヨークの慣習の軛から脱して真の人間性に目覚めるのだが、このきっかけとなるのは、オレンスカ伯爵夫人の離婚訴訟である。この離婚がプロットの要をなすと言ってよい。彼女は放蕩者で妻を顧みないオレンスキー伯爵から自由になるため、ニューヨークに帰ってきて離婚訴訟を起こそうとするが、これはアウトサイダー的な発想に他ならない。

当時のニューヨークでは、妻が夫からどんなに不当な扱いを受けていようと、離婚はこの上ない醜聞であり、一門の最大の不名誉だと考えられていた。そのため、エレンの親戚たちはこぞってそれに反対し、何とかそれを思いとどまらせようとする。しかし、エレンの決意は堅く、親戚中の説得は効を奏さなかったにもかかわらず、法律家としてアーチャーがこの事件を担当することになり、彼が離婚の不利な点を理を分けて説明すると、意外にも彼女は訴訟の取り下げに同意する。また、アーチャーは、この訴訟に関する書類を読んだことにより、彼女に対するこれまでの無関心ないし反発は同情へと変わり、この同情はやがて愛情へと姿を変え、個人の欲求を圧殺する慣習への怒りとなる。そして、いつかジャクソン氏に対して、衝動的に叫んだ「女性は自由になるべきです。ぼくたちと同じほど自由に」(39)という言葉が彼の信念となる。

この離婚訴訟を契機にしてエレンとアーチャーの愛が生まれ、相交わることなく行き違いになる経緯が実に巧みに描かれている。二人の愛の悲劇を生む外的要因としては、エレンがニューヨークに帰ってきたときには、アーチャーはすでにメイと婚約していたことがあげられるし、また、二人の結婚生活を完全なものとするため、一族全員が団結して二人の恋を阻もうとする動きもこのなかに入れられよう。内的要因としては、二人の私心のない心のやさしさ、寛大さ、潔癖さや、家族にたいする義務感がそれに当たる。最初から、アーチャーとエレンの離婚をめぐる話しあいには、自分より相手を思いやる心が働いていたにもかかわらず、皮肉なことに両方が、それぞれの主張を相手より自分のためにする議論だと誤解していた。そもそもの始まりから、行き違いの悲劇の種は萌え出ていたのだ。具体的に言えば、アーチャーが離婚を思いとどまるようエレンを説得しようとしたのは、裁判沙汰になると、オレンスキー伯爵の手紙が脅迫していたような秘書とのスキャンダルが明るみに出ることを恐れたからで、慣習的な考え方に支配されたわけではない。それを、エレンのほうは、彼女の家族はやがてアーチャーの家族となることを思って、彼が家族を醜聞や悪評から守るために自分を犠牲にするよう説いたのだと思いこんで、彼のために、彼を愛しているから、同意したのだった。また、アーチャーが彼女への愛を自覚するようになり、婚約を破棄して彼女との結婚を考えはじめたとき、また、結婚後も家族を捨ててエレンのもとへ走ろうとしたとき、彼女を押し止めたのは、自分に親切にしてくれた人々を裏切ってはいけない、迷惑をかけてはいけないという高潔な心だった。また、アーチャーが危機に直面するたびごとに決定的な態度をとることができなかったのは、家族に対する義務と責任感のためであり、名誉を重んずるニューヨーク人としての誇りだった。

　このようにして、アーチャーとオレンスカ伯爵夫人の道ならぬ愛が、二人の人間的な開眼の機会を与え、二人は愛を通じて精神の成長をする。アーチャーにとってオレンスカ伯爵夫人との恋を成就することは、性的情熱の充足であると同時に、彼自身の二元性、または内部矛盾からの脱出となる。

しかし、アーチャーの心に反抗の芽がきざすやいなや、ニューヨークは無言のうちに二人を取り巻き、彼らの決意を挫くことに力をつくす。そのうち、何よりも効果的に二人の愛を徹底的に断ち切るのは、イノセンスの化身であるメイのみごとな布石だった。彼女はこの愛に気づいているそぶりはみじんも見せず、夫と従姉の高潔な心を計算に入れて、二人を完全に離反させる手を着実に打ち、家族を後ろ盾にして、終始一貫してイノセンスを武器に冷静に戦いぬいていく。アーチャーがエレンへの愛に負けて、婚約解消を思いたったときは、それまで何度頼んでも決して肯んじなかった結婚式の繰り上げに賛成する電報を打ち、結婚後、オレンスキー伯爵からの使者が来て、エレンが夫のもとへ帰るよう勧める交渉がはじまると、エレンの帰国に反対しそうなアーチャーをひそかに家族会議から閉め出す。また、エレンがひとたびアーチャーのもとを訪れてからヨーロッパへ帰ろうと決意すると、自分の妊娠を告げて二人の永久の別離を確実にする。

しかし、永久に別れてしまう前、アーチャーはエレンに対する思いを断ち切れず、軽い卒中にかかったミセス・ミンゴット（メイとエレンの祖母）の家に送り届けるための馬車のなかで、今のつらい現実が存在しない世界に逃げていきたいと言う。すると、エレンは「そんな国がどこにあるんです？」（293）と問いかけ、現実を見なければならないと諭す。この現実を見る眼を、彼女は「ゴルゴンを見なければならなかったんです」（291）と言い、こう説明する。

ゴルゴンが眼を開いてくれたんです。ゴルゴンが人の眼を見えなくするというのは嘘よ。彼女がするのは、その正反対のこと——瞼を開いたまま、固定するの。だから、恵まれた闇に浸ることができなくなるんです。（293）

したがって、エレンが言うように、二人の愛は「遠く離れているときだけ近く」（204）なり、相手を「あきらめないでは愛することができない」（173）。アーチャーはロマンチックな男性らしく最後の最後までどうにかして愛を貫く夢を見るが、エレンのほうは早々とその不可能性を認識していた。これは、早くもゴルゴンを直視して、醜い真実を知った女性の特徴と言えようか。

しかし、最後まで高潔な心を貫き、苦労して廉潔性を保ったのに、ニューヨークの人々はそれを認めず、疑いつつ、美しい虚偽の別れの儀式をするところは皮肉である。その折、アーチャーは招かれた客たち全員にとって、自分とエレンは恋人同士であって、彼には理解できないある手段によって彼とその不倫の相手の引き離しが成功したので、今は誰もそういう事実を知らず想像したこともないふりをしている、そして、従姉で友達でもある女性と愛情のこもった別れ方をしたい、というメイの自然な希望からこの別れの宴が開かれている、という暗黙の了解のもとに、一族全員が集まっているということがわかった。作者は言う。

これが〈おびただしい血を流さない〉で、命を奪う旧いニューヨークのやり方だった。病気より醜聞を恐れ、勇気より品位を重視し、騒ぎを起こした人たちの行ないを別にすれば、〈騒ぎ〉を起こすほど育ちの悪い行ないはないと考える人々のやり方だった。（338）

そして、アーチャーには「自分が武装した軍隊の真ん中に置かれた囚人のような感じ」（338）がしてくるのだった。

ついに三十余年後、妻の病死によって自由の身になったニューランド・アーチャーは、オレンスカ伯爵夫人に再会する機会をつかむが、三十余年の歳月が互いの肉体の上に刻んだ痕が、生涯抱きつづけてきた愛をこわすのを恐れて、彼女の窓の灯を見上げながら、逢うのをやめて、黄昏の街を引き返していく。これは、結婚して数年後にニューポートのミセス・ミンゴット宅を訪れたとき、波止場に突き出たあずまやにエレンが背を向けて立っているのを見ながら、黙って立ち去るアーチャーの行ないと同じパターンである。

こうした叙情的な場面を描くウォートンの筆は比類ない冴えを見せるが、ニューランドとオレンスカ伯爵夫人が現実に結ばれなかったとはいえ、愛は失われたわけではない。二人は生涯その愛を抱きつづけるし、エレンは誤った結婚の絆は断ちきれなかったものの、故郷ニューヨークの美点を再発見して、ヨーロッパでは夫のもとへ帰らず、独りで暮らす。また、ニューランドは、彼女への愛を全うできなかったとはいえ、この愛を契機として、ネッド・ウィンセットに勧められた通り、政治の浄化に力をつくしたのち、よき市民としての生涯を送る。

以上のように、この作品には、旧いニューヨークの虚偽と偽善にたいする鋭い批判と、この世界の古きよき時代に対する郷愁とが、ないまぜになっている。また、愛を契機として己れの社会の外に出ようとして失敗した男、慣習に妨げられて本源的な欲求の充足ができず、心にうつろを抱いて精一杯生きようとする人間の真摯な姿が描きだされている。現在の私たちの目から見れば、いかにもまだるっこしくて不甲斐ないように見えるかもしれないが、一八七〇年代のニューヨーク社会という時代背景を忘れてはならないだろう。ある特定の時代の一つの社会の生活とそこに住む人々の心情を、これほど微細に美しく描いた作品はまれである。また、ミセス・キャサリン・ミンゴットをはじめとして、脇役として登場する人物の描き方も実に巧みで、印象的だ。さらに、二十世紀の初めに女性の地位についてこれだけの洞察力に富んだ記述をしたという点では、イーディス・ウォートンは文学史上はもとより、女性学の歴史上でも重要な位置を占める作家であると思う。なお、時代の制約があったとはいえ、彼女が描く個人の欲求と社会との対立、人間性対社会の掟との葛藤には、国境と時代を超えた普遍的なものがあり、そうした状況に生きる女性の姿は万人の関心を惹くものだと、筆者は信じている。

第十章　黙せる鍵盤

『旧いニューヨーク』（*Old New York*, 1924）

この作品集に収められた中編小説四編は、一八四〇年代、五〇年代、六〇年代、七〇年代のニューヨーク上流社会を写したものだが、いずれも排他的で保守的なニューヨークの慣習やものの考え方に背いて独自の道を進もうとしたところ、周囲の人々の共感が得られず、挫折の生涯を送らねばならなかった人々の悲劇を描いている。各編を読むと、特定の人々が作り上げた特殊な社会が、大きな怪物のように立ちはだかって力弱い人々を圧殺する強力な壁を築いていることがわかる。この巨大な総合体を前にすると、個人という人間がいかに非力な生きものに見えてくることか。とくに、その犠牲者が女性である場合には、その悲劇がいっそう強調されているように思われる。「まだ暁にはあらず」は、美術や芸術を見る目が時代に先んじていたためにニューヨークでは認められず、挫折の生涯を送った男の話であり、「老嬢」は私生児を生んだため、同じ屋根の下で暮らしながら、親子の名乗りをあげることができなかった女性の悲劇を描いている。「火花」はニューヨーク社会の思惑を裏切って人助けをしたため、変人扱いされて淋しく死んでいった男の物語。『元日』はホテルが火事になったため、不倫が暴かれて醜聞の的となった女性の話である。では、作ずつ概観してみよう。

「まだ暁にはあらず」（"False Dawn"）

この四〇年代を描いた作品には実在したイギリスの著名な批評家、ラスキンが登場する。おそらくウォートンはラスキンに直接会ったことはないと思われるが、二人には共通の友人があった。チャールズ・エリオット・ノートン（Charles Eliot Norton, 1827-1908）である。ノートンは二十三年間ハーヴァード大学の歴史学の教授を勤めた碩学で、微笑しながら舌鋒鋭くすべてをこき下ろすことでも有名だったが、学生をはじめ多くの人々に大きな影響を与えた。ダンテやジョン・ダンの研究者で、著書も多く、ラスキンやヘンリー・ジェイムズの友人としても知られている。ウォートンはもともと、ほぼ同年代だったノートンの下の娘サラ・ノートンと親しかったのだが、アッシュフィールドにあったノートン家の夏の別荘を訪ねたりするうちにサラの父とも話す機会があり、彼から多大な刺激や知識を得て感激していたらしい。また、書物や歴史について疑問があったり彼の意見を求めたい問題があったりすると、彼を訪ねて教えを乞うたようだ。

これは、あとで述べる中編小説にも関連するが、ウォートン学者のティトナーによると、ニューヨークの旅行家で歴史家、美術品の蒐集家でもあったジェイムズ・ジャクスン・ジャーヴィスが、ノートンにラスキンへの紹介状を書いてあげたという。しかし、ルイス教授の著書によると、ノートンはジュネーヴ湖を横断する汽船のなかでラスキンに会い、このエピソードをウォートンに語ったとのことだ。

したがって、ラスキンとノートンとの出会いは正確にどちらだったのか判然しないが、いずれにしても、知り合ってのちの二人はかなり強い絆で結ばれていた様子で、ノートンはラスキンのよき友人兼助言者であったらしい。クェンティン・ベルの『ラスキン伝』によると、ラスキンはノートンについて「私の二番目の友で、初めての本当の指導者[1]」だと述べていたという。実際、彼はラスキンの文学の分野での遺言執行人だった。したがって、ウォートンがノートンを介してたびたびラスキンの思想や動向を耳にしたであろうことは想像に難くない。ウォートンが幼いときからラスキンの熱心な信奉者だったことは、彼女の自伝その他ではっきり読み取ることができる。

この小説は、ロングアイランドの美しい海岸まで長々と続く芝生がご自慢のハイ岬のホールストン・レイシー家のカントリーハウスで幕が開く。この日、この屋敷ではホールストンの跡取り息子ルイスがグランドツアーに出発するというので、それを祝う祝賀パーティが開かれていた。客は提督と呼ばれるジェイムスン・レッジリー、銀行家のロバート・ハザード、ならびにホールストンの従弟ドナルドスン・ケントと、それぞれの家族。

　当主のホールストン・レイシーは、記念碑のようにがっしりした大男で、ほっそりしてやや弱々しく見えるレイシー夫人との間に、息子一人と、二人の娘、すなわち姉娘のセアラ・アンと妹娘のメアリ・アダラインがある。息子のルイスは今年二十一歳になる小柄の痩せた青年で、ケント家のいわば居候の娘、ビートリスを愛している。彼女は幼いときに母を失い、十四歳のときドナルドスンの弟だった父ジュリアスがイタリアで死んだため、伯父の家に引き取られていた。みんなからトリーシーと呼ばれる不器量な娘だが、愛想がよく、奉仕精神に富んでいる。

　その夜、ホールストンはルイスを呼んで、ヨーロッパ旅行中のさまざまな注意を与えたあと、将来はニューヨークの名士になってほしいという希望を述べ、五千ドル渡すから、これから創るレイシー美術館にふさわしいイタリアの天才画家の絵画を集めてこいと言いつける。彼が名前をあげたのは、ラファエロとまではいかないが、ドメニキーノ、アルバノ、カルロ・ドルチ、グェルチーノ、カルロ・マラッタ、サルヴァトール・ローザの風景画などだった。

　ところが、ヨーロッパ在住の鑑定家たちへの紹介状を手にヨーロッパに渡ったルイスは、東方への旅行から強烈な印象を受けたあと、モンブランの頂きを眺めていた折、イギリス人の青年に「巻雲の形に興味を持たれたのですね」(69) と話しかけられる。これがラスキンで、彼はルイスに向かって「いろんな物に興味を持つために必要なのは、見ることだけです……きみは物を見る眼を与えられた特権的な人びとの一人だと思いますよ」(70) と言う。二人は意気投合して、さまざまな問題について話し合い、ヴェネツィアでの再会を約す。こうして何度か会い、話し合っているうちに、ルイスはラスキンの物の見方に感化され、新しい美術に対して眼が開かれる。また、ラスキンから教えられたヴェネツィアの小さな教会を訪れたとき、壁画のなかにトリシーによく似た聖女ウルスラの顔を認め、忘我の陶酔の境地に入る場面がある。おそらく作者はこの場面に、ラスキンがカルパッチョの「聖女ウルスラの夢」を見、そこに描かれたウルスラの寝顔に恋人ローズ・ラ・トウシュの面影を見て感動したという逸話を重ねて、描き出したのだろう。

こうした経緯を経て、ルイスは父から与えられた金で、父の希望する画家ではなくピエロ・デラ・フランチェスカやフラ・アンジェリコ、カルパッチョなどの絵を購入する。その後、イギリスを訪れ、ラスキンの友人のダンテ・ロセッティやウィリアム・モリスなどとも親しく交際するようになったところ、彼らはみんなルイスの購入品を賞賛した。

ところが、ルイスの購入した絵を見た父親のホールストンは、怒りと絶望に駆られて「アンジェリコじゃなくアンジェリカなんだ。アンジェリカ・コーフマンはレディなんだぞ。この野暮で下手くそな絵をアンジェリカのものだと言っておまえに押しつけた、いまいましいペテン師は、臓腑を抜いて八つ裂きにしてくれよう。法律の手が届くものなら、きっとわしがそうしてやるからな」(95)と毒づき、これを選んでくれたという、おまえがイタリアで会った男は誰だ、と詰問する。その男はラスキンだと聞くと、ホールストンは重ねて、父親は何者だと問い「ロンドンの立派なワイン商人」(98)だという答を得ると、筆舌につくしがたい嫌悪の表情を浮かべる。

こうした彼の俗物的な態度は、ルイスが真の詩人だと考えるエドガー・アラン・ポーについても遺憾無く発揮されていた。彼はかつて、ポーについて「詩的なうわごとを書いて、居酒屋式の悪評を手に入れたというあの冒涜的な三文詩人のやから」(51)とこき下ろし、バイロンやシェイクスピア、スコットは評価するからだ。この意味では、ホールストンの言動は多かれ少なかれ四〇年代のニューヨーク社会を代表していると考えていいだろう。

彼は直ちに遺言書を書き替えたのち、まもなく死ぬ。新しい遺言書によると、ルイスは購入した絵画のほか年五千ドルの収入を得るだけで、残りの財産はことごとく娘二人が相続することになっていた。やがて、二人の娘、すなわちセアラ・アンはハザード家の息子、メアリ・アダラインはケント家の息子と結婚し、ルイスはトリーシー・ケントと結婚した。ルイス夫妻は少ない収入のこともあって隠遁的な暮らしをしていたため、社交界からはまったく忘れられてしまう。そのうち夫妻には女の子が生まれ、同じ頃ルイスはエベニーザ叔父の遺産として彼のニューヨークの家を相続することになった。

ルイスはようやく買ってきた絵を人々に見せることができると喜び、叔父の広い家の一階の二室を模様替えして美術館を作る。まもなくキリスト教美術館という名の入場料の要る美術館が開館の運びとなるが、新聞では酷評された。そうした話題性もあって、最初の一、二週間は物見高い人々で賑わったが、やがて訪れる人の数は減り、そうした人々でさえ入場料を払うだけの価値はないと文句を言う始末。そのうち門番や番人の給与さえ払えなくなり、ルイス自身がオーナー兼門番兼案内係の役を果たさざるをえなくなった。
そうした二月のある雪の朝、妹のセアラ・アン・ハザードが訪ねて来、この恥さらしな美術館を即刻閉鎖するという条件で、年金を倍増してやろうと申し出る。当然、彼とトリーシーはこの提案を拒絶するが、同日同時刻にメアリ・アダライン・ケントも義姉の部屋を訪れていた。心やさしいメアリ・アダラインは、ルイス夫妻が美術館を続けたいのなら、もう一年やっていけるだけの資金を貸そうと申し出、二人はこれを受け入れる。

ここで物語の視点ががらりと変わり、一人称の語りとなる。一八四〇年代にニューヨークで幅を利かせていたレイシー一族のうち、半世紀後の語り手の記憶に残っている家はたった一軒で、それも、語り手がその人を知っていたのは母親の遠い親戚だったからにすぎない。その人は、名をアリシーア・レイシーといい、大柄な老嬢だったが、リュウマチで手足が利かず、半廃人の有様だった。やがて、この老嬢も亡くなり、遺言状も見つからなかったので、すべての財産は、一番近い親戚のネッタ・コスビーのものとなった。かつてルイスがヨーロッパで買い求めた絵は屋根裏にしまいこまれたままで、アリシーアは屋根裏に上がって絵を見たこともなかったという。そこで、すべてを相続したネッタが空いた壁に絵をかけようと一枚を取り出し、専門家の手を煩わす金もなかったので腕まくりしてその絵を熱湯で洗っていたところ、ルーブル美術館の関係者が訪ねてきて、熱湯はダメだと中止させたという。

こうして五百万ドルを下らない絵画が屋根裏に押しこめられていたことがわかったが、彼らはすべてを真珠やロールスロイスに変えたので、ルイスの絵は一枚も残らなかった。

ウォートン学者のティトナーによると、この小説を書くにあたって彼女がヒントとして使ったものは二つあるという。一つは、前述のジェイムズ・ジャクスン・ジャーヴィスで、この人の蒐集品がイェール大学付属美術館の基礎になったとのことだが、前述したように、彼がラスキンへの紹介文を書いたチャールズ・エリオット・ノートンがウォートンにラスキンとの出会いを語り、この話が小説の契機（ドネ）になったという。

もう一つのヒントは、初期のイタリア絵画を最初にアメリカに紹介したニューヨークのトーマス・ジェファースン・ブライアンという人物である。彼はジョン・ジェイコブ・アスターの裕福なパートナーの息子で、一八二三年にヨーロッパへ渡り、二二九の傑作を蒐集して一八五三年にアメリカへ帰国したとのことだが、そのうち三十枚が初期イタリアの絵画だった。しかし、当時のニューヨーク人はこの蒐集品を理解せず、彼がニューヨークに開いた「ブライアン・キリスト教美術画廊」は人々の嘲笑の的になった。ヘンリー・ジェイムズも自伝『一人の少年と他の少年たち』（*A Small Boy and Others*）の中で、ブロードウェイ八三九番地のその画廊を訪ねたときのことを回想して失望したと記しているが、いかに感受性の鋭い鑑識眼のある人物の言葉とはいえ、十歳前後の子供の感想を基準にすることには無理があろう。また、展示品がどういう作品だったかもはっきりしないのであれば、正しい評価はできまい。だが、画廊を開きはしたものの人々から嘲笑されて、ついに折角の作品も屋根裏にしまいこまれ、長年日の目を見なかったというルイスの悲劇には通じるものがある。

作品が成立する背後の事情はどうあれ、この中編小説が描こうとした主題の一つは、ニューヨーク社会の美術に対する趣味の変遷だろう。あるいは、趣味の革命の失敗だと言ってもいい。ジオットやピエロ・デラ・フランチェスカ等ルネサンス初期の絵画がニューヨークで再評価されるようになったのは実に一九二〇年代だったというから、流行というものは不思議な現象である。現在では、ルイスが購入した画家たちのほうが有名で、ホールストン・レイシーが希望した絵画、すなわちイタリアン・バロックの絵画のほうは比較的知名度が低いのではないかと思う。

もう一つの主題は、社会に理解されず失意のうちに生涯を終えた真の芸術理解者の悲劇である。前述の通り、ウォートンが最も関心を抱いたのは個人と社会の葛藤であり、最後に個人は破滅するというパターンは作者自身が身をもって感じ取った悲劇だった。ルイスはラスキンの導きによって眼が開かれ、真の美術と考える作品をニューヨークに持ち帰り、人々の趣味を洗練したものに変えようと試みたが、頑なな社会の好みを変えることはできなかった。それどころかはなはだしい非難と悪口にさらされ、完膚なき敗北を喫するのだ。

したがって、"False Dawn" という題名には、ルイスにとって「黎明」と思えたものがまがいものにすぎなかったという皮肉がこめられている。一九五九年南雲堂から出版された皆川宗一訳には「偽れる黎明」という題がつけられているが、少々曖昧だと言えなくもない。おそらく「夜明けだと思いきや」とか「黎明いまだし」「まだ暁にはあらず」などとしたほうが意味がはっきりするように思うが、いずれにしても時代に先んじた人の悲劇を見る思いがする。おそらくウォートンは、自分の文学活動がニューヨークの人びとに理解されない怒りと苛立ちをルイスの運命に重ねていたのであろう。

最後に、折角ルイスが蒐集した珠玉の名品がみんな売り払われて散逸してしまう状況には、若い世代の無知と無責任な態度が見られよう。排他的とはいえ洗練された美しい伝統が外部から押し寄せてくる俗っぽい新興勢力に侵食されて消えていく傾向は、ウォートンが深く憂えていた現象だった。新しい世代が、計り知れない価値を持つ貴重な美術品より車や装身具など現実的なもののほうを優先させる現実は、作者が嘆いた上流社会の変遷と重なってはいないだろうか。

「老嬢」(“The Old Maid”)

一八五〇年代を描いたこの作品は、四作中最も興味深く、意義深い小説である。一九三四年にゾエ・エイキンズが劇化し、一九三五年のピュリッツァー賞演劇部門を受賞した。『エイジ・オブ・イノセンス』の時代と場所、社会環境はほぼ同じで、ウォートンの代表作のヴァリエーションと言っていいだろう。一門の評判を純粋で、一点のしみもないものにしておくため、ディリアがシャーロットを犠牲にする有様は、メイ・ウエランドのやり方を彷彿とさせる。

作品の最初に、ニューヨーク社会の性格を描いた秀逸な一文がある。引用してみよう。

たくましいイギリス人と、赤ら顔をしてずっと体重のあるオランダ人とが混じりあって、富裕で、慎重で、それでいて贅沢な社会を生み出していた……これらの飽食してゆっくりと動く人々は、単に気まぐれな気候が彼らから余分の肉を剥ぎ取り、ほんの少し神経をきつく引き締めすぎたため、ヨーロッパ人の目にはいらだち、消化不良になっているように見えるが、実は優雅な単調さのなかで暮らしていた。だが、その表面は、時折水面下で行なわれていた沈黙のドラマによって乱されることは決してなかった。当時、感受性の鋭い魂は黙せる鍵盤のようなもので、その上を運命が音もなく演奏するのだった。（3-4）

こうした社会の完全に静かな表面は、家族の堅い連帯感と、汚染から身を守ろうとする強い自己保存の技術によって維持されていた。ここにシャーロット・ラヴェルの悲劇が胚胎する。彼女の家は名家ではあったが、父親の死後貧しくなって、シャーロットは新しいドレスも買えず、みすぼらしいとも言えそうな身なりをしていた。美人とは言えなかったが、たまたま従妹のディリアの夫の従弟と婚約したとき、問題が起きたのだ。

彼女の従妹のディリアはラヴェル家の娘だったが、一八四〇年に、二十歳でジェイムズ・ラルストンと結婚した。ラルストン家はニューヨーク社会の大きな部分を占める有力な一族で、宗教的信条を守るために新大陸に移住してきたわけではなく、銀行預金で暮らすために移住してきた中流のイギリス人の家族だった。この伝統を重んじる一族に比べると、ラヴェル家、ハーリー家、ヴァンダーグレイヴズ家などは軽率で、金に無頓着、衝動的な行ないや優柔不断なところを意に介さないところがあった。したがって、ラルストン家に嫁いだディィリアは、二人の子供の親としてグラマシー・パークに居を構え、当時最も人気のあった女主人の一人だったが、伝統主義の凝り固まりになっていた。

問題というのは、シャーロットが以前ローマの絵描きだったクレメント・スペンダーに恋し、私生児を産んでいたことだった。彼女は健康を理由に街を離れていたときに娘を産んだが、掟のやかましいニューヨーク社会ではそれを認めることができず、一種の私設の保育所のようなものを作って、他の子供たちといっしょにティナを育てていた。だが、婚約者がそういう仕事はいっさい止めてほしいと申し出てきたからだ。しかし、シャーロットにとってそれは不可能で、思い余った彼女は従妹のディィリアに相談する。

この内密な話を聞いて、ディィリアは愕然とする。実は彼女自身もクレメントを愛していたが、彼には妻を養う能力がないので、あきらめてジェイムズ・ラルストンと結婚したのだった。ディィリアは真実を知って嫉妬に悩まされるが、不名誉は避けなければならないので、真実を明かすことはできない。さんざん思い悩んだ末、シャーロットの結婚は健康上の理由で断り、ティナを養女として引き取り、自分がティナの母親、シャーロットは伯母として、同じ屋根の下で暮らすことにする。

こうしてシャーロットは、舞踏会に行くこともなく、貧しい人々を訪問するようになり、典型的な老嬢となる。

やがてティナは成長して、結婚することになった。その結婚前夜のこと、シャーロットは初めてディリアと相対峙する。その日、テイナに本当のことを話して、母親としての名乗りをあげたいと言うのだ。ディリアがそれを断りかけると、シャーロットは長年の憎しみをぶちまける。ディリアはティナと自分を引き取ることで、クレメント・スペンダーが自分を愛したことへの復讐を果たし、そういうことで凱歌をあげていたんだろう、と非難する。「あなたのやったことは、すべてクレメント・スペンダーのためだったのよ」(180)と言い募り、長い年月の間、自分とディリアとの間には憎しみしかなかった、と言う。今夜だけは、あなたを「母」とは呼ばせない。だから、今夜自分の娘に真実を話すのだ、と。

ディリアは、これまでできるかぎりのやさしさや同情を注ぎ、二人を助けて幸せにしようと努力してきたのに、すべてを憎しみの種にされていたことに驚き、他人の運命に干渉したことの恐ろしさ、その結果に愕然とする。そして、シャーロットがティナの寝室を訪れるままにするが、しばらくしてシャーロットは降りてきて、真実は明かせなかった、と言う。娘の将来を考えると、いまのままのほうがいい、と考えたのだ。

社会の掟と醜聞を避ける保身の本能が働いて、親娘の仲を裂かれた女の悲劇である。

「火花」（"The Spark"）

六〇年代を描いた「火花」は、親切で心やさしい人間ではあるが、口下手ではっきり自分の意見を言わず、やや鈍感で、悟りきっているという評判のヘイリー・ディレインの生き方と結婚生活を描いたものだと言ってよかろう。「まだ暁にはあらず」ではラスキンが登場したが、ここではホィットマンが間接的に登場する。

この物語の話者は、ハーヴァード大学を卒業した若い男性とだけ記されていて、名前は明かされない。あるポーカーの席上で、夫ヘイリーのそばにいた妻のライラが、夫のやり方を見て「このバカ」（3）と罵る。話者はこの言葉を聞いて他人事ながら深く傷つくが、そのためかヘイリーに関心を抱き、なんとか彼の謎を解こうとする、というのがこの中編の骨格をなす。話者が語る小さな挿話が重なって、彼の人となりを浮かび上がらせるという構成になっている。彼はニューヨークで最も保守的で安全だと言われている銀行、ブロード・アンド・ディレインの共同経営者で、友人を介して話者をこの銀行に勤めさせ、何かと厚遇してくれた。ニューヨークの社交界が彼の性に合っていることは疑いを容れない。彼は乗馬、ポロ、狩猟をやり、御者一人で扱う四頭立ての馬車を乗り回し、パーティにも喜んで顔を出すからだ。

まず彼はおだやかで、人々の軽視にもめげないが、ひどく頑固なところがある。人々の噂によると、彼はある夜、劇場でライラの姿を見て、その名前を聞き、「彼女と結婚するぞ」（6）と断言したという。あまり美人ではないじゃないか、父親が悪党で醜聞のもとだ、という反論はあったものの、初志を貫いて結婚したとのことだった。

次に、あるポロのゲームで、妻のボーイフレンドのボルトン・バーンという男の組が勝ちそうになっていたとき、ボルトンのポニーが何かにつまづいて倒れ、勝利を逃した。すると、彼はポニーから降り、鞭で憐れな動物の腹を殴り、ポニーが地に倒れると、頭にも一撃を加えた。そのとたん、ディレインがボルトンの肩を鞭で打った。のちにディレインはボルトンに謝罪したというが、これが動物愛護の精神から出たものか、妻の不倫相手に復讐したのかは、判然とはしていない。

第三のとっかかりは、彼が南北戦争に参加したことだ。彼は他の退役軍人に比べるとひどく年若いので、従軍を疑問視する人もいたが、実は十六歳のときに学校を中退し、志願して軍隊に入り、負傷してワシントンの陸軍病院に長く入っていたのだという。話者は彼の戦争体験が聞きたくて、母親に頼んで彼といっしょに数人の退役軍人を晩餐会に招いてもらうが、彼はあまり語らず、スコール大将やデトランシイ少佐がニューヨークについて大いに語るのを黙って聞いているだけだ。この部分は話の中心からは少しずれるが、ニューヨーク社交界の考え方がよくわかるので、少し長いが引用してみよう。

スコール大将とデトランシイ少佐には、一つの共通点があった。旧いニューヨーク人の極端な用心深さだ。彼らの習慣を乱し、快楽を減じ、市民的だろうと社会的だろうと普通以上の責任を課すことなら何に対しても本能的な不信感を抱いていた。また、他の知的プロセスは緩慢なのに、一見して無害な会話のなかでも〈書類に署名すること〉とか、ごくわずかな市政の改革、またはいかに小規模であろうと新しく馴染みのない大義を支持するほうに流れて行きそうな場合は、超自然的なすばやさでそれを見抜くのだ。

彼らの信念によると、紳士というものは、資力が許すかぎり慈善組織や父権制の舞踏会、子供扶助協会、彼らが所属する教会の慈善事業には協力しなければならなかった。それ以外のすべての〈政治的な〉匂いのするもの、すなわち福音主義の集会、または選ばれた人々のサークルに金の力で入りこもうとする俗人の試み、動物虐待防止協会さえ、最近立ち上げられたものだからと言って、疑ってかかるべきものに思われた。そして、ある教会牧師たちがそれらに名前を貸しているのは、性急すぎると考えた。「だが」とデトランシイ少佐は言った。「この騒がしい時代にあっては、人々の注意を惹くものなら何でもやってやろうという輩がいるんだよ」。そして、彼らは青春時代の「旧いニューヨーク」が消え去ったことに対して、いっしょにため息をつくのだった。(59-60)

結局、話者はヘイリーから戦線の話を聞くことはできなかったが、陸軍病院にいたとき、異教徒のすばらしい男と知り合い、いろいろ話をしたが、その後も転機に直面してどうすればいいかわからなくなったときには、いつもそのワシントンの男が適切なアドヴァイスをしてくれた、という話を聞く。

やがてヘイリーは話者に助けを求めるが、それは妻の父親で厄介者のビル・グレイシーを引き取っていっしょに暮らすよう妻を説得してくれということだった。結婚当初からビルとは同居できないと言い渡し、小遣いはたっぷり渡していたにもかかわらず、義父は性悪の女と知り合って多額の金を巻き上げられているという。彼の妻は、自分の父親でありながら同居に反対で、この事件とは関わりがないという態度を示していたからだ。ところが、今回も例のワシントンの男が現われて、彼の提案を支持したというので、話者もその男の意見に賛成する。その結果、岳父のビルはディレイン家で暮らすことになり、世話をしてもらい、食物も与えられて、生活は改善したが、派手な服を着た女がどなりこんで来たこともある。そのためかニューヨーク中が彼のこの措置を奇行だと評し、父親との同居に賛成せず、子供を連れてカナダからヨーロッパに渡った妻のライラに味方して、「二人の狂人が同じ屋根の下で仲よく暮らしている」(90)などと陰口をたたく。いきおい人々の足は遠退き、訪れる者は話者くらいなもので、ヘイリーは淋しい生活を強いられる。そのうちにビルは肋膜炎の発作を起こし、ヘイリーはその看病に苦労するが、義父はやがて耄碌して死ぬ。するとライラは帰って来、父親の喪も明けないうちにイタリアの貴族と浮気をし、ヘイリーが死ぬと西部の大学の学長と結婚した。

このようにヘイリーはニューヨークの社交界からは無視され、忘れられた淋しい生活を送ったが、あるとき話者の家を訪れ、ホイットマンの詩集の写真を見て、それがあのワシントンの男だと言う。

彼はホイットマンの名前すら覚えていなかった。話者がホイットマンの詩を読んでやり、感激して涙さえ浮かべていたのに対して、ヘイリーの目に火花は燃えたたず、顔は無表情のままだった。そして、別れ際に「彼は大した奴だった。決して忘れないよ――忘れたいと思ったこともあったがね」（109）と言い、自分の生活は彼の光に照らされて豊かなものになった、と言う。ここで、ウォートンが心酔していたホイットマンが間接的に描かれているが、話者の傾倒ぶりに対して、ヘイリーの一種の鈍さが対照的に描かれているところに、彼の性格が如実に現われているように思う。

「元日」（"New Year's Day"）

この小説は、不倫の関係をニューヨーク中に知られ、社交界の人々から無視されるという屈辱的な運命を享受しなければならなかった一人の女性の悲劇を描いている。

一八七〇年代のある年の元日、五番街ホテルで火事があった。ちょうどホテルの向かい側に位置していたミセス・パレットの家で昼食会が行なわれており、そこに出席していた人々は、われ先にと窓辺に詰めかけて火事のさまを眺めた。そのときあわてて外に飛び出した泊まり客のなかにリジー・ヘイゼルディーンとヘンリー・プレストンの姿を認め、ニューヨークの人々は、その後社交の場では揃って彼女を無視するという仕打ちをする。

リジーの夫のチャールズ・ヘイゼルディーンは法律家だったが、体をこわし、このときも風邪で臥床していたにもかかわらず、火事を見にパレット家を訪ね、のちにシラートン・ジャクソンに送ってもらったとのことだった。だが、リジーの感じでは、彼女の失態に気づいていなかったようだという。このように『旧いニューヨーク』では『エイジ・オブ・イノセンス』に登場する何人かの人物が脇役として登場するが、シラートン・ジャクソンもその一人で、ニューヨーク中の人々の関係と繋がりに精通しており、一を聞いて十を知るほど聡明な頭脳の持ち主なので、リジーの恋愛沙汰を知らないはずはなく、社交の場で彼女に話しかけられると、さりげなく彼女の言葉を受け流す。

チャールズはこの外出が響いたのか、しだいに弱り、ついに二週間後帰らぬ人となる。すると、リジーはニースにいた父親を訪ねるためヨーロッパに渡ったが、やがて体を壊し、意気消沈した有様で帰ってきた。しばらく養い親の家に滞在していたとき、彼女はヘンリー・プレストンの訪問を受ける。二人は問題の元日以来会っていなかった。ここで意想外のことが起こる。ヘンリーは自由になったリジーに求婚するが、彼女はそれを拒絶し、チャールズだけが自分の愛した唯一の男性だったと告げるのだ。この彼女の奇妙な態度は、人生に対する彼女なりの誠実な態度の表われだった。唖然とするヘンリーに向かって、彼女は自分の生い立ちにまでさかのぼって、その理由を語る。

彼女の実家に当たるウィンター家は、単に従兄弟同士の絆で繋がっている小さな弱々しいグループだったが、チャールズの一族、ヘイゼルディーン家は大きく強力な一門だった。リジーの母親は早く亡くなり、教区民を持つ牧師だった父親は、ポルトガル人のオペラ歌手と結婚するため、ローマン・カトリックに改宗しようとして醜聞の的になっていた。生活の手段を持たないリジーを引き取って育ててくれたミセス・マンツはヘイゼルディーンの一族で、博愛心に富んでいたため彼女を引き取ったのはいいが、リジーが美人で魅力的だったため大勢の青年たちが訪ねてくるし、リジー自身はブラインドを上げっぱなしで、絨毯や家具を痛めるので、どうにかして彼女をお払い箱にできないものかと頭を悩ましていたという。そういう苦境にあったとき、ミセス・マンツのお気に入りの甥が現われて、結婚することでリジーを救い出してくれたのだ。したがって、夫は彼女の恩人であり、彼女を理解してくれた唯一の人間だったので、彼女も彼だけを愛し、彼に尽くしてきたのだ、とリジーは語る。

しかし、チャールズの病気が悪化し、仕事もできなくなって収入が減ってきたときは、夫を助けるのが妻の義務だったが、収入を得るだけの資格も手段も持たなかった彼女は、愛しているとヘンリーに思いこませ、彼との関係を続けることにより、彼がくれる金で夫の病気と生活に対処してきたのだ、と告白する。ヘンリーが自分を愛してくれたのではなかったか、となじると、必要に迫られて、そのような幻影を作り出したのだ、と言う。それに対してヘンリーが「まさにあの日、きみの夫の病気が悪化したのでみんなが寛大になったんだが、そうでなきゃ、きみは社交界から追放されただろう……だから、ぼくはきみを救うために結婚しようと言ってるんだよ。それが目的なんだ」(126-27) と恩に着せると、リジーは「ニューヨーク中が私を追放したがっていても、私は平気よ」(128) と揚言する。彼女は父親の妻が金をくれると夫に偽って、夫を裏切る行為に走ったのだった。もともと自堕落な女性ではなかったので、夫の死後は己れを律し自分の心に背かない生き方をして、人々の悪口は意に介さない強い女性になったのだ、と宣言したに等しい。

やがて親戚の女性が亡くなってかなりの遺産を彼女に遺し、夫が遺した土地が三倍に値上がりしたので、リジーには生活の憂いはなくなった。こうして彼女は「一人でオペラを見る女」（136）になり、ニューヨーク社交界に入りこめない人々や、昔の醜聞を知らない若い青年たちが集うサロンを開き、彼らをもてなし、世話をし、人々に尽くす魅力的なホステスになった。そのため、話者は彼女に恋したほどだ。彼女は夫のような読書家ではなく、「癒しがたく、やるせないほど社交的な女性」（152）だったので、こうした生き方を選んだのだった。

「金も職もなく、ただ他人を喜ばせるためだけに世間に押し出された七〇年代の可愛い娘、自分の努力で自活していく方法は何一つ知らない娘の無力なよるべなさを思い描けるだけの想像力を持った人間は、周囲に一人もいなかった」（153）と話者は言う。夫を愛し、夫に尽くすために、夫を裏切らねばならなかった女性の悲劇は、ニューヨーク社会だからこそ起こったとも言えるだろう。「富にはさほど重要性はおかないが、貧乏はまったくの悪趣味なので無視する社会、今は消えたニューヨークという小さな自足した社会」（154）と時代だったからこそ起こった、悲しい挿話であろう。

第十一章　過去ふたたび

「時移れども」（"Autre Temps"）
『母の償い』（*The Mother's Recompense*, 1925）
『雲間の月影』（*The Glimpses of the Moon*, 1922）
『半麻酔状態』（*Twilight Sleep*, 1927）

戦後『エイジ・オブ・イノセンス』のあとに書かれた三作は、初期の傑作に比べるとさほど成功したとは言い難いが、興味深い小説と言えるだろう。これらの三作品に共通して言えることは、いずれも初期の作品で取り上げられた主題ないし問題が再び取り上げられて、戦後の風潮の変化や社会の状況を背景に再考察されていることだ。

「時移れども」

時代の変遷と過去の関係がこの上なくはっきりと描かれている作品として「時移れども」という短編がある。女主人公のミセス・リドコートは、結婚生活を牢獄のように感じるようになり、夫と娘を捨て、自由を求めてニューヨークを去り、主としてイタリアで暮らしてきた。だが、過去とは折り合いをつけたはずであるのに、過去に取り憑かれ、一人になるといつでも、未来のどんな夢や希望よりも巨大で、支配的で、邪魔で、厄介な過去が大きく立ちはだかってくるのを防ぎようがない。その過去とは、醜聞にまみれた恥ずべき経歴で、あらゆる知人の顔にも、見知らぬ人々の眼のなかにも、それを認めているという徴の片鱗が浮かんでいるような気がする。そして、昔の知己、すなわち今乗船している大西洋横断の汽船のなかでは、ニューヨーク社会の有力な人物、ミセス・ロリン・ブーランジャーのような人は、故意に彼女を無視して、耐え難い屈辱を与える。

いま、ミセス・リドコートはフローレンスからニューヨークにいる娘を訪ねるところ。娘のライラは、ホレイス・ブッシュと離婚してウィルバー・バークリと再婚するということを知らせて来て、このさい母に会いたいという手紙をくれたからだ。娘のしていることは、かつてミセス・リドコートが行なったことと寸分違わないのに、社会からはこれまで通り受け入れられていることを知って、彼女は時代が変わり、離婚や恋愛沙汰がタブー視されなくなったのだと解釈した。たまたま船上で会った旧友のアイド・フランクリンにミセス・ブーランジャーから無視されたと訴えると、彼は「昔あなたの方が無視したからだろう」(110)と言って真剣に取り合わず、従妹も「あなたの考え方は旧い」「すべては変わったのよ」(113)と言って、彼女を慰めようとする。それに対してミセス・リドコートは、「それが本当なら、まったく、すばらしいわ……まるで天使が墓石を持ち上げ、埋葬されていた人々がもう一度歩いていて、生きてる人も死者から後ずさりしなくなったみたい」（114）という感想を洩らす。

　こうした経緯を経て彼女がライラの家に到着すると、娘は再婚相手ともども暖かく歓迎してくれ、母親の滞在を楽しいものにしようと細やかな心遣いを見せる。ライラはホレイスと離婚したものの、ホレイスのほうも司教の娘で、今話題の本を書いた若い女性と再婚することになっており、二人の間に悪感情はまったくないとのこと。その証拠に、ウィルバーが外交官としてローマ行きを熱望しているため、内閣の一員である自分の叔父にウィルバーを推薦する手紙を書いてくれたという。だが、この計画を実現するためには、ニューヨーク社交界の実力者であるミセス・ブーフンジャーの紹介が必要だとのことだった。そのため、ライラは念入りなパーティを企画していたが、これは母親に招待状を出す前からの計画だったため、彼女は母親の扱いに苦慮する。その結果、お喋りの従妹、スージー・サファーンといっしょにリッジフィールドに遊びに行くよう勧めるが、ミセス・リドコートはそれに関心を示さず、時代が変わったのだから、自分もパーティに出席して昔の友人たちに再会するのを楽しみにしていると言う。しかし、パーティの前にライラの家を訪れて、ミセス・リドコートに心酔したように見えた少女のシャーロットが電話で呼び戻されるという事態になり、疲れているのだから部屋で休むようにという執拗な娘の言葉によって、夫人は自分がいまだにニューヨークの人々から許されていないことを知る。なぜか。

　ミセス・リドコートは娘たちの世代が当然のこととして受け取っている幸せを得るために、人生の最上の日々という代価を支払った。彼女の時代、愛の成就には大変高価な代償を支払う必要があったのだ。だが、今はそれがごく当たり前に、大っぴらに手に入ることを思うと、それが単に年代の違いにすぎないことにミセス・リドコートは痛烈な怒りを覚える。娘の時代には許されていることを、かつて大胆に実行した女性は永遠に許されることはないからだ。その上、ニューヨークの人々は何故にミセス・リドコートが追放され、忌避されているのか、その理由をすでに忘れていながら、二十年前の慣習を繰り返しているではないか。「年取った人々はその理由を忘れ、若い人々は一度も本当の理由を知らない。私を無視することが単に伝統になってしまっているのだ。そして、意味を失った伝統ほど破壊しがたいものは他にない」(144) と彼女は感じないではいられない。

このように、ニューヨークの社交界では、生きているかぎり彼女には救いはなく、名誉回復の希望は持てないのだ。それでも、それは気のせいだ、希望はなくはないと慰めるアイダに対して、自分を愛していて求婚しているにもかかわらず、彼女は彼の愛を斥けてイタリアへ帰る船の便を予約する。(『ジンギュ、およびその他の短編』〔*Xingu, and Other Stories*, 1916〕に収録)

『母の償い』

このように「時移れども」はニューヨーク社会の頑な規範遵守と慣習の厳しさを描いているが、長編の『母の償い』は、その線上で同じ状況におかれた女主人公の心の苦しみを剔抉している。ケイト・クレフェインは二十一歳のとき、ジョン・クレフェインと結婚し、二年後の夏に娘のアンを出産したが、結婚生活が獄舎のように思えてきて、その圧迫から逃れようと、つらかったが夫と娘を捨てて、ハイトン・デイヴィスという男のヨットに乗って西インド諸島に行った。二年後ハイトンとは死別し、三十九歳になっていた彼女は九歳年下のクリス・フェローにめぐりあって、本当の自分を見いだしたような感覚を味わった。しかし、このクリスとも別れ、今は四十五歳になってリヴィエラで孤独な生活を送っていたが、十八年前に別れた娘のアンから、義母のクレファイン夫人が亡くなったので「いっしょに暮らしたいから、すぐ帰ってきてほしい」(12)という趣旨の手紙を受け取り、ニューヨークへ帰ってきたところだ。

娘は心から母親を歓待してくれたので、ケイトはしばらくの間、娘と暮らす幸せに酔っていたが、やがてアンが結婚を考えている男が他ならぬクリスであることを知り、衝撃を受ける。ここから彼女の苦悩が始まる。彼女はどうにかしてこの結婚を思い止まらせようとするが、アンの決心は堅く、クリスもなかなかこの恋を諦めようとはしない。ケイトはクリスに会って、この恋を諦めないようであれば彼の母親にすべてを話すと脅迫めいたことを言って、ようやく別れる決心をさせる。ところが、結婚できないという手紙をクリスからもらったアンは、自分が金持ちすぎるから遠慮しているのだろう、だから金はすべて母親に譲ると言い出す。その後、問題は金ではなく別の女性のためだという手紙をクリスから受け取り、彼に会いに行ったところ、母親が彼に会いに行ったことを知る。ケイトは仕方なくクリスはアンを幸せにできる男ではないので、この件を再考するよう頼みに行ったのだと言うと、娘は母に向かって「あなたはかつて父と私を捨てて他の男に走ったのだから、私の幸福に干渉する権利はない」(201)と主張し、二人の仲は決裂する。こうして親の自信と親密さが取り返しのつかないほど破壊される結果になる。つまり、ケイトの過去が二人を決定的に隔ててしまうのだ。

右のように「時移れども」とまったく同じ状況に置かれた女主人公のケイトは、過去の事件で人々から無視されている状況は同じながら、かつて母親が愛した男を今娘が愛しているという呪われた状況に苦しみ、なんとかして脱出路を見いだそうとあがく。過去は修復できないのだ。作者は、ケイトの世代が生きた「省察と説明の旧い時代は終わり、物事を当然と受け取る時代だけがアンの世代が知っている唯一の時代で、その点でアンは時代の産物だった」(259)と言う。すなわち『エイジ・オブ・イノセンス』のダラスが言う「ただ座って見つめあい、心のなかで何が起こっているかを推測した時代」(359)は終わったので、ケイトは言葉ではっきり説明しなければならなくなったのだ。したがって、ケイトの問題は、クリスとの過去を娘に告げるべきか、告げざるべきか、という二者択一の問題となった。ケイトは自分が姿を現わしたら、クリスは今の立場が堪え難くなって引き下がるだろうと考えたが、彼のほうは結婚式まで持ちこたえれば、彼女は単なる義母にすぎなくなるので、大した問題ではない、と考えていた。その結果、ケイトが真実を告げて、それを娘がどういうふうに受け取るか、アンの選択に任せるしかないという事態になったのだ。事情を話してアンの幸福を破壊すべきか、その忌まわしい過去を忘却の淵に沈めたほうがよいのか。

ケイトは思いあまって、これは友人の話だと断ってから牧師に相談することにした。すると、牧師は「彼女は娘に話さなければならない……そのような衝撃的な事件はどんな犠牲を払っても避けなければならないから」と言い、そのあと「彼女に沈黙を守る勇気があり、そのほうがすべての関係者に及ぼす害が少ないという絶対的な確信があるとすれば、話は別だが」(265)と付け加える。かつてケイトは断腸の思いで娘を捨てたが、今また彼女を捨てようとしているのではないか、真実を明らかにするとは、単なる気休めにすぎないのではないか、自分にはアンの幸せを破壊する権利があるのだろうか、とケイトは迷いに迷う。したたかに思い悩んだ末、ついに言わないほうを選び、旧友のフレッドと結婚することも諦める。今また娘を不幸にすることはできないと思い、また、話したら娘が自分をどう思うかが気がかりでもあったからだ。

この件をフレッドに告白したところ、彼はその衝撃で体が縮んで老けたように見える。親しい言葉を交わしあった二人ではあったが、実は「地球の両極ほど」(324〜25)離れていたのだ。彼の苦痛と憐みこそ、ケイトが必要としていたものだったのかもしれない。彼女は前ほど不幸ではなくなったような感じがして、一人でヨーロッパ行きの船の予約をする。そして、次のように考えて、自分を慰める。

たぶん、誰一人理解してはくれないだろう。たしかに彼は金輪際自分のこともわからないのだ。だが、これが現実だ。この地球上の何物も、私を助けてはくれないだろう――昔の忌まわしい事実と新しい寂しさを抹殺する助けにはならないだろう――だが、はっきりとこの決心をして、新しい不確実性とさらなる譲歩のほうに漂い始めたときにはいつでも、少なくとも一度はしっかりと立ち、小さな平和と光の射す場所で、我が身に起こった最上の幸せを締め出したのだ、と独語することができるという事実だけは消せないはずだ。（342）

『雲間の月影』

これは、身分は悪くないが、金がないため、裕福な知人たちの秘書ないしコンパニオンやパーティの盛り立て役などとして、彼らの家に寄食して暮らす男女の話である。こういう生活をしている人間としては『歓楽の家』の女主人公、リリー・バートがあるが、彼女はこの社会の掟を無視したため、破滅した。『雲間の月影』の主人公、ニックとスージーというカップルは、最後には自分たち本来の生き方を発見するという筋書きになっており、リリー・バートの生き方の再検証の役割を担っているという意味で、過去の事例の再検討と言うことができる。

イーディス・ウォートンの研究者、エリザベス・アモンズはこのような生活をしている人々を「経済的寄食主義」（158）と呼んでいるが、こういう生活が可能だったのは、大戦前のニューヨークの富裕階級の存在があって初めて可能だったことを考えれば、歴史的な事象だったと言えるだろう。この作品で描かれているのは、こういう生き方の実態と本質、ならびにその価値と永続性だと考えることができる。彼らはパトロンから生活させてもらっているため、パトロンの生活方法や意志に反する行動を取ることはできない。どの程度、パトロンに従属し、あるいは抵抗できるか、どの程度自分たち自身の主体性を守れるかということが、最大の関心事となり、彼らの生活規範となる。それを決定する重要な要素として、彼らの倫理的意識とそれにもとづく行動のさまが微細に描かれている。

中心となるカップルは、スージー・ブランチとニック・ランジング。二人とも金がなく、富裕な知人たちの家に寄食している状況は同じ。スージーは頭がよく、困った立場に追いこまれても、なんとか「やりくり」するのが上手。一生他人の厄介になっているわけにはいかないので、リリーと同じように、結婚でこの問題を解決しようと考えている。したがって、「最大の富と配偶者としての最小の要求」(7)が結びついた男性と結婚するのが夢だ。ところが、社交の場で出会ったニックに興味を惹かれ、デイトを重ねているうちに愛し合うようになった。しかし、ニックは東洋考古学に関心を抱き、著述業で身を立てようとしている貧乏青年で、理想とは程遠い。『歓楽の家』のローレンス・セルデンに似ていなくもない。

しかし、互いに憎からず思っているどころか愛し合っているので、二人は結婚してもいいのではないかと考えはじめ、暫定的に結婚して、互いに理想的な結婚相手にめぐりあったら、いつでも結婚を解消して相手を自由にしてあげよう、という変わった契約を結んで結婚した。現在はハネムーン中で、チャーリー・ストラフォードという共通の友人の別荘で、ロマンチックなコモ湖の春の夜を楽しんでいるところだ。しかし、別の客が来るというので、そこを出て、ヴェニスのネルソン・ヴァンダーライン家に行く予定にしている。

だが、どんなときにも機転をかせて、自分に有利になるよう状況を操作するのに慣れているスージーに対して、ニックのほうは古い倫理感に捉われていて、彼女の場当たり的な生き方を肯定することができない。たとえば、次の客を送ってきた運転手はミラノに恋人がいて、その娘に会いに行きたがっていることを嗅ぎつけると、ちゃっかりミラノまで送ってもらう話をつけたばかりか、出発の朝、運転手に渡すチップとして、卓上の高価な葉巻の箱を持っていってくれとニックに頼む。すると、ニックは葉巻は自分たちのものではないと怒り、彼女が荷物に詰めた分も取り返して、元に戻す。スージーは「ばかなことを。葉巻はストラフィがどこかの成り上がりから巻き上げたにちがいないから、彼のものじゃないし、次の客に残してやることもない……あとはメイドの恋人や庭師が勝手に処分するだけじゃないの」(30)と抗議するが、ニックは耳をかさず、この件がスージーの心に重いしこりとなって残っている。

そのほか世話になっているため、遠慮しなければならないことも多い。最初に受け入れてくれたアーシュラ・ギローは、ニックは自分に関心があったはずなのに、スージーが邪魔して昔のようではなくなったと恨み言を言うので、ニックに会うのを控えなければならないと思い、それをニックに告げると、彼は大笑いするが、彼女のほうは涙が出てしまう。

また、ヴェニスのヴァンダーライン家に到着すると、メイドが女主人のエリーからの手紙を手渡す。手紙には夫のネルソンは不在、娘のクラリッサが残っているので、その世話を頼むということに加えて、番号を付した夫への手紙の束が同封されていた。エリーはその手紙を一週に一通ずつ、番号を消してから投函してくれと述べ、この件はニックにも秘密にするよう、念を押していたのだ。

エリーに親切にしてもらった代償としてスージーが払わねばならなかったのは、このような裏切りと瞞着に手を貸すことだった。寄食の代価をこのような邪《よこしま》な振る舞いに加担することで支払わねばならないことに、彼女はいらだちと不安を覚える。また、ニックに打ちあけて相談したいが、それも禁じられていて叶わない。作者は言う。

スージーの基準という奇妙な建物は、基盤から揺らぎ――これほど汚れたものの間にはめられて、彼女は本当にどこに正しい生き方があるのか、わからなくなった。（38）

とはいえ、両者にはそれぞれ結婚の理想が叶う機会が訪れる。「最大の富と配偶者としての最小の要求」が結びついた候補者が現われたからだ。ヴェニスに滞在中、醜く薄汚い恰好はしているが、楽しげで、正直な利己主義をユーモアで包んだ生粋のイギリス人、チャールズ・ストラフォード（略称ストラフィ）がゴンドラから降りてくるからだ。スージーは自分が生活している流動的で変幻極まりない世界のなかで、彼はしっかりと根を張った安定したものを感じさせるので、なんとなく彼に人間的魅力を感じていた。彼のほうもスージーが気に入って、結婚してもいいとさえ考えており、猿のように詮索好きで、彼女の結婚生活についてあれこれと問いただす。そして、以前ニックがインドで世話になったヒックス家のヨットが近々入港するので、ニックと彼らとの付き合いがまた始まるだろうし、娘のコラールはなかなかの美人になった、と不穏なニュースを知らせる。

やがて、ソレントでのヨットの衝突事故でアトリンガム伯爵と息子のダンブレイ子爵が溺死したとの知らせが入る。その結果、彼らの財産を相続したストラフィは、イギリス最大の個人的財産の一つの所有者となった。すなわち、スージーにとっては理想的な結婚の候補者が出現したことになり、彼女は彼に促されて、しぶしぶ離婚の手続きを始める。

ところが、スージーとニックが出たあとに大金を払ってストラフィのコモ湖の別荘を一カ月借りた人は、誰あろうエリーとその恋人の百万長者アルジーであることがわかって、彼女は嫌悪のあまり嘔吐しそうになる。スージーがこれほどの反発心を覚えるのは、二人の新婚生活の歓びに泥を塗られたこともさることながら、ストラフィがヴァンダーライン家で贅沢な暮らしをしながら、大金をもらってエリーの恋愛事件をあおっていたことだった。つまり、彼は社交界の他の人々と寸分変わらず、倫理的な問題に煩わされない現実主義者であることがわかって、それを許すことができないのだ。彼女が怒っているのはストラフィに対してというよりは自分に対してであって、今の生活の人工性、非現実性に圧倒されたからだと考えることができる。

やがて幸せ一杯でエリーが帰ってくるが、「幸せに過ごさせてもらったお礼に」(98)と、ニックにはみごとな真珠のスカーフピンのセットを、スージーにはサファイアの腕輪を贈る。ところが、ニックはどうしてこういう高価な贈り物をもらうのか理解できず、スージーを問い詰める。すると彼女はごまかしきれず、六週間エリーに言われた通り、夫のネルソンへの手紙を投函し続けたのだと白状し、二人がいっしょにいられるのは、この互譲《ギヴ・アンド・テイク》のおかげではないかと弁解する。この弁明に対してニックは、自分が受けた恩恵の見返りとして他人の汚い仕事に手を染めるのが互譲と言うのなら、別れたほうがいいと言い放ち、スカーフピンのセットをエリーに送り返す。ここでもニックは良心に悖ることはしたくないという廉潔心を発揮して、食事を断って外出してしまう。スージーは、ニックのこの行為は自分への軽蔑を間接的に示しているのか、彼自身の倫理的感覚のためだろうか、と自問しないではいられない。

また、ニックはストラフィの予言通り、イビス号に乗船し、ヒックス家の人々と親交を深める。やがて彼らの秘書のバトルズが罷めたので、彼は秘書になってくれと頼まれ、毎月高給を支給されることになり、寄食者であるより秘書として働くほうがはるかに快適であることを自覚する。また、ヒックス家の人々にとっては、彼が社交界の事情に通じているので、有能な秘書を雇ったばかりか、社交上での適切なアドヴァイスを受けることができるようになり、計り知れないほどの恩恵を受けることになった。さらに、彼はコラールの美しさに魅せられ、求婚さえ考えるが、彼女のほうは彼よりプリンスの求婚のほうに傾く。こういう事情になって、ニックとスージーは両人とも理想の結婚に踏み切ることはできなかった。そして、何よりも相手に対する愛情を忘れることはできないことを自覚する。

スージーも、最後にはフルマー家の五人の子供の世話をしているうちに、忙しくて気は休まらないが、贅沢な虚飾の生活をするより、実質的で和やかな生活をするほうが気が楽ではないかと思いはじめ、ニックの許に帰りたくなる。このように、子供たちとの交流が人々に安らぎを与えるという事実は、傑作『子供たち』の主題になっており、『歓楽の家』のリリー・バートが生活苦の末に命を断つ前、ソフィの家に立ち寄って子供を抱かせてもらい、心の平和を得る場面とも通じるものがある。ウォートン自身には子供はなかったが、子供に対する憧れがあったのだろうか。結局、寄食者の身分というものには持続性はなく、その不安定で欺瞞的な生活を清算して、足が地についた生活に立ち戻るところにしか、救いと希望はない、と作者は言っているように思われる。

『半麻酔状態』

三番目の『半麻酔状態』は、最初「黄昏のときはよいとき」に眠るというロマンチックな状態かと思ったが、辞書を引いてみると、無痛分娩法の半麻酔状態を示すとのことで、いささか落胆した。直接的には、登場人物の一人、リタ・ワイアントが何よりも肉体的苦痛を恐れているので、裕福で有力者の義母が「半麻酔状態」で分娩させる施設を知っていて、そこの一番贅沢な特別室に入院させて無事に出産させるので、それを指しているように見えるが、実際的には小説の女主人公ポーリン、すなわちミセス・マンフォードの生き方を示しているように思われる。つまり、第一次大戦後のニューヨークでいろいろのものが変わっているのに、過去の慣習や考え方に捉われて、はっきり現実を見ることをしない、言い換えれば、不快なこと都合の悪いことは無視して、美しいものだけを見て生きるという旧いニューヨーク社会の慣習を守って生活してきたため、最後の惨劇を招く、という設定になっていると考えることができる。

この長編小説はウォートンの作品のなかでは比較的マイナーな作品で、筆者自身あまり好きだとは言えないものだが、出版当時はよく売れ、シンクレア・ルイスの『エルマー・ガントリー』を抜いて、ベストセラーのトップに躍り出たらしい。ルイス教授によると、一九六二年六月に出版され、八月にはすでに売上高二万一千ドルに達し、連載分の三万ドルを加えると、その年、作者には計五万一千ドルの収入をもたらしたという。では、どういう点で、ポーリンは半麻酔状態だったのか。彼女を取り巻く家庭環境を眺めてみよう。

彼女は社交界で活躍する社会的地位の高い女性だが、多忙をきわめ、一日の計画が十五分刻みで設定されており、秘書を使って、この過密なスケジュールをこなしている有様だ。家族の者とも親しく話す暇はなく、話したいことがあれば、秘書を通して、この過密なスケジュールのなかに割りこませてもらわねばならない。たとえば、午前については七時半から十五分刻みで、精神の高揚、朝食、精神分析、コックとの打ち合せ、黙想、顔のマッサージ、ペルシア製ミニアチュアを扱う男との会見、通信、マニキュア、ダンス、髪のカール、胸像のモデル、母の日の代表との打ち合わせ、ダンスのレッスン、某夫人宅での産児制限委員会などと十一時半まで続く。そのほか、産児制限の講演をしたり、枢機卿を招いてのパーティの企画などが加わり、このパーティに、信仰しているマハトマを招くにはどうすればよいかなどと、頭を悩ます。

彼女はナポリに侯爵の従兄がいるという名家の出身の男性、アーサー・ワイアントと結婚してジムという名の男子を儲けたが、やがて離婚して、現在は法廷弁護士のデクスター・マンフォードと結婚している。デクスターとの間にはノナという娘がいるが、彼女はすでに成人して、既婚男性との間に微妙な恋愛感情が芽生えている。しかし、彼女は一族のうちで最も理性的で愛情深く、良心的で、いわば作者の分身とも見ることができる人物だ。彼女は義兄のジムを崇拝しており、いきおい彼の妻のリタとも親しい。

ところが、リタは孤児で、評判の悪い叔母しか頼る人がいなかったという気の毒な少女時代を送ったと言われるが、魅力に富んでいて、彼女を崇拝する人は少なくない。リタはジムと結婚してから二年が経ち、生後六カ月の赤ん坊を抱えているが、ダンスや乗馬やテニス、ゲームに明け暮れる毎日を送っており、義妹のノナに向かって「私、ここにあるものをみんな通りに投げ出したいわ。ここでは、とっても退屈なんですもの」と言う。ノナが「あなたはどこに行っても退屈するわよ」と反論すると、「人生そのものがまったく退屈なのよ。人生を再装飾なんてできやしない」(34)と苦情を言う。

デクスター・マンフォードはこのような生活に飽き足らず、ときどき心の手綱を切って、思いのままに心を漂わせる。

こういうことなら、この冬は何回晩餐会を開けばいいんだろう。今のところ、先は見えない。ポーリンはいったいどうしてこんなことに耐えられるのか。どうして耐えたいと思うのか。正常な生活を送っていさえすれば、きわめて丈夫な人々の健康を回復するために考案されたこれらの安静療法、マッサージ、リズム体操なんかに！　ぼくのそばで光り輝くブロンドの髪をまったく意味もないのに広げている、ばかな女みたいに！　この女は夜中踊っていたから、二階までさえ足では上がれなかったんだ！　ポーリンもそれと同じだ。たったの二階までさえ足では上がらない。それなのに、筋肉が萎縮しないようジムでの体操や揉み療法をやり、ヒンズー教の賢者を招くのだ。（78-79）

そして、ミネソタの農場で働いていた母親を想い、「自分が本当にやりたいと思うのは、祖先の時代にはなかった近代的農機具を使って大規模農業をやり、この国の誰よりも業績をあげ、大都市のセンターで産物を売り捌き、兄のように国政で目を見張るようなことをやり、頭脳や筋肉など、自分の心身のすべてを使って本物の仕事をし、世界規模の真実の成果をあげることだ。この人工的な行動、真空のなかでの、しだいに速度を増す回転、無、無、無にしか通じない空騒ぎの疲れを回復するために、たえず休息したり、医者にかかったりしなければならないことなどはきっぱり止めて」（79-80）と考える。

しかし、こういう想いは妻のポーリンには通じない。彼女は旧いニューヨークの「不愉快な事柄は無視して、つねに醜いものより美しい虚偽を選んだ」結果、崇拝するマハトマのスキャンダルにも目をつぶり、娘の心情も無視、夫の心のうちは想像だにしない。その結果、醜い事実は水面下で根を張り、葉や枝を伸ばして、ついに表面にその凄惨な姿を現わすのだ。デクスターは自分の理想も希望も叶わず、その挫折感のためか、リタと逢う瀬を重ね、ついに息子のジムのために復讐を企てたアーサー・ワイアントの刃傷沙汰を惹き起こす。シダーレッジのマンフォード家に忍びこんだアーサーは、リタの寝室で発砲したが、そこにいたのは赤ん坊の世話をしにきたノナで、リタではなかった。

こうした経緯は文章では書かれていないが、読者は容易に想像することができる。このような事態に立ち至って、ポーリンは一時動転するが、ノナが強盗が侵入したための事故だと説明し、執事のパウダーもそれを支持したため、スキャンダルはかろうじて避けられた。そして、ノナが快方に向かっていると聞くや、状況をしっかり把握しようとはせず、昔通りの生き方に戻るのだ。いかにも彼女の人生態度を象徴しているように見える。この折りのノナの想いを、作者は次のように説明する。

シダーレッジのあの恐ろしい夜は、ポーリンにとって現実の出来事だったのだろうか。もしそうだとしても、それはすでに色褪せ、寓話の領域に入ってしまっていると、ノナは確信していた。一つの目に見える結果は娘の怪我であり、それに癒えかけているからだった。それと繋がりのあるものは、すべて目に見えないところ、地下で起こった。そういうわけで、ポーリンにとっては、一度も存在しないように感じられたのだった。ポーリンは今、いつもよりさらにはっきりと、二元的になっていたからだ。

(363)

この不祥事がきっかけで、リタとジムはパリへ、アーサー・ワイアントは従妹のエリナとカナダに発ち、マンフォード夫妻はロッキー山脈からヴァンクーヴァー、日本、インドをめぐる二カ月の長旅に出るというふうに、一家は離散する結果になった。ノナは身体の移動ではなく精神的な逃避を切望したが、結局、それは今の場所に留まって義務と責任を果たすことではないかと考える。そして、まもなくシダーレッジに帰ろうと思う。ポーリンはこの「強盗事件」の四日後、周囲の人々全員が無理だと考えた例の枢気卿を招いてのパーティを実施して、大成功を収めた。だが、マハトマは招かなかった。大惨事のおかげで、多少とも常識が働いたのかもしれない。

作者はニューヨークの人々の考え方を「半麻酔状態」にたとえて、その偽善性と自己中心主義を暴き、この状態から脱しないかぎり、家族の平和はあり得ず、惨劇は再び起こると警告しているように思われる。

第十二章　甲斐なき自己犠牲

『子供たち』(*The Children*, 1928)
「バナー姉妹」("Bunner Sisters")

戦争が始まってベルギーが独軍の砲火にさらされるようになると、多大な苦難が住民に襲いかかることになったが、一番の犠牲者は子供たちだった。五日間飲まず食わずで農場に遺棄された子供や、死んだ父親の腕から引き離さねばならなかった二人の少女、恐怖のあまり呆けたようになった子供など、悲惨な話は後を断たない。このような衣服や食物もなく、飢えと汚穢と病気にさいなまれた子供たちを救おうと、ベルギー政府の内務省は、難民の世話をしていたウォートンに、子供たちを引き受けてくれるよう頼みこんだという。ウォートンはこの仕事を快く引き受け、セーヴルにあった空いた校舎に子供たちを収容することにした。一九一五年の夏には、第一陣の六十人の女の子たちが到着し、その年の終わりには、ウォートンが組織した委員会が七五〇人の子供たちと一五

○人の成人の世話をしたという事実は、前述の通りである。
ウォートン自身には子供はなかったが、他の助手たちといっしょにこうした子供たちを入浴させ、衣服と食物を与え、庭で遊ばせたりするうちに子供たちの行動と心情にかなり親しくなったことは、想像に難《かた》くない。また、このような献身的な作業をする上で、ウォートン自身の心情にもかなりの変化が見られたのではないだろうか。

『子供たち』

一九二二年に発表された『雲間の月影』には、『子供たち』の構想がこのときすでに芽生えていたことを窺わせるくだりがある。フルマー夫妻がナポリやパレルモを旅している間、スージーが五人の子供たちの世話を任されたからだ。彼女が、上は十二歳のジャニーからナット、二人の双子ジャックとペギー、末っ子のジョーディまで、五人の子供の臨時の母親の役割を果たすところは、マーティン・ボインがホイーター家の子供たちの世話役になった状況と酷似している。長女のジャニーが一国の元首になったような気分で、母の帽子選びから衣装箪笥の管理、子供たちのひまし油からフランネルの下着の世話までする有様は、ジュディスの振る舞いに通じるところがある。また、子供たちと付き合う間にボインの心情に変化が現れるように、スージーは子供の世話をしているうちに変貌し、成長して、ニックの眼に好ましく映るようになるのだ。したがって、こういう子供たちと世話役との構想は、早くからウォートンの心に萌していたと考えることができる。

筆者はこの章の表題を「甲斐なき自己犠牲」としたが、それはボインの視点からするとそのように解釈できるというだけで、ジュディスの視点から考えると、正反対の結果になる。彼女は子供としては決して幸せな境遇とは言えないが、彼女なりに人生を肯定的に生き、周囲の人々に幸せと喜びを与えていると考えることができる。また、この作品の中心はむしろ、無邪気で若さにあふれ、幼いながら世故に長け、溌溂と生きている、率直で、飾り気のないジュディスの生き方のほうにあると考えれば、生気に充ちた青春物語と言えるかもしれない。

この長編に対する批評は、総じてあまり芳しくなかったようだが、ルイス教授によると、一九二八年九月にはブック・オブ・ザ・マンス・クラブの選定図書になり、ベストセラー入りを果たしたという。そして、パラマウントによる映画化の権利金二万五千ドルを加えると、この小説は実に九万五千ドル以上の収入をウォートンにもたらしたとのことだ。

では、『子供たち』で描かれる子供たちはどんな生き方をし。主人公のマーティン・ボインはどうして彼らの虜になったのか。

主人公のマーティン・ボインは四十六歳のアメリカ人の土木技師で、任地だった南アメリカからヨーロッパに帰るところ。彼はかつてジュネーヴ湖畔でラスキンに会ったことがあるとのことで、この作品でも一言ながらラスキンへの言及がある。帰途彼がその大型客船のデッキで休んでいたとき、隣の椅子に「ミセス・クリフ・ホイーター」の名前があったので、知人の夫妻に会えると期待したが、予想に反して、夫人とはまったく違うほっそりした若い女性と知り合うことになった。クリフ・ホイーターはハーヴァード大学での同級生で、シカゴの青年だったが、株その他で大儲けして今ではニューヨークにおける有数の百万長者。彼が十六、七年前に結婚したジョイス・マーヴィンは大変な美人で、ボインもダンスをしたり、ふざけたりして、一冬いっしょに遊んだことがあった。隣の椅子に座ったのは、二人の娘のジュディスだという。

ところが、ホイーター夫妻は、最初の結婚以来、離婚や再婚を繰り返して、ジュディスが統率する七人の子供の一隊を作り上げる原因を作った。まずクリフは著名な女優、ジニー・ラクロスと結婚して、ジニーの親となり、他方ジョイスはブオンデルモンテ公爵と結婚したが、彼にはサーカスの女性との間にできたバンとビーティ（正式にはアストールとビアトリス・ブオンデルモンテ）という二人の連れ子があった。やがて彼女は公爵とは別れたが、二人の母のない子がかわいそうになって、これらのイタリア人の子供を引き取った。ところが、両親の離婚のため荷物のようにあちこちと送られるのがいやなので、昔のような父母になってくれとジュディスが切に頼んだので、クリフとジョイスは再婚することにした。しかし、イタリアでは離婚が認められないので、ジョイスが意気消沈していたところ、公爵とサーカスの女は正式に結婚していたことがわかり、重婚となるジョイスとの結婚は認められないことになった。その結果、今年十二歳になるテリーとブランカの双子が生まれ、さらに二歳になるチャップが生まれた。その後夫妻はお互いに自由な恋愛関係を楽しみ、七人の子供たちは、長女のジュディスとミス・スコープという家庭教師ならびに二人の乳母にまかせきりで、子供たちの一隊は学校にも行かず、ヨーロッパのホテルからホテルを渡り歩いているという有様。子供たちは華々しい喧嘩をやり、跳ね回り、いつも大騒動を巻きおこしているが、何よりも大事にしているのは、絶対に離れ離れにはならないという誓いだった。

ボインはこの子たちにめぐりあってなんとなく惹かれるものがあり、両親の知人ということもあって、子供たちからも慕われ頼りにされているので、ついずるずると彼らの世話をするという責任を負ってしまう。しかし、彼自身は五年間会っていない恋人のローズ・セラーズに会い、彼女の真意を確かめて結婚したいという希望を持っている。五年前彼女と別れたときは人妻だったが、今は未亡人になっているので、この点でも『砂州』の女主人公アナ・リースの状況に酷似している。彼女に会うため、ボインがドロマイトを訪ねて留守にしたとき、かつての女優ジニー・ラクロスが今はレンチ侯爵夫人となってジニーを連れ戻しに来たので、危険を感じたジュディスが父親の金を盗んで、子供たちを引き連れ、彼の後を追ってきたことから、ジュディスとローズの付き合いが始まる。

ローズとジュディスはまったく正反対の性格で、アナとソフィの関係に似ていなくもない。ローズの性格と性質について、作者は次のように述べている。

彼女の人生はすべて一連の適応と妥協と光の調節、すなわち巧みにヴェールを下ろし、スクリーンやカーテンを引くことから成り立っていた。誰も彼女の半分ほども上手に部屋を整えることはできなかった。そして、彼女は自分自身と自分の人生をも、同じように巧みに整えていた。彼女が扱わねばならない材料はまったく貧弱なもので、あらゆる点で彼女にふさわしくないものだった。しかし、彼女の賢い両手は、スカーフをひねって寝椅子のカバーにし、少しの紙をひだ折りにしてランプの傘を作った。そういうふうに凡庸な手段、凡庸な夫、醜いニューヨークの家、冴えないニューヨークのセットをうまく活用して、個人的で、顕著で、個性的で、刺激的とも言えるものに作り替えていたので、彼女の小さな世界のなかでは「ローズ・セラーズ」という名前は、賢明さと独創性の同義語として使われていた。

(38-39)

したがって、ボインは穏やかで、出しゃばらず、家庭的な彼女の性格に一種の安らぎと安心を覚え、「たえず回転し続ける自分の空の北極星」(82)として頼りにしていたのだった。だが、彼女は「信用できない人々には言葉をかけず、敵または競争者となる人々には打ち明け話をしない、今は昔の世界の住民」(174)だったため、近代生活の妥協や乱雑さについては全然知らなかった。また、自分になじまない人に対しては表面的には親切に接しても、ボインのようにのめりこむことはない。さらに、勇気や情熱はありながら、自己に課した制約や抑圧があって、心の底から感情を吐露することもない。社交的な修養は完璧で、周囲の事情と調和することを第一に考えるので、怒りや嫉妬を表面化することはなく、不満はあっても、それを抑えてボインの希望に合わせようと努力する。

これに対してジュディスのほうは、野蛮とさえ言えるほどのまったくの自然児で、二心はなく、率直で、すべてのことに真心にあふれた誠実さで対処しようとする。しかし、愛情は深く、責任感も強く、何よりも七人をばらばらにせず、一つにまとめていくことに並々ならぬ努力をしている。そのためには父親の金も盗み、嘘をつき、計画を練り、親の行為や術策を分析することも怠らない。ローズが秩序なら、ジュディスは混沌、ローズが分別なら、ジュディスは直感とも言えよう。

そのため、ボインは行き届いたもてなしや分別のあるやさしさを見せるローズといっしょにいると心が和むのを覚えるが、彼の求婚に対して、喪が明けるまでは結婚できない、ジュリア伯母や世間体があるので、結婚を早めることには賛成しかねると逡巡する彼女の態度にいらだちを感じないではいられない。それに加えて、子供たちのことが気にかかって、心が休まらない。子供たちはボインとローズがやがて結婚するものと思って、それを喜び、早々と揺りかごなどのプレゼントを届けたりするのだが、ローズはボインがジュディスを愛しているのではないかという疑いを抱く。そして、ボインの心がジュディスに傾きかけているのを察すると、次のような愛の告白をする。

私は過去に捉われていたんです——今、それがわかりましたわ。私はあなたがたびたび非難されていた慣習遵守の奴隷だったんです。長い間、私はその影響から逃れることができませんでした。しかし、あなたが私の眼を開いてくれて——私を自由にしてくださいました。長い間幸せを待ち望んできたのに、それがようやくやってきたら、それを掴むのを怖がるなんて、なん

てバカバカしいことかしら。（230-31）

だが、遅きにすぎた。彼がすぐ結婚しようと提案したとき彼女が早すぎると拒否したので、彼は子供たちに責任を持つことになったのだと言い、彼らの親にヴェニスで会うと約束してしまった、と告白する。ここでも行き違いの齟齬が出来《しゅったい》する。さらに、二人の考えも平行線をたどる。

ローズは彼女なりに今の状況の解決方法を考え、子供たちをそれぞれの親許に返し、自分たちは結婚してテリーとブランカを養子にしようという案を提示するので、ボインは子供たちを分散させないのが鉄則ではないかと憤慨する。結局、彼は心のなかではジュディスを選んでおり、できれば結婚したいのだが、年令の差を考えて、冗談以外では求婚することができないのだった。その結果、彼は仕事を見つけて、再び南米へと旅だって行く。このときの彼の心境を、作者は「お互いに愛し合っていた二人が別れるとき、それは二人の間に起こった事柄すべてが膨大な虚空のなかに落ちていき——まるで肉体の別れが、ついに実体のない苦悩に変わってしまうような気がした」（323）と述べている。

結局、子供たちは絶対に別れないと誓ってはいたものの、ときが経つにつれて、その約束を貫くことは難しくなった。ジョイスはクリフと正式に離婚し、結婚するつもりだったテリーの家庭教師、ジェラルド・オームロッドとは別れて、離婚の調停をしてくれたローズの弁護士、ドブレ氏と結婚し、クリフのほうは、ヴェニスのリド・パレスで知り合ったミセス・シビル・ラルマーと結婚した。

チャップは骨髄炎で死亡し、ジニーは侯爵夫人の許へ、テリーはスイスの学校へ、ブランカはパリの修道院へ入り、バンとビーティは父親の宮殿に引き取られて行った。

ウォートンは最初の原稿ではボインとジュディスを結婚させようとしたようだが、決定稿では、三年後、ボインは南米から戻り、たまたま舞踏会で若い男性とダンスをしているジュディスの姿を垣間見て、さびしく去っていく、というふうにしたようだ。作者がこの作品で描きたかったのは、ボインの恋の顛末も一つの目的だったかもしれないが、一番描きたかったのは、親の離婚や再婚がどれだけ子供たちに苦痛と心労を与えているか、親の利己的な行為がいかに無責任で不道徳なことかということであり、それを世間に知らしめるために、ボインとジュディスの喜劇的ではあっても感動的なドラマを作り上げたように思われる。また、ローズ対ジュディスの言葉にはならない水面下の葛藤と、その狭間に立たされて揺れるボインの心の動きが巧みに描かれており、作者の同情と風刺が利いていて、魅力的な作品に仕上がっている。

最後に、いきいきと人生を楽しんでいるらしいジュディスの姿をガラス越しに眺めて、その場を離れていくボインの孤影には一種のわびしさがあり、彼が恋人を失ってまで尽くした献身と愛情の結果がこのような寂しい別離にしかならないのかと思うと、献身にはどんな意義があるのか、人生の目的は何だったのか、という疑問が湧いてくる。この件については、ウォートンは自己犠牲は無益な愛他行為だと言っているような気がしてならない。
彼女は他にもこの主題の作品を遺しており、典型的なものは「バナー姉妹」だろう。

「バナー姉妹」

この中編小説は一九一六年に刊行された短編集『ジンギュ、およびその他の短編』(*Xingu, and Other Stories*)に収録されており、ウォートンにしては珍しくニューヨークの貧しい下層階級の人物たちを扱っている。スタイヴサント広場に近い横丁の地下室で、二人の姉妹は造花や帽子の型やホームメイドのジャムなど、営業の種類もはっきり規定できない雑多なものを売って、細々と暮らしていた。姉のほうはラファエル前派的な容貌のアン・エライザ、妹のほうはエヴェリナという名の、姉より背が高く、お洒落な女性である。

母親が亡くなり、その時計を売ってからは、時間を知るのに毎日広場の端まで走って行かねばならないような生活のなかで、姉が妹の誕生祝いに古い時計を買ってくる。彼女はその時計を広場に近い小さな時計屋で買ってきたと言い、それが縁でハーマン・ラミーというドイツ人の時計屋の男が、たびたび姉妹の店を訪れ、姉妹と親しく付き合うようになる。男はかつてティファニーで働いていたが、病気のため失職したとのこと。

やがてラミーはアン・エライザに求婚するが、彼女は結婚のことなど考えたことがない、といったんは突き放すが、しばらくの間夢見がちの陶酔のひとときを過ごす。しかし、妹のエヴェリナもラミーと出かけるのを心待ちにしていることがわかって、この恋は妹に譲ろうと心を決める。その後二人は結婚して街を出て行くが、手紙を寄越したのは短期間に過ぎず、まもなく消息を断つ。音信不通の長い歳月が経ったあと、身も心もボロボロになったエヴェリナが姉の許に帰って来、結婚生活の惨状を語る。ラミーは結婚後一カ月も経たないうちに阿片を飲みはじめ、麻薬中毒になって仕事もうまく行かず、何時間も帰ってこないこともあれば、妻に手を上げることさえあったという。ようやく生まれた赤ん坊は死に、彼女自身も病気になって入院しなければならないのだが、その費用がなく、知人に五ドル恵んでもらって帰ってきたのだという。アン・エライザはこの話を聞いて、自分の自己犠牲がまったく無益だったことを自覚する。やがてエヴェリナは肺炎を患い、それに続いて急性結核になって死を迎えるが、カトリックに改宗していたとのことで、カトリックの司祭に終油を授けてもらう。アン・エライザにとっては、これもまた背徳行為に思われて悩みは尽きない。妹の葬儀に費用がかかったので、アン・エライザは家財道具を売り払い、店は他人に貸して、職を求めて街をさまよう身となった。彼女の心境を作者は次のように叙述する。

人生ではじめて彼女は、漠然としてはいたものの、自己犠牲の無益さという問題に対峙した。これまで彼女は自分の人生を導いてきた親代々の原則を一度たりとも疑いの眼で見たことはなかった。他人の幸せのために自己を滅却することは、彼女にとって自然で、必要なものに思われた。だが、それは、そうすればそれだけ善を積むことができるのだと考えてきたからだった。

しかし今は、人生からの授かり物を拒否しても、それがそのまま、それを捧げた人に対する贈り物とはならないことがわかった。そして、なつかしい彼女の天空には、誰もいなくなっていた。もうこれ以上善なる神を信じることはできないような気がした。もし神が善でないならば、それは神ではない。そして、バナー姉妹の屋根の上には黒々とした奈落だけが広がっていた。

（420-21）

『子供たち』のボインの自己犠牲には、これほどの悲惨さや悲痛さはないが、子供たちに捧げた歳月のなかで、楽しい思い出は残ったものの、失ったものは少なくないように思われる。

第十三章　作家とミューズ

『ハドソン・リヴァー・ブラケテッド』（*Hudson River Bracketed*, 1929）
『神々来たる』（*The Gods Arrive*, 1932）

　ウォートンは長い間、作家の誕生と成熟の物語を小説の形で描きたいと考えていたらしい。それは、チャールズ・スクリブナーの社主に宛てた一九一五年六月二十八日の手紙を読むと、ウォートンがすでに二、三カ月前に『文学』という題名のこの作品の示唆をしており、出版社のほうもそれを期待していたという事情が窺える。一九一七年、一九年にもこの作品についてスクリブナー社のほうから問い合わせをしている模様だが、この小説はついに未完に終わった。だが、その構想がやや形を変えて結実したのが、『ハドソン・リヴァー・ブラケテッド』と、その続編『神々来たる』である。

　この二作は、ヴァンス・ウエストンという若い男性が中西部の町ユーフォリアから東部の町へ、その後ニューヨークに出てきて、一人前の作家として、また人間として成長する過程を描いた作品であって、作者自身の思想や経験もゆたかに盛りこまれ、興味深い連作に仕上がっている。また、彼の開眼と作家としての新しい経験が、美術や建築に対するイニシエーションと絡みあっているのも、この小説の特徴だろう。

ヴァンスが彼のミューズに出会うのは、「ウィローズ」と呼ばれる、古いハドソン・リヴァー・ブラケテッド様式の屋敷である。この様式は、十九世紀の後半にアレグザンダー・ジャクソン・デイヴィス（Alexander Jackson Davis 1803-92）が考案したゴシック・リヴァイヴァル様式の建築で、絵のように美しいと言われていた。

「ウィローズ」は、彼が寄宿していたポール・ランディングの反対側にあって、彼の父親の縁戚に当たるミス・ローボーンの所有物だったが、彼女の死後、遺言によって彼女の甥に遺贈された。しかし、この老紳士は一度もここへ来たことがなく、誰も住んでいなかった。したがって、ヴァンスの寄宿先の叔母一家が管理することになっており、イングルウッドに住むミセス・スペアとその娘エロイーズ（ヘイロー）がその監督をするという取り決めになっていた模様。

さきに、この小説は一人の作家の誕生を描いたものだと述べたが、ヘレン・キロフンはミルトンの『失楽園』がこの小説構造の重要部分をなしていると、その関係を詳しく論じており、首肯するに値する研究だが、研究者ならずとも一読して読者はキリスト教の原罪と救いの関係を思い浮べることだろう。だが、宗教的な物語ではない。誘惑と脱線の果てに、真のミューズに救われるという話である。

『ハドソン・リヴァー・ブラケテッド』

この長編の主人公、ヴァンス・ウエストンは、ウォートンの恋人モートン・フラートンをモデルにしたとも言われており、彼の作家としての成長と創作生活の詳細については、作者自身の投影が濃い。こういう意味からヴァンスの肖像は、ウォートンの手になる「若き芸術家の肖像」に他ならず、彼の肖像を分析することは、作家としてのウォートンの思想および感受性を解剖する上に有益だと考えることができる。

まずヴァンスについて。彼は宗教的、思索的な人間だが、直情径行的な性格の人間として設定されている。彼の祖母は宗教によって世界を改革しようという熱情に燃えた女性で、晩年には巡回伝道師として各地を講演して歩いた。こういう性質には遺伝的なものがあるかどうかは不明だが、ヴァンスは若いとき自分だけの新しい宗教を創始した。これは、賛美歌も崇拝も不用、同じような啓示を受けた人々の間には神秘的な交流があるはずという考えに基づいたもので、家族のなかでは祖母だけが理解を示してくれたという。

また、ユーフォリアの大学を卒業したあと、雑誌の編集にたずさわっていたという経歴が示すように、書物に対する深い関心があり、文筆の才能が備わっていたことがわかる。さらに、感受性の強いロマンチックな性格の持ち主であったことは、次の挿話からも知れよう。彼は、あまり流行らない不動産屋の娘で数歳年上のフロス・デラニーという女性を愛して、交際していたが、やがて彼女はその町を去って、デイキンという町のデパートに勤めることになったと聞いていた。ところが、ある日川辺にたたずんでいると、祖父のミスター・スクリムザーと彼女がデイトしているのが目に入った。彼は二人から裏切られていたわけで、その衝撃は大きく、意気沮喪しているところへ、父親が不動産屋の家業を継げと迫るので、詩人になりたいと願っていたヴァンスは涙を流して苦しみ、ついに病床の人となった。彼の病気はやがてチフスとわかり、一カ月の闘病の末ようやく回復の道をたどる。

しかし、孤独感と閉塞感と絶望に悩まされ、ピストル自殺を図るが、ピストルが見つからず、逆に生命の腕に抱きとられるのを感じて、その経緯を「ある日」という小説に書き始めた。すると、長い間堰き止められていた流れがあるとき奔流となって流れだすように、言葉が紙の上にあふれだし、彼は「ようやく自分の魂を経験と和解させる方法を見いだす」(32) ことができた。ここに作家としてのヴァンス・ウエストンが誕生する。

やがて、彼がニューヨークに近いポールルズ・ランディングの母親の従妹の家に寄宿していたとき、「ウィローズ」の管理に行く従弟に同行して、彼のミューズに出会う。そこには立派な図書室があって、貴重な本がずらりと並んでいることに彼は驚くと同時に、胸が高鳴るのを覚える。そのとき出会ったヘイローは、それらの書籍や文学について解説してくれ、そこで蔵書の整理と掃除をするという役目を与えてくれたばかりか、彼の創作の援助をしてくれることになったのだ。彼が詩を書きたいと言ったところ、これまで書いたものの一部を朗読させ、その詩を理解し評価して、彼の才能を認めてくれた。こうして彼はヘイローに励まされて創作を続け、彼女が紹介してくれた文芸評論家のジョージ・フレンサイドが彼の作品を「アワー」社に紹介してくれたことから、彼の作家生活が始まる。

しかし、彼の進む道は茨の道だった。ヘイローの弟のロリーが貴重な本を盗んだことから濡れ衣を被せられてウイローズを追われ、母の従妹のミセス・トレイシーからも寄宿先を追われて、ニューヨークに出てきたものの、そこで彼を待ちかまえていたのは幸運と不運の両方だった。

幸運というのは彼の才能が認められて作品が売れ、作家としての地位が確立したこと、不運のほうは経済的な不如意と彼の無頼的な身の処し方が原因の倫理的破綻と生活の困窮が挙げられよう。彼の場合、その無軌道ぶりは天才によくある衝動的なものとも取れるが、性格の弱さにも起因している。時折、衝動や欲望が理性と常識をかげらせてしまうからだ。たとえば、「アワー」社の社長や編集長との打ち合わせに行く途中、ニューヨークのグランド・ステイションに着いたとたん、青い帽子をかぶった若い女性に魅せられて、この重要な約束を破ってしまう。やがて、この女性は従妹のローラ・ルーで、彼の友人の編集者バンティ・ヘイズの婚約者であることがわかるが、彼はそうした障害には目もくれず彼女に求愛し、彼女への愛にのめりこんで、やがて結婚する。だが、彼女は彼の創作の助けになるどころか、それを妨げる生活上の苦患の原因になった。

この小説では、ヴァンスを取り巻く女性として主に三人が描かれているが、彼女たちが象徴する意味合いと役割はまったく違う。一人は先に挙げた数歳年上のフロス・デラニーで、男性を魅惑する魔性の女として設定されている。ヴァンスは若いとき彼女に熱中し、彼女を深く愛していたが、祖父とのデイトに限らず嘘をついては他の男性と付き合って彼を裏切り、塗炭の苦しみを味わわせた。その結果、一度は彼女との関係を断つが、妻の死後ヨーロッパに渡り、モンテカルロの知人の家で彼女に再会すると、彼はまたしても昔の情熱に捉えられ、愛人になったヘイローをないがしろにして、フロスへの愛にのめりこむ。しかし、金を神と崇めるフロスから別れの手紙を突きつけられて、ようやく縁を切ることができた。

第二の女性は彼の妻、ローラ・ルーだ。彼女の家族は結婚を条件にヘイズから千ドルの金を借りていたので、ヴァンスはその金も返さねばならず、病身の彼女のために医者への謝礼や薬代を工面しなければならないので、妻はヴァンスの肩にのしかかる大きな経済的負担となった。その上、彼の知的伴侶とはなり得ず、夫がニューヨークの文人たちとの交遊で帰宅が遅くなると苦情を言い、ヘイローへの嫉妬も加わって、彼の自由を束縛しようとする。そういう事情もあって、「アワー」社以外には原稿を書かないことを条件に三年間の契約を結んだにもかかわらず、ヴァンスが他社に原稿を売り込もうと交渉をしたことから社長の激怒を招き、文学で身を立てる上での障害を作ってしまう。この行為は文人としての倫理的制約を破ったことになり、ヴァンスの経歴上の汚点となる。

ついでながら、ここでは有能な作家を育てると言いながら、有利とは言えない条件で若い作家を縛ろうとする当時の出版社の搾取的な傾向が窺われる。また、文壇ではパルシファー賞が作家の登龍門になっていると同時に、作家と出版社両方に対する経済的効果が抜群なので、関係者一同の垂涎の的となっていた。幸運なことにヴァンスはこの賞の創設者で、鉄道王の未亡人、ミセス・パルシファーの気に入られ、当事者も周囲もヴァンスこそ次のパルシファー賞の受賞者だと期待していたが、ヴァンスは経済的に困窮し、思いあまって彼女に賞金相当の二千ドルの借金を申しこんだ。すると、彼が妻帯者だったという事実に加えて、このような厚顔な依頼をしたことに、夫人が怒って交際を断ち、ヴァンス自身の失望もさることながら、出版社の全員が激怒するという結果になった。ここでは、当時のアメリカの、出版界の内情や駆け引きなどの裏事情が窺われよう。

第三の女ヘイローについて。彼女はフロスの官能的女性像に対して、知的で精神的な女性として描かれている。最初ヴァンスはウィローズでヘイローに会い、図書室の書籍や作家たちについていろいろ教えてもらう。そのときの彼女の言葉や比喩が電気ショックのように彼の想像力に衝撃を与え、彼女にありったけの質問をしてみたい気持が湧いてくる。このようにヘイローは未知の世界を顕示してくれ、彼女と過ごす時間は「さまざまな考えや打ち明け話の啓発的で、心に沁む無限の交歓となり」（410）、彼は心の内をすべて彼女に語りたいと思うようになる。彼女に連れられてサンダートップの山上に立ったときには、ヘイローから「女神が女性になったような」（97）印象を受けて、感動しないではいられない。彼にとって彼女は「つねに、一人の人間というよりは、未知の世界の不可思議な守り人であって、知識の鍵を持っており、彼がその知識に近づき、それを愛することができるように計らってくれる存在」(357)であるような気がする。彼は己れの創造に反応してくれる知性があるからこそ、創造者の至上の喜びを感じることができるのだった。それで、彼は笑いながら「ぼくはあなたに運命で結びつけられているんですよ」(360)と言う。

ヘイローのほうも創造者のミューズとなり霊感となっているのが嬉しく、自分は彼の精神を知的に愛しているのだと思いこむ。しかし、彼女は芸術や文学には通暁していても、生活に関しては未経験だった。また、冒険心はあったが、それに対する備えはなかった。そして、愛はなかったにもかかわらず、家族の借金を処理するという義務の気持から大金持ちの従兄のルイス・タラントと結婚した。ルイスは「アワー」社のオーナー兼社長で、妻の評価と推薦を受け入れてヴァンスの小説を出版したところ、評判がよく売れ行きもいいので、彼に期待していたのだった。しかし、ヘイローは経済的に自立していなかったため、ヴァンスが病気の妻を抱え、まともな生活もできないほどの些少の契約金に縛られて苦労し、折角の才能を十分に開花させる余裕がないことを知っても、助けてやることはできなかった。だが、こうしたヴァンスの苦難の日々の間、ヘイローはたえず心配りを忘れず彼の創作活動を援助してきた。そして、このような心配りがいつのまにか愛情に変化したことは、自然の成り行きだったように思われる。

こうした困難な日々、ヴァンスは作家の基本的要件とも言えるものを自覚する。すなわち「ものを書きたい人間は自由で、諸事に煩わされない状況にいなければならない。でなければ、独立した収入の道があるか、たえざる夫の介入がなくても立派に家事を行なうことができる妻を持っていなければならない」（521）と考えるのだ。ここで読者は、「作家というものは年に五十ポンドの収入と、自分だけの部屋を持っていなければならない」と言ったヴァージニア・ウルフや、「私にも妻が要る」と言ったメイ・サートンを思い出すことだろう。

やがて、生活苦に加えてヴァンスの辛い経験が重なったため、ヴァンスの妻ローラ・ルーは病気を隠して悪化させ、ついに結核で他界する。したがって、ヴァンスが自由の身になった今、ヘイローは夫に離婚してほしいと頼むが、ルイスはこれを拒否、その後の経緯が続編『神々来たる』の題材になっている。

以上のように、『ハドソン・リヴァー・ブラケテッド』にはヴァンスがコールリッジの詩や、ゲーテの『ファウスト』、『アウグスティヌスの告白』などを読んで、創造の源を自覚する場面があり、作家が書物から深い影響を受ける場面も多々見られるが、ヴァンスと三人の女性との交渉や日常生活の描写により、作家の内面の創造的衝迫と外的経験とのせめぎあいや葛藤があますところなく、みごとに描かれている。天職と生活、創造的生活と日常生活との背反も大きな問題となろう。さらに、本質的な創作と文学市場の動向も描かれており、文学賞に関するエピソードについては作者の辛辣な風刺を読み取ることができる。また、それに絡めて、ウォートンの特徴とも言える結婚制度や婚姻外の結びつきの問題が詳しく論じられているのも興味深い。

『神々来たる』

『ハドソン・リヴァー・ブラケテッド』の続編『神々来たる』は、ヴァンスの物語というよりは、ミューズのヘイローの物語と言ったほうがふさわしいかもしれない。それも、彼女の苦難の物語である。先に挙げたライトによると、この表題はラルフ・ウォルドー・エマソンの詩「すべてを愛に捧げよ」(“Give All to Love”)の“When half-gods go/ The Gods arrive”から取っている、とのことだ。筆者はエマソンの専門家ではないのでこの詩の解説はできないが、いわば半身だった二人が最後に再び結ばれる状況を暗示しているのではないかと思われる。では、ミューズはどのような理由から苦患の道を歩かなければならなかったのか。その理由はいくつか挙げることができる。

まず、ローラ・ルーが亡くなってヴァンスは自由の身となり、ヘイローのほうも親戚の年上の従姉が他界して、彼女にウィローズと、独立して暮らすには十分すぎるほどの遺産を遺してくれたことから事情が一変した。お互いの愛を確認しあったヴァンスとヘイローは、彼女の離婚を望むが、ルイス・タラントはいかなる条件でも離婚はしないと拒否する。したがって、新しい世界の新しい女だったヘイローは、一つの勇気ある選択をする。結婚しないでも共に暮らすほうを選んで、二人はヨーロッパに渡るのだ。ヴァンスが新しい世界の新しく美しいものを見れば、作家としての霊感を得るのではないかと期待したためと、心身一変して新しい生活をしようと心を決めたためだ。だが、社会は旧態依然とした倫理感に則って人々を判断するので、方々で結婚していないことを理由に差別されたり、交際を断られたりする憂き目に遭う。しかし、ヘイローは誰よりもヴァンスの性格を知っており、彼の天才を信じているのは自分だけだという自信から、彼の愛人であることを誇りにして、伝統的な考え方や慣習に反旗を翻す。

第二には、ヘイローが彼に自由を与えすぎた点が挙げられよう。彼女は、作家というものは絶対的に自由でなければならないと思いこんでいたので、彼の生き方には可能なかぎり干渉しないようにつとめ、「私のいちばんの望みは、あなたが息をしている空気みたいになりたいってことよ」(30) と言う。また、ヴァンスも「ここでは千パーセント一生懸命仕事をするぞ。ウィローじゃ、いつもきみに夢中になっていて、きみがぼくと著作の間にたえず割りこんできてたからな」(30) と言って創作にかかるが、皮肉なことにゆたかな刺激が多すぎて、創作の糧にはならないのだ。作者は言う。

彼の衝動は、視覚的、想像的に新鮮なすべての示唆を作品の布地に織りこむこと、また、それで新しい物語を作り出すことだったが、その印象がゆたかすぎ、強すぎると、彼を麻痺させてしまうのだった。(37)

その上、彼はそうした感覚を貯め込むことさえ忘れたように見え、書けなくなった。すると、彼はヘイローが承服しかねるような連中との交際を始める。これが、第三点。

その一人はアルダースという名の素性の知れない男で、どことなく影があり、若いか年寄かもはっきりしない曖昧な雰囲気のある人物だった。要するに「アルダースは、無教養な素地の上に文化の薄い釉薬をかけ、乱読と芸術や歴史についての不完全な理解から発展させた理論を、会話のなかで展開する趣味を持った放浪アメリカ人」（44-45）だった。そのためヘイローは彼を不快に思い、相手も彼女を煙たがるので、いきおいヴァンスはヘイロー抜きで、彼と二人きりでグラナダその他に出かけて行く。その上、彼は老侯爵夫人と親しいと言いながら、二人が結婚していないためか、紹介しようとはしない。そのほか、ヴァンスはヘイローが承認しないようなボヘミアン的な芸術仲間と付き合うようになった。

このような状態が続くので、ヘイローは新しい生活になじむことができない。彼女はこれらの人々と同じように考えたり感じたりしないということが、ヴァンスにはわかった。

彼女は、自分と同類の人々の間の地位を軽々と犠牲にした。しかし、彼女の偏見あるいは信念より深いもの、理性または情熱より自分に近いため誰にも捧げることのできないものがあるので、新しく選びとった生活に落ち着くことができないのだった。（136）

作者はこのように述べているが、これは根強く人間の根底にあるもので、生まれや育ちが形成した一種の文化と言えるものかもしれない。

ヴァンスはこのような犠牲の大きさを知りながら、どういうふうにこれに応えたか。彼はヘイローの貢献の大きさに感謝していないわけではなかった。ときどきヘイローに会わなかったら自分はどうなっていたか、と思わないではないが、その時々の情熱に負けてしまうのだ。あるとき、彼の許に彼の文学に心酔しているという青年がやってきた。クリス・チャーリーという好青年で、ヴァンスは彼の才能を見抜き、援助してあげようと決心する。そして、ロンドン行きの旅費や生活費を貸してやるが、彼は一行も書かずに自殺してしまう。この青年の悲劇は、ヴァンスがヘイローに巡り合わなかったら、こうなっていたかもしれないという一つの例として解釈することができる。

やがて、ヴァンスは「コロッサス」という小説を書いて、ヘイローの意見を求める。すると、彼女は二人の幸福と彼の文学のどちらを優先させるか、つまり、よき伴侶として欠点は無視して彼を喜ばせるほうがよいのか、真の批評家として作品の欠点を率直に述べるほうがよいのか思い悩むが、結局真実を語るほうを選ぶ。そうして、「あなたはまだ自分自身を発見していないわね——だから、本当の自分を表現していないと思う……あなたはまだ、他人の影響から自由になっていないのよ。谺が残って……」(336)と言う。その結果、彼はヘイローに意見を求めなくなったばかりか、作品を見せなくなり、創作を「秘密の花園」で行なうようになった。この知的離婚とも言える状況は、ヘイローにとって癒しがたい傷となった。「彼のミューズ」という最大の存在理由を失ったことになるからだ。だが、ヴァンスはヘイローから作品を隠すばかりか、彼女がいちばん嫌がること、つまり読者や世間の賞賛ばかりを欲しがって、彼らに迎合する傾向さえ見せるようになる。そして最後には、あるパーティでフロス・デラニーに再会し、再び彼女の魔力に捉えられて、ヘイローを捨て、フロスのいるパリに移るのだ。だが、最後には打算的で利己的なフロスから突き放されて、ようやく自分を取り戻す。

フロスと別れ、ヘイローの批評の正しさもわかったものの、今更ヘイローの許には帰れないと思い悩むヴァンスにとって、いちばんなつかしいのは作家修業の原点となったウィローズだった。そこで、久しぶりにウィローズを訪ねてみようとする。そこは、彼にとって本当の生活が始まった古い屋敷で、その家が呼び覚ます過去の感覚と連続の思いが、ヴァンスの荒れた心に秩序と調和を与えてくれるからだった。そして、ウィローズを訪れてみたものの、そこはすでにニューヨークの人に売られたという噂を聞き、落胆する。しかし、最後の思い出に屋敷を一目見ようと再度そこを訪れると、思いがけずヘイローに会う。ヘイローも苦悩に押しひしがれていたが、生まれてくる子供に対する期待と責任にようやく心が徐々に回復してくるのを覚えていたところで、苦痛なしにヴァンスの名前を口にすることができるようになり、久しぶりにウィローズに戻ってきたのだった。こうして、ヴァンスはそこを買ったという噂の主が彼女であったことに驚くと同時に歓喜する。そして、ヘイローの詰問に対してフロスとはきっぱり別れたと説明したあと、「すべてが終わってしまったからといって、きみの許に戻ることはできないよ……ヘイロー、ぼくはきみにふさわしくない。ようやく歩くことを学んでいる子供みたいなものだから」と言う。すると、彼女は「それなら、私は一人の代わりに二人の子供の世話をすることになるのね」(431-32)と言い、二人はやさしく抱擁する。ここで、ようやく二人はお互いが必要不可欠な存在だったことを再認識する。ヘイローはミューズとしての役割を回復し、ヴァンスは再びミューズによって救われるのだ。半神ではない、全体としての神々が到着した、と考えることができよう。

それから、もう一つ忘れてならないのは、ヘイローやルイスの友人の文芸批評家、ジョージ・フレンサイドの役割だろう。彼は作者の性質を多分に受け継いでおり、ヴァン・ウィック・ブルックス(1)は、ノートンや、スティックニー、ロッジ、スタージェスなどウォートンの友人たちが、グループとして彼の存在を示唆した、と述べている。フレンサイドは観察眼が鋭く、批評的才能に長けており、美に敏感だが、不思議なことに自然の美には関心がなく、人間が作った美にのみ反応する。彼はヴァンスの作品を読むとすぐ彼の才能を見抜いて、社長のルイスにそれを推薦するし、ヴァンスが彼の事務所を訪ねると、さまざまな助言をしてよき指導者としての役割を果たす。このような精神的指導者《メンター》の存在が、芸術家にとって大きな利益になることは論を俟たない。

また、ヘイローが離婚できないままヨーロッパに渡り、ヴァンスから捨てられて苦しい思いをしているとき、ルイスの使者として彼女を訪れ、ルイスが自分の間違いを償う意味で離婚を了承すると言っている、と告げる。だから、ヴァンスと結婚しなければならないと諭す。彼は次のように言う。

我々、つまり大抵の者は枠組み、言うなれば支えるものが必要なんだよ――熱愛中の恋人同士でもだ。結婚というものはぴっちりしすぎていて、窮屈――転位させ、変形させる――かもしれない。だが、生活をきちんとした形にしてくれるんだよ。不釣り合いになったり、流れて行ったりするのを防いでくれる。きみたちだって二人ともそう感じているのはわかってるさ。きみがいまだに落ち着き場所がなくてふらふらしているのは、きみのせいじゃない。（311）

すると、ヘイローは彼に自由でいてもらいたいから、「たとえ明日ルイスが自由を与えてくれても、ヴァンスにそんなことは言えないわ」（312）と言う。結婚しなければならないとヴァンスが義務のように感じるとすれば、それが彼をだめにして、その結果、自分もだめになる、と。これに対してフレンサイドは、「ふうむ、空気のように自由か。束縛のない芸術家かい。食料小売品の店主にとってと同じように、芸術家にとってもそんな自由が理想的な状態だとは思わないな。我々全員に鎖――と翼が要るんだよ」（312）と忠告する。それを聞いてヘイローは笑い、「いいわ――ただヴァンスの場合、私はどちらかというと翼を上げる人になりたいの」（313）と言う。すると、彼は「きみが彼を鎖でいっそう締めつけていないとどうしてわかる？　無防備な女だからなど、いろいろあるだろ。きみが彼の妻になったら、きみと彼は平等になるんだよ」(313)と言う。

それでも、ヘイローは「幸せになるのは簡単でも、芸術家といっしょに幸せになるのは、簡単なことじゃないわ。それは美しい冒険だった。でも、あなたの大胆な比喩を使うとすれば、翼が鎖になる前に、それを終わらせたいの」(313)と言い張るのだ。

その後何カ月かして、ルイス・タラントが彼女に会いに来て、「きみがいなくて寂しい。帰ってきてほしい」(357)と寛大な申し出をするが、ヘイローは断り、その理由を訊かれると、「別の男の子供にあなたの名前をつけることはできないから」(360)と言う。

結局、ヘイローはフレンサイドの忠告通りに行動する結果となる。このようなやさしさと厳しさが相俟った忠告をする彼の存在は大きいと言わねばならない。彼のゆるぎない良心と常識が、この小説に一種の清涼剤の役割を果たしていることは否めない。

第十四章　状況の妙——短編小説

「ローマの熱情」（"Roman Fever"）
「他の二人」（"The Other Two"）

ウォートンはすぐれた技巧を持つ作家らしく、小説を書くとき、さまざまな事柄を考慮し、細部にこだわって類稀な多くの傑作を生み出した。とくに、緊密な構成のプロットにしたがって物語を進めていく技量は特記に値する。そして、こうした小説作法の奥義を『小説を書くこと』（*The Writing of Fiction*）というエッセイにまとめている。そのうち興味深いのは、長編小説と短編小説の違いを論じた箇所であって、次のように述べている。

したがって、短編小説と長編小説の主な技法上の違いは、短編の主な関心は状況であり、長編のそれは人物だと要約することができる。だから、短編小説が生み出す効果は、ほぼ全面的に

その形式、あるいは呈示の仕方にかかっている、ということになる。(48)

続いて短編小説についての心得を縷々述べているが、ウォートンはみごとな長編の傑作を生み出したばかりでなく、短編小説の名手としてもよく知られている。生涯に発表した短編小説は百編近く、短編を論じれば優に一冊の本が書けるほどだ。ウォートンが二十九歳のときに発表した短編小説は「マンスティ夫人の景観」("Mrs. Manstey's View")という作品だが、貧しく孤独で病んでいる老女が自室の窓から見える美しい木の眺めを人生で唯一の楽しみにしていたところ、そこの土地が売られて、その歓びが奪われることになった。その結果、その家に火を放つというややすさまじい作品だが、孤独な老女の心理が巧みに描かれていて、のちのウォートンの力量をゆたかに示している。

「ローマの熱情」

他方、晩年の一九三四年に『リバティ』誌に発表され、二年後に短編集『広大世界』(*The World Over*)に収録された「ローマの熱情」は、構成、技法、描写ともに卓越しており、これほど優れた短編小説は古今東西にわたる筆者の読書歴のうち、その例を見ない。したがって、少し長くなるが、筆者なりに詳しくこの作品の解説をしてみたい。

これは短い小説で、舞台はローマ。登場人物は主として、未亡人になった二人の中年女性のみ。

事件は何一つ起こらない。二人が昼下がりの山の中腹にあるレストランのテラスにすわって、思い出話をしているだけだ。このように会話だけで成り立っている世界だが、二人の言葉が紡ぎだすドラマの意外性とすさまじさ、嵐を含んでしだいに高まり、最後のクライマックスですべての謎や伏線が切って落とされる衝撃の強さは、まったく目のさめるような鮮やかさで、どんなミステリーも及ばないほどの迫力がある。

二人の身なりのよい中年の女性は、風が通ってさわやかなテラスの角に陣取っている。昼食の時間が終わって最後の観光客が立ち去ったあと、他に人影はなく、二人は美しいローマの景色に見惚れている有様。二人の娘たちは、することもなく退屈しかけている母親たちの状況を陽気に揶揄しながら、どこかへ出かけてしまった。血色も体格もよく、精力的な眉毛をした肌の浅黒い女性はアリーダ・スレイド。小柄で青白い顔をして、やや気弱そうに見える方はグレイス・アンズリー。二人は少女時代からの親友で、結婚後も、アリーダの夫が株で大儲けしてニューヨークの北パーク街の屋敷を買って引っ越して行くまで、実際にも比喩的にも向かい同士として暮らしてきた。やがて、二人ともあまり間をおかずに夫を亡くし、お悔やみの花や手紙を交換したあと、しばらく疎遠になっていたものの、今また人目につく娘たちの付き添いとしてローマにやってきて、たまたま同じホテルで出くわしたのだった。

物語は主にアリーダの視点から描かれており、前者の内面の声と実際の会話で成り立っているが、人間の心中の思いと声に出す会話との落差は、私たちが日常に経験していることながら、驚くべきものがある。この短編小説の特徴をいくつか挙げてみよう。

まず主要人物の心のなかのドラマの高まりと風景描写がみごとに調和して、読者の注意を引きつけて放さない。ちょうど『イーサン・フロム』のなかで、二人の恋人が心中に失敗して瀕死の状態で横たわっているとき、かすかに聞こえる遠くの馬のいななきが悲劇の高まりを象徴して読者の胸を打つように。たとえば、最初は陽光に照らされたパラティヌス丘やフォノ・ロマノの晴れやかな景色の描写だが、話が危険な昔の思い出に近づくと、金色の陽光は色褪せ始める。それから、会話がさらに深刻な様相を帯びる気配になってくると、コロシアムの空を覆う色も光もない水晶のように澄み切った空の様が写し出され、終わりに近くなると、突如として暗闇が七つの丘を包み、足元の木立を通して街の灯が瞬きはじめるのが眼に入るようになる。

次には二人の心理の齟齬が写しだされる。にぎやかに街に出ていく娘たちの姿を追いながら、アリーダは相手の娘のバーバラがいつもイニシアティヴを取っておとなしい自分の娘を引き回し、引き立て役として利用しているのではないかという気がして腹立たしい。娘たちが今どこにいるか母親としては知る由もないが、たぶん大使館で会ったイタリア人の飛行士たちがお茶を飲もうとタルキニアまで飛行機に乗せて行って、月光のもとで飛び帰ってこようとしているにちがいない、その上ローマ一の有望な結婚相手であるカンポリエリが今夜求婚すると思うが、いまいましいことに相手はバーバラであって、ジェニーには勝ち目がない、と考えている。

だが、自分はいつも国際的訴訟を何件か抱えている著名な国際弁護士として活躍したデルフィン・スレイドの妻として、華々しい社交生活を送ってきた。それなのに、グレイスのほうは旧いニューヨークの標本のような、非の打ち所のないハンサムな男ではあっても、平凡で無名のホレイス・アンズリーと結婚したのに、バーバラのような魅力的で才気煥発な娘が生まれたのは、どういうわけかまったくわからないと不思議に思っている。その上、こんなにすばらしい景色を見下ろしながら静かに編み物をしているとは、なんとグレイスらしいと、半ば軽蔑しながら相手の動きを見守っているのだ。それでいて、これまでの生涯、いつも彼女のことが気になって、可能なかぎり彼女の住まいの近くに住んで、何の変化もないアンズリー夫妻の生活を見張ってきたことを思い出して、苦々しい思いを噛み締めている。

ところが、グレイスのほうは、過去にこだわり、なんとなく胸に一物あるようなアリーダがことごとに挑発してくるのが疎ましく、刺のある相手の言葉をさりげなく受け流す方便として編み物に熱中しているふりをしているにすぎない。おまけに、アリーダには不満が多く、間違いと失敗だらけの人生を送ってきたのだと考えている。このように長い間親友として若い日々を過ごしてきた二人だが、実は相手のことが全然わかっておらず、胸を割ってみれば仇敵に近い間柄であることが、徐々に明らかになってくる。

もう一つのウォートンの技法は伏線である。何気ない描写のようであっても、それは計算しつくした作者の布石であって、一語たりとも無駄な描写はない。たとえば、最初のうちアリーダが「これは何年もの間、私たちが親しんできた眺めね。初めて会ったとき、私たちは娘たちより若かったわね、覚えている?」と言うと、グレイスは「ええ、もちろん、私は覚えているわ」と、「私」を強調して答える。これには意味があるのだが、アリーダのほうは「これは、旧式な人が手紙のなかでむやみに下線を引くように、単なる偶然じゃないかしら」(217)と考える。こういう強調は随所に出てきて、いずれも最後のクライマックスに繋がる含蓄のある表現だが、アリーダには軽蔑の種としか映らない。

次に挙げられるのは、パラレルの使用である。やがて午後の陽光が傾き、五時の鐘の音がローマを銀色の屋根で覆い尽くすと、アリーダがローマ熱のことを話し出す。祖母の代にはローマ熱が流行していたので、娘たちを家の中に留めておくには何の苦労もいらなかったけれど、母の代になると、感傷的な恋の危険がある上、親には反抗したい気持ちが加わるので、娘たちを用心深く見張っているのは大変だった、でも娘たちにとってはローマ熱なんて過去の遺物、「大通りの真ん中にいるのと同じほど安全になったわね」(225)と言い、グレイスの大伯母の話を持ち出す。大伯母は押し花にするから夜咲く花を摘んできて、と妹をフォロ・ロマノに送り出したところ、妹はローマ熱にかかって死亡したという。これは姉妹が同じ男を愛していたので、姉が妹の死を望んでの計画だったことがあとで明らかになった、という話だ。これは、この物語の中心テーマとパラレルになっている。

やがて陽光は落ち、アリーダの話はいよいよ核心に入ってくる。あの年の冬、グレイスが日没後にどこかの廃墟に行って、ひどい風邪を引いた件を持ち出すのだ。グレイスが遠い昔の話だからと取り合おうとしないので、アリーダのほうは業を煮やして、「あなたが出かけた理由を私はずっと知っていたのよ。それをあなたが知らないことに、もう我慢できない」（232）と言い出す。そして、あなたは私が婚約している人に会いに行った、そして、あなたをおびき出した手紙の文言を私は一言残らず知っているのだ、と告げ、さらに相手の反対を押し切って手紙の文面を暗唱する。ここで二人は、仲のよい友達だったという仮面を脱いで、はっきりと長年の敵同士として相対峙する。

だが、グレイスのほうは予想外の落ち着きを見せてこの挑戦を受けとめる。「私もその文言は一字一句忘れはしなかったわ」（232）と。それを聞いて相手が周章狼狽するのを期待していたアリーダは、故意に感情を抑えた仮面のような小さな顔の背後で、ゆっくりと衝撃が広がっていくように思われ、「私、すぐ手紙を焼いたのに、どうしてあなたはそれを知っているの？」というごく当たり前の質問に答えて、「あの手紙は私が書いたのよ」（233）と畳みかける。すると、ついにグレイスは椅子にくずれ落ち、両手で顔を覆う。相手の涙を見て、アリーダは愛する人が書いたわけでもない一通の手紙にこれほどの衝撃を受けるとは、どんなに愛していたことか、今でもなお、と考えて、その愛の強さに再び嫉妬の炎が燃え上がるが、同時に、どうして自分が今、相手にこのような意味のない傷を負わせようとしたのか、自分で自分がわからなくなってくる。

そうして、「あなたがデルフィンを愛していたことを知って、彼を奪われるかもしれないことが怖かったの。だから、彼を確実に自分のものにするまで邪魔にならないところに行っていてもらいたかっただけ」（234）と自己正当化を試みる。そして、あなたが人目を避け、今にも足音が聞こえてこないかと注意しながら、コロセアムの入り口をうろうろしているさまを想像するのがおもしろかったのだ、と告白する。すると、「でも、私は待たなかったわ。彼がすべての手配をして待っていてくれたから、すぐ入れたの」(238)という思いがけない言葉が返ってきた。

この言葉を聞いてアリーダは飛びあがり、「嘘でしょ」と叫ぶ。だが、デルフィンが待っていたのは、グレイスが返事を書いたからだということが明らかになる。アリーダはその可能性を考えたことがなかったのだ。だが、最後に負け惜しみのようにこう言う。

ええ、そこでは負けたわ。そんなことぐらい許してあげる。長い歳月のあとですもの。結局、私はすべてを手に入れ、二十五年間、彼は私のものだった。それなのに、あなたのほうは、彼が書きもしなかった一通の手紙のほか何もないんですもの。(239)

その言葉に対してグレイスは再び沈黙する。だが、ついにテラスの入り口のほうに一歩踏み出してから振り向き、アリーダに向かい、一言「私にはバーバラがいるわ」(239)と言ってから、歩きだす。

ここで、最初に描かれていた謎、すなわちバーバラの才気や魅力や知性がジェニーに比べて抜きんでていることに対するアリーダの妬心と羨望の原因が明らかになる。ただ一夜のデイトでデルフィンの子を身籠もったグレイスは病気がよくなるやいなや、おとなしいホレイスと結婚したのだった。アリーダが若い娘たちは結婚の時期を競いあうものだからと気にもしなかった事実には、重大な意味があったのだ。二人が一人の男の愛を競いあったとすれば、最後に勝ったのは、いずれの女性だろうか。

最後のグレイスの一言が形づくるクライマックスに向けてあらゆる伏線を張りめぐらし、アリーダの心の闇を描きだすウォートンの筆使いはすばらしい。ここには一言も無駄な言葉は使われておらず、さりげない一言一言に深い意味がこめられている。また、二人の間の敵意と憎しみがしだいに高まり、破裂寸前にいたるまでの彼女たちの心象風景と周囲の風景描写とがみごとに響きあい、融合して、緊迫感を高める手法には、感嘆せざるをえない。ここでは『決断の谷』に見られたようなやや冗長な描写はなく、削りに削り、磨きあげた簡潔な描写が劇的な効果を生んでいる。これらの二作を比べてみると、『小説作法』の著書もある語りの巧者が、三十年あまりをかけて、あまたの経験と修業を重ね、文学という美の形を生み出した軌跡を見るような思いがする。

さらに、二人のアメリカ人女性にとって、イタリアは世界で最も美しい国であり、青春と幸福の象徴だった。とくにグレイスにとっては、たった一度の逢う瀬の思い出を糧にこれまでの人生を生きてきたのであるから、イタリア、そしてローマは人生のうちで最も貴重な追憶の場所になっている。そして、それが一度であったがゆえに、いっそう甘美で忘れがたい価値あるものの象徴になっているのだろう。おそらくウォートンにとっても、イタリアはこれに近い思い出深い存在になっているのではないかと思われる。

「他の二人」

この小説もよく出来た短編である。これは二度離婚した女性と結婚した株式仲買人、ウエイソーンの物語で、結婚の真実を語った作品群のうちの傑作の一つと言えよう。ウエイソーンは、妻のアリスの評判にはかすかな非難の底流はあったが、社交界に君臨していた一族との繋がりもあり、魅力的で流れるような動作をする調和の権化のような女性だったので、あえて結婚に踏み切り、この女性を配偶者にしていることに所有の喜びを感じていた。

だが、ニューヨークの社会はいまだに離婚を一種の悪徳のように感じている上、彼女の離婚した二人の男性はまだ生きていて、複雑なニューヨークの生活のなかでは二人に会う機会は皆無ではないことを知りながら、そうしたことには目をつぶっていたのだった。ところが、アリスの最初の夫ハスケットとの間にできた娘リリーは、ウエイソーンの家で暮らしながら週に一度父親に会いに行っていたが、病気になって外出できなくなったため、今度はハスケットのほうがウエイソーンの家に会いにくる権利があるのだという。そういうわけで、出来合いの蝶ネクタイをした小男のハスケットが彼の家を訪れるばかりか、家庭教師についても苦情と意見を言うようになる。

また、二番目の夫のガス・ヴァリックは、ウエイソーンと同じ階級に属し、同じような仕事をしているため、仕事上の都合で彼との接触も避けることはできなくなってきた。最初は自分の家に妻の前夫が来ることに抵抗感を覚えていたウエイソーンは、ヴァリックとの仕事の関係もあって、しだいに感受性が鈍ってくるが、妻がコーヒーをいれてくれたとき、少量のコニャックを注ぎ入れたことに衝撃を受ける。それはヴァリックの癖だったからだ。

やがて冬も過ぎ、リリーの病気は治ってきたが、家庭教師についての苦情もあってハスケットとの縁も切れず、ヴァリックとの仕事も続いていく。そういうわけでウエイソーンは、アリスが天気の変化か手品師のように夫を取り替え、以前の夫との交渉を黙認しようとする手管が許せなかったが、時が経つにつれてこうした感覚も鈍り、次のように感じるようになった。

もし彼が毎日の心地よさを幻影の小銭で支払っているとすれば、日が経つにつれて心地よさのほうを大切に思い、小銭が出ていくほうは気にしなくなった。（100）

そして「男を幸せにするすべを知っている妻の三分の一を所有するほうが、その技術を手に入れる機会のなかった妻の全体を所有するよりいいのではないか」（100）と考えるようになり、アリスがこのように男を幸せにするこつを知っているのは古靴のようなものだという気がしてくる。「彼女は古靴――あまりに多くの人が穿いた靴――と同じほど気やすく付き合える女性」であって、「彼女の順応性は、あまりに多くの異なる方向に引っ張られた緊張の結果なのだ」（98）と考えてしまうのだ。

最後には、ウエイソーンの感受性は完全に鈍ってしまい、たまたまアリスの二人の前の夫とウエイソーンが同席する羽目になったとき、アリスがにこやかにお茶を入れてくれ、彼は微笑して三番目のカップを受け取ってしまう。アリスという対象は変わらないが、彼女をめぐる状況の変化に釣られて、夫となったウエイソーンの意識の変化、いうなれば感受性の鈍化の過程が如実に示されていて、この小品をみごとな傑作に作り上げている。結婚と離婚というウォートン得意の主題を扱い、風刺と皮肉を十二分に発揮した好編である。

『イーディス・ウォートン――短編小説の研究』を書いたバーバラ・A・ホワイトは、株式仲買人としてのウエイソーンの性格が人間関係にも反映しており、アリスをも不動産のように扱っている点を指摘している。彼女は「事実、アリスはウエイソーンにとって、装飾品というよりは一件の不動産のように見える」(17) と言う。そして、彼はアリスの最初の夫を不動産の先取特権のように受け入れ、ついには自分を株式引受組合の一員になぞらえるのだ、と主張する。「彼は妻の人格について非常に多くの株を所有しているので、彼の前任者たちはこのビジネスのパートナーになったのだ」(99) とウォートンも書いている。だが、筆者にはそんなことより古靴の比喩のほうが強烈で、ここに作者の強烈な風刺を認めないではいられない。(この小説は、短編集『転落、およびその他の短編』〔*The Descent of Man, and Other Stories*. New York: Scribner's, 1904〕に収録されている)

第十五章　ヨーロッパ遠征

『海賊たち』（*The Buccaneers*, 1938）

これは、ウォートン最後の未完の長編小説である。一九三七年にウォートンが没したとき、この小説の原稿は四分の三書かれた状態で遺されていた。したがって、ウォートンの文学関係の遺産管理人だったガイラード・ラプスレイは、推敲も書き直しもしていなかった遺稿なので出版に躊躇したが、これだけの作品を埋没させるのは惜しいと思って出版に踏み切ったという。そうした経緯や、彼の批評や、作者の訂正が入りそうな部分についての彼の意見などは、巻末の十一頁に及ぶ説明に詳しい。ブレイク・ネヴィアスは、「ウォートンがこの小説を書き終えていたら、おそらくウォートン文学の最上の作品、五、六点のうちに入るだろう」（237）と述べている。また、この小説の梗概については、四頁弱のウォートン自身のノートが遺されているので、読者にとって不都合なことはない。

だが、興味深いことに、ウォートンの研究者で作家のマリオン・メインワリングがウォートンの梗概に沿って、この小説の未完の部分を補って完成させている。原文は二十九章三五五ページであるのに対して、メインワリング版はやや大判の四十四章四〇六ページの作品になっている。その上、全体の統一を取るためか、原文自体にも少なからず手を加えているので、ウォートンの原稿とはかなり違っているという感じがしないでもないが、完結させている点は評価できる。後に、結びの部分を紹介しよう。

時代は一八七〇年代。舞台はサラトガ・スプリングズのグランド・ユニオン・ホテルで幕が開き、やがて短期間ニューヨークに移り、その後イギリスのロンドンないし地方の貴族の館に変わる。登場人物は英米両国人をはじめとして、イタリア系、ブラジル人など多数。端的に言えば、美貌の娘たちを持った富裕な三組のアメリカ人家族が、イギリスの貴族社会に参入し、その風俗に多大な影響を与えるさまを、やや皮肉な筆致で風刺したものだと言えるだろう。題名の「海賊たち」という言葉は、登場人物の一人が、アメリカ人女性たちの攻勢を皮肉って、海賊の群れになぞらえているところから来ていると思うが、『イーディス・ウォートン　AからZ』(*Edith Wharton A to Z*)を著わしたサラ・バード・ライトは、エスクェイマリングの著作『アメリカの海賊たち』(John Esquemeling. *The Buccaneers of America*. 1678)から取ったものだと述べている。

三組のアメリカ人家族というのは、セント・ジョージ家、エルムズワース家、クロッソン家の家族で、いずれも裕福ではあっても中流の家庭であることに違いはない。セント・ジョージ大佐と夫人の間には二人の娘があり、年上のヴァージニアは、すべてがバラ色と真珠色に見える肌をした目を奪うような金髪の美女。下の娘のアナベル（通称ナン）はまだ十六歳で、姉ほど美貌ではないが、個性的、知性的で、なかなかの魅力がある。このナンは作者にいちばん近い人物で、彼女が物語の中心に置かれている。父親の大佐はポーカーや競馬が好きで、ウォール街でかなりの成功を収めており、いっしょに歩くと女たちが振り向くほどの美男だ。同じ年ごろの娘が二人いるエルムズワース家は、夫が株で大儲けしたので一時は贅沢な馬車を乗り回したりしていたが、最近は株に失敗したため、ホテルで過ごすことが多い。姉娘のリジーはウエストが細く、歩き方にえも言われぬ魅力があり、独特な「スタイル」を持つ美女。妹のメイベルはナンより一歳年上のやや骨ばった少女。

この二組の姉妹の母親であるミセス・セント・ジョージとミセス・エルムズワースは、最近ホテルにやってきた経歴の怪しいクロッソン一家の悪口を言いながら、その娘のコンチタが自分たちの娘のライバルになるのではないかと不安を抱いている。陰口を言うのは、ミセス・クロッソンが新しい女で、ピアノを弾いていなければ、何時間でも煙草を吸いながらベッドに寝ているという型破りの女であるばかりか、クロッソン氏がブラジルを旅行中に親しくなった離婚歴を持つ女性だからだ。コンチタは背の高い赤毛の女性で、煙草は吸うし、天衣無縫の行ないをするが、人を引きつける一種の魔力を持っている。ところが、セント・ジョージ大佐は仕事の上でクロッソン氏と重要な取引があるので、付き合わないわけにはいかず、以上の三家族の親しい交際が始まる。

その上、ミセス・クロッソンの義理の息子のブラジル人、テディ・デ・サントス＝ディオスが旧友のイギリス人侯爵の息子、リチャード・マラブル卿を連れてきたので、コンチタは早速彼と婚約し、やがてイギリスの侯爵夫人となる。しかし、サー・リチャードは酒は飲むし、他処に女を作り、借金は多い、ということで、この結婚は幸せとは程遠い。

他方、ミセス・セント・ジョージは、家庭教師を雇うのが上流階級のならわしだというので、アナベルのために、イギリスの貴族やアメリカの上流階級の子弟を教えた経験があるというイタリア系の家庭教師を雇い入れた。彼女は名をミス・ローラ・テストヴァリと言い、有名な詩人、ダンテ・ガブリエル・ロセッティの従妹に当たり、三十代後半の女性で、小柄ではあるが、リンドウ色の青い眼がすばらしい。この家庭教師が一種の狂言回しの役を果たし、ナンといっしょに物語の中心的な役割を担っている。

ナンは最初、家庭教師をつけられることに反抗し、教師自身にもつらく当たるが、まもなくその人柄に惹かれて慕うようになり、ミス・テストヴァリのほうも、これまでの生徒のうちでナンがいちばん好きだと言うほどの愛情を覚え、詩や芸術を情熱的に教えこむばかりか、ナンが人生のさまざまな問題に遭遇するたびに親身になって彼女を助けないではいられない。

もともと右に挙げた三家の夫人たちは、娘たちを上流の社交界に入れようと努力したにもかかわらず、ニューヨークやニューポートの最上だが排他的な社交界では成功することができず、サラトガ・スプリングズの社交界に留まっていたのだった。ところが、ミス・テストヴァリが「ロンドンを試してみたら」と言ったことから、ロンドンにやってくることになった。ここから、海賊たちの旧大陸征服の戦いが始まる。前哨基地となるのは、コンチタの婚家であるブリトルシー侯爵家、参謀はミス・テストヴァリという形で戦略が始まるが、ミス・テストヴァリはまず、アメリカ人ながらイギリスの上流階級に詳しいミス・ジャクリーン・マーチを紹介する。彼女は若いときブリトルシー侯爵と婚約したものの、結婚式寸前に捨てられると言う苦い経験がありながら、三十年間イギリスに踏み止まって、多くの上流の人々と親交を重ねてきたため、ロンドンの社交界に向かって開くドアの役目を果たす。その甲斐があったのか、まもなくヴァージニアは国会議員のロビンソンと結婚し、さまざまな曲折を経て、リジーはシーダウン侯爵と結婚する。加えて、ナンはティンタジェル公爵と結婚して、公爵夫人となる。

ティンタジェル公爵は、三箇所の領地とロンドンの邸宅を持つイギリスの著名な貴族だったが、時計の修理が趣味という変わり者の青年で、結婚して子供を作り、爵位と財産を継がせるのが自分の義務であると知ってはいたものの、「爵位のために自分を追う者とは結婚しない」(170)と固く誓っており、公爵とは何者なのか全然知らない、初心で純真な娘がいいと考えている。そして、ある日、領地の見回りに出たとき、廃墟になった城に見入っているナンを見つけ、言葉を交わして、彼女を宿に送っていく。このときナンは、その人が有名な公爵であることをまったく知らず、その上他の人と取り違えるという失敗をしたが、それが却って公爵の好意を勝ち取る結果になった。しかし、結婚してみると、新しい自分になじめず、自分がまったく別の人間になったような違和感を覚える。そして、昔の自分が幽霊になってしまったような不安と混乱した気持ちに悩まされ、本当の自分を取り戻そうとするが、うまくいかない。その上、公爵家の勤めも、イギリスの貴族社会のしきたりもよくわからず、先代の公爵未亡人の不興を招く。では、どういう点がナンを困惑させていたのか。

イギリスの貴族の館では、すべてが規則と伝統に従って行なわれ、たとえば馬丁頭に対しては、名前ではなく姓で呼ばねばならないという決まりがあった。また、ある日のこと、ナンが小作人の一人、リンフリの家を訪ねると、彼らは貧窮してひどい生活をしている上、子供がチフスにかかって病臥しているのに看護する人はおらず、下水道の設備が悪いことが彼らの健康を害していることを発見する。それで、夫の部屋を訪れ、すぐ彼の家に行って見てほしい、そうして早急に改善の手を打ってくれと頼むと、公爵は細かいことは管理人に任せておけばよい、と冷たくあしらい、身重の体でそんなところに行ってはいけない、と厳しく言い渡す。そして、妻を出かけさせないようにするため馬車を出さないよう馬丁頭に言いつけたので、ナンは雨のなかを徒歩で出かけた末、疲労のため倒れて、世継ぎになるはずだった子供を流産で失ってしまう。

だが、クリスマス・パーティの折り、知人のガイ・スワートに会って、ナンは救われたような気持ちになった。ナンは十九歳の独身時代、彼と親しく話したことがあって好意を感じていたものの、その後ガイは仕事で南米に行き、四年後にようやくブラジルから帰国したところだった。このとき彼が絵画に興味を示したので、ナンがコレッジオの絵を見せるため私室に案内した結果、辞し去る客の挨拶を受けるため女主人は入り口で待機していなければならないのに、居所がわからず皆が彼女を探し回るという失策を犯してしまう。こういうことなどが重なって、ナンは公爵大人としての自覚が足りないと、公爵未亡人の叱責を受ける。彼女はナンを叱って、次のように言う。

公爵夫人は兵士のようなもので、他の人たちが楽しんでいるとき、しばしば武装していなければならないのですよ。 (292)

また、公爵未亡人はナンに向かって「小作人や彼らの扶養者たちを扱うときには、彼らの頭に何らかの考えを吹き込むようなことは、つねに避けなければなりません」(301) と言う。そうしなければ、彼らが困窮状態を訴えたり、不平不満を口に出したりする機会を与えることになるからだった。

こういうことが重なったため、ナンは公爵未亡人に向かって「イギリス人になろうとすることに疲れたわ」と言う。すると、公爵未亡人は「なろうとする？　でも、あなたはイギリス人ですよ。息子の妻になったとき、あなたは彼の国籍を得たのです。今になって、それを変えることができるものなんか何もありませんよ」と言い返す。それを聞いてナンは「結婚したのは間違いだった……

別れたほうがいい」(293)と言い放つ。

さらに、コンチタから借金で首が回らない上、夫に縛られているのに別の人を愛しているのでつらい、自由になるため五百ポンドが必要なので、公爵からその金をもらってほしいと頼まれ、その金策をめぐって、ナンと公爵との間に深い溝ができる。コンチタは「これらのイギリスの結婚ときたら、まったくひどい。それから逃れようと引っ張れば、首縄が締まって窒息するのよ」(300)と言いながら、離婚しようとはしない。自由になりたいと本気で考えるのはナンだけだ。

しかし、こういう経緯があったにもかかわらず、冷酷非道ではない公爵は、あとで封筒に入れた金を妻の部屋に届けるが、ナンはそれには感謝したものの、夫を受け入れるのを拒んで、どこかに行きたいと言い出す。仕方なく公爵は母親と相談して、友人のレディ・グレンローの別荘、チャンピオンズに妻を招いてもらう。ところが、そこはスワート家の屋敷、オーナーズラヴに近いため、ガイと父親のサー・ヘルムズリも招かれ、ガイとナンはお互いに惹かれあうものを再認識する。他方、サー・ヘルムズリはグレンロー家の二人の娘を教えていたミス・テストヴァリに惹かれ、彼女との結婚を考えるようになり、彼女の態度も「イエス」に近い。また、ガイは父親の希望もあって、ロードンから下院に立候補することになっていたが、それはティンタジェル公爵の後ろ盾がなければ実現せず、公爵とナンがいっしょにいるところを見るのはつらいので、立候補をやめて、ギリシアの鉄道の建設に行こうと心を決める。

ここまでがウォートンの原稿の内容になっているが、物語の結末がはっきりしないのでメインワリングが終わりの部分を次のように付け加えている。簡単に紹介しておこう。

ニューヨークで鉄鋼王と結婚していたメイベルは、美術のパトロンとしても有名だった夫のオリン・ウィタカーを喪い、莫大な富と美術のコレクションを受け継ぐ。そして、娘を連れてヨーロッパに渡り、その後、姉の住むベルフィールドを訪れるが、チャンピオンズからナンも来たため、公爵夫人も列席するとあって、予定していたロビンソン家のパーティは大々的なものとなり、プリンス・オヴ・ウエールズも出席する。ところが、プリンス・オヴ・ウエールズはかつてのシーダウンの恋人だったレディ・チャートといっしょに来たものの、ヴァージニアの美しさに魅せられて、連れの女性を無視してしまったので、二度目にヴァージニアに敗北したレディ・チャートは、腹立ちまぎれにナンを攻撃し、公爵から八百ポンドを巻き上げて、クリスマスに寝室に連れこんだ恐喝者のガイにその金を渡したのだと、公衆の面前で痛罵する。

ちょうどそのとき、失意の極にあるナンのもとに公爵から迎えの使者が来る。公爵は帰ってきた妻に、今後は家にいて公爵夫人としての勤めを果たせと命令する。ナンは噂になったような不名誉なことはしていないが、夫より他の男を愛しているので、別れて他の公爵夫人にふさわしい女性を見つけてくれと頼む。しかし、公爵はそれを聞き入れず、果ては彼女を閉じこめようとするので、ナンは帽子もかぶらず、厩に通じる通路から必死で逃げ出す。逃げ出したナンはミス・テストヴァリを訪ねて事情を話したところ、元家庭教師は、自分の実家のデンマーク・ヒルに彼女をかくまう。

その話を聞いたリジー・ロビンソンが、ナンの後任として妹のメイベルをティンタジェル公爵夫人にする策略を練り始めるのを見て、夫のロビンソンは「きみたちは、なんという海賊の群れだろう！」と今更のように感心する。しかし、リジーは「海賊たちは……自分たちが奪うもののために莫大な金を払ったので有名になったわけではないのよ」（MM404）と言い放つ。

その間どうしても世継ぎがほしい公爵は、とくに妻への復讐は望まず、家庭を放棄したという理由で離婚の手続きを進める。他方、ギリシアに出発する前にナンに別れを告げたいと思うガイは、方々を探し回ったあげくデンマーク・ヒルにやって来て、ナンの状況を知り、離婚が成立したら結婚してほしいと言う。アメリカに帰ろうと思っていたナンは、それを聞いて決心を翻し、ガイの計画通り別々にフランスに渡ってから、ギリシアにいっしょに行こうと心を決める。ミス・テストヴァリはその手筈を整える手助けをしてやり、サー・ヘルムズリに婚約解消の手紙を書いて、ナンを駅まで送って行く。

以上述べてきたように、この物語は、当時の社会を騒がせたヨーロッパの爵位を狙う金満家のアメリカ女性の姿をやや皮肉な喜劇的タッチでいきいきと描いた傑作である。ウォートンは英米両国の上流社会に詳しいその知識を駆使して、みごとなタペストリを織り上げており、野心に燃えるヤンキー娘たちの大胆不敵な言動を海賊の姿に見立て、彼女たちが少しずつ領土を拡大して伝統の地を手中に収めるさまをいきいきと描いているので、なかなか興味深い。また、ニューヨーク上流社会の閉鎖的で排他的な性格に比べて、ロンドンの社交界が大西洋を横断してきた美貌の侵入者たちを比較的すんなりと受け入れ、異文化を意外に早く同化してしまう現象にも驚かせられる。これらの侵入者たちは風刺的に描かれてはいるものの、『国のしきたり』のアンディーン・スプラッグの場合のように作者の側の敵意は感じられない。むしろ、アメリカ側の活力と生命力に共感している節さえ見える。他方、征服される側の旧社会は、やや無気力で、形式主義に堕しているかに思える傾向はあるものの、こちらの社会にも作者の同情はこめられている。退屈で、あまり魅力はなく、ナンの気持ちを理解せず、彼女を冷たくあしらうが、決して冷酷な男ではなく、むしろ読者の同情を惹くように描かれているティンタジェル公爵はその好例だろう。

この小説における力点は、あきらかに中心人物のアナベルと、その家庭教師、ミス・テストヴァリに置かれ、二人とも、個性的に、共感をもって描かれている。みんなから変人扱いされるナンは、姉たちのような世俗的な野心は持たず、自分の眼でしっかりと周囲を見つめ、人生の真の価値を見定めようとする強い女性だと言ってよかろう。爵位や名誉や金には捉われないが、旧世界の伝統や歴史や芸術には深い理解を示す。過去に対する尊敬の念も失ってはいない。とくに、夫である公爵との争いを通じて、小作人や労働者に対する同情と共感を示すなど、ヒューマニスティックな態度と心情が強調されている。また、ミス・テストヴァリも、愛する元生徒に真の幸福を見つけてやるためには、社会の掟に背き、自分の幸福まで犠牲にする覚悟のできた進歩的な女性としての姿を見せている。彼女がナンの駈け落ちを援助してやる経緯や、「誰も愛さないより、間違った人を愛したほうが罪が軽い」（311）とか、「結婚しないでガイと暮らしても不道徳とは思わない。愛がないのに、公爵の許に帰って、子供を作るほうが不道徳じゃないかしら」（MM395）という感想を述べるナンの態度には、一八七〇年代を越えた痛快な新しさを感じさせる。そういう意味では、一世紀以上前の風俗を描いた作品でありながら、現代の女性たちから共感を持って迎えられるだけの十分な素地があると思う。

ウォートンが遺した筋書きによると、ナンは近衛隊の貧しい士官でしかないガイ・スワートを愛していることを自覚し、ティンタジェル公爵の許を去って、南アフリカに転勤命令の出たガイと駆け落ちする。このスキャンダルは、その後何年もイギリス中を騒がせることになるのだが、ガイの父親のサー・ヘルムズリ・スワートは、息子がこの事件に巻きこまれたことに激怒し、ミス・テストヴァリがそれに手を貸したことを知って、怒りのあまり彼女と絶交する、ということになっている。

つまり、作者は、ナンに自分の本源的な欲求を充足させたかったのだと思う。ナンにとっては、爵位も金も名声も要らない、自分のひたすらな愛だけを貫き、自主的に生きることだけが重要だった。だから、あえてそれを実行したのだ。

これまでウォートンは、小説中の中心人物として自分の心情に近い女性像をたびたび描いてきた。たとえば、『木の実』のジャスティーン・ブレント、『砂州』のソフィ・ヴァーナー、『半麻酔状態』のノナ、『ハドソン・リヴァー・ブラケテッド』のヘイロー、そして『海賊たち』のナン。前に『砂州』は自伝的だと述べたが、ウォートンは自分が経験した愛の迷いや苦しみをアナの心情に仮託して描いただけで、真の同情はソフィのほうに傾いていたように思われる。

そうした女性たちはいずれの場合も、美人ではないが魅力があり、知的で、個性的で、精神的で、教養があり、世俗の富や名声よりも自由と自主性を重んじる女性であって、高い倫理性を備えている。他の人物たちは、社会が課した枠組みや慣習を脱することができず、心ならずもそれに従って生きているのに対して、彼女たちは自分の頭で考え、自己に忠実に生きようとする。それを実現することができるのであれば、地位や爵位や金や名誉に拘泥する必要はない。しかし、人間らしく生きるための最低限の経済的余裕は必要で、そのために真摯に働いている。こうした人物像が作者の理想であったのかもしれない。

だが、これまでの場合、作者の同情を集めた女性たちは、周囲の状況と戦いはしても、己れの要求を通すことができなかったり、社会に敗北したりしていたが、この最後の小説にいたって初めて自分の欲求にしたがって生きる女性が描かれたことを考えると、この作品は、ハッピーエンドで終わるウォートンの最初の小説ではないかと思う。『神々来たる』の最後もハッピーエンドで終わるが、ヘイローの苦しみは並大抵のものではなかった。

『海賊たち』全三巻の長いホームビデオの最後の場面で、二人の恋人が乗った馬車が、遠い約束の地を指して走り去るときの後向きの姿が大変印象的で、さわやかな感じがしたのが記憶に残っている。ウォートンが生涯をかけて創作した二十数冊の長編小説や九十編余の短編小説その他という膨大な作品群は、多作とはいえ、一作一作が彫琢され、磨き上げられた珠玉の名品ばかりであって、その文学的業績は大きく、彼女は後世に残る偉大な文学者だったと筆者は考える。その意味で、ウォートンの作品は、もっともっと日本で読まれてしかるべき文学であると思う。

註

第一章

（1）「人生と私」（"Life and I"）は、ウォートンの「著作一覧」に載せた書物には収録されていない。左記の書物の付録として記載されているだけである。 Edith Wharton: *Novellas and Other Writings*. New York: Library of America. 1990.

（2） James, Henry. *Hawthorne*. London: Macmillan, 1967. 55.

第四章

（1） McDowell, Margaret B. *Edith Wharton*. Boston: Twayne Publishers. 1991. 32.

（2） Quinn, Arthur Hobson. *American Fiction: An Historical and Critical Survey*. New York: Appleton-Century Crofts. 1936. 559.

第六章

（1） Goodman, Susan. *Edith Wharton's Women: Friends and Rivals*. Hanover: U of New England P, 1990. 94-95.

（2） Singley, Carol. *Edith Wharton: Matters of Mind and Spirit*. Cambridge: Cambridge UP, 1998. 145.

（3） Ibid., 130.

第十章

（1） Bell, Quentin. *Ruskin*. New York: George Braziller, 1963. 135.

第十三章

（1） Brooks, Van Wyck. *The Confident Years*. London: J. M. Dent & Sons., 1953. 175-176.

イーディス・ウォートン著作一覧

　ウォートンの作品については、ペイパーバックも含めると、これまで世界中で非常に多くの出版社から多種多様の版が刊行されてきた。だが、日本では、一九八九年に板橋芳枝、佐々木みよ子編集の初版復刻版全二十六巻の全集（*The Complete Works of Edith Wharton*. 26 vols.）が臨泉書店から発行されているので、以下の一覧表はこれに依拠した。本文中の引用文のページ数も、この版に収録されているものは、それを採用している。

長編小説

The Valley of Decision. New York: Scribner's, 1902.
The House of Mirth. New York: Scribner's, 1905.
The Fruit of the Tree. New York: Scribner's, 1907.
Ethan Frome. New York: Scribner's, 1911.

The Reef. New York: Appleton, 1912.
The Custom of the Country. New York: Scribner's, 1913.
Summer. New York: Appleton, 1917.
The Marne. New York: Appleton, 1918.
The Age of Innocence. New York: Grosset and Dunlap Publishers, 1920.
The Glimpses of the Moon. New York: Appleton, 1922.
A Son at the Front. New York: Scribner's, 1922.
The Mother's Recompense. New York: Appleton, 1925.
Twilight Sleep. New York: Appleton, 1927.
The Children. New York: Appleton, 1928.
Hudson River Bracketed. New York: Appleton, 1929.
The Gods Arrive. New York: Appleton, 1932.
The Buccaneers. New York: Appleton, 1938.
The Buccaneers. Completed by Marion Mainwaring. New York: Viking, 1993.
Fast and Loose & The Buccaneers. Charlottesville: U of Virginia P, 1993.
The Complete Works of Edith Wharton. vol.26.（臨泉書店、一九八九）

中編小説

The Touchstone. New York: Scribner's, 1900.
Sanctuary. New York: Scribner's, 1903.
Madame de Treymes. New York: Scribner's, 1907.
Old New York: *False Dawn* (*The Forties*). New York: Appleton, 1924.

Old New York: The Old Maid (*The Fifties*). New York: Appleton, 1924.
Old New York: The Spark (*The Sixties*). New York: Appleton, 1924.
Old New York: New Year's Day (*The Seventies*). New York: Appleton, 1924.

短編小説集

The Greater Inclination. New York: Scribner's, 1899.
Crucial Instances. New York: Scribner's, 1901.
The Descent of Man, and Other Stories. New York: Scribner's, 1904.
The Hermit and the Wild Woman, and Other Stories. New York: Scribner's, 1908.
Tales of Men and Ghosts. New York: Scribner's, 1910.
Xingu, and Other Stories. New York: Scribner's, 1916.
Here and Beyond. New York: Appleton, 1926.
Certain People. New York: Appleton, 1930.
Human Nature. New York: Appleton, 1933.
The World Over. New York: Appleton, 1936.
Ghosts. New York: Appleton, 1937.

詩

Artemis to Actaeon, and Other Verse. New York: Scribner's, 1909.
Twelve Poems. London: Riccardi Press, 1926.
Verses. Newport: C. E. Hammet Jr., 1978.

旅行記

Italian Villas and Their Gardens. New York: Century, 1904.

Italian Backgrounds. New York: Scribner's, 1905.

A Motor-Flight through France. New York: Scribner's, 1908.

French Ways and Their Meaning. New York: Appleton, 1919.

In Morocco. New York: Scribner's, 1920.

その他

The Decoration of Houses.（with Ogden Codman, Jr.）New York: Scribner's, 1897.

Fighting France, from Dunkerque to Belfort. New York: Scribner's, 1915.

The Book of the Homeless. ed. by Edith Wharton. New York: Scribner's, 1916.

The Writing of Fiction. New York: Scribner's, 1925.

A Backward Glance: The Autobiography of Edith Wharton. New York: Appleton,1934.

Wegener, Frederick.（ed.）*Edith Wharton: The Uncollected Critical Writing*. Princeton: Princeton UP, 1996.

書簡集

R.W.B. Lewis & Nancy Lewis.（eds.）*The Letters of Edith Wharton*. New York: Scribner's, 1988.

Powers, Lyall H.（ed.）*Henry James and Edith Wharton: Letters 1900-1915*. London: Weidenfeld and Nicolson, 1990.

翻訳

The Joy of Living（*Es Lebe das Leben*）by Hermann Sudermann. New York: Scribner's, 1902.

邦訳（単行本のみ）

『この子供たち』松原至大訳、世界教育文庫刊行会、一九三四年
『汚れなき時代』（現代アメリカ小説全集第8巻）伊藤整訳、三笠書房、一九四一年
『三色の雪』（原名、イーサン・フロウム）岩田一男訳、大学書林、一九四九年
『偽れる黎明・他』皆川宗一・大貫三郎訳、南雲堂、一九五五年
『慕情――イーサン・フローム』高村勝治訳、時事通信社、一九五六年
『イーサン・フローム』高村勝治訳、荒地出版社、一九六七年
『エイジ・オブ・イノセンス』大社淑子訳、新潮文庫、一九九三年
『イーサン・フローム』宮本陽吉他訳、荒地出版社、一九九五年
『無垢の時代』佐藤宏子訳、荒地出版社、一九九五年
『歓楽の家』佐々木みよ子他訳、荒地出版社、一九九五年
『幽霊』薗田美和子・山田晴子訳、作品社、二〇〇七年

＊ その他日本で出版された文献および短編小説の邦訳については、下記の文献を参照。大社淑子「日本におけるイーディス・ウォートンの受容」早稲田大学比較文学研究室刊『比較文学年誌』三七号、二〇〇一年三月。

参考文献

Ammons, Elizabeth. *Edith Wharton's Argument with America*. Athens: U of Georgia P, 1980.

Auchincloss, Louis. *Edith Wharton. A Woman in Her Time*. New York: Viking, 1971.

Bauer, Dale M. *Edith Wharton's Brave New Politics*. Madison: U of Wisconsin P, 1994.

Bell, Millicent. (ed.) *The Cambridge Companion to Edith Wharton*. Cambridge: Cambridge UP, 1995.

Benstock, Shari. *No Gifts from Chance: A Biography of Edith Wharton*. New York: Scribner's, 1994.

Bloom, Harold. (ed.) *Edith Wharton–Modern Critical Views*. New York: Chelsea House, 1986.

Craig, Theresa. *Edith Wharton: A House Full of Rooms: Architecture, Interiors, and Gardens*. New York: Monacelli Press, 1996.

Collas, Philippe. (with Villedary, Eric.) *Edith Wharton's French Riviera*. Flammarion, 2002.

Coolidge, Olivia. *Edith Wharton. 1862-1937*. New York: Scribner's, 1964.

Colquitt, Clare. (with Goodman, Susan & Weid, Candace.) (eds.) *A Forward Glance: New Essays on Edith Wharton*. Newark: U

of Delaware P, 1999.
Dwight, Eleanor. *The Gilded Age–Edith Wharton and Her Contemporaries*. New York: Universe Publishing, 1995.
Dwight, Eleanor. *Edith Wharton: An Extraordinary Life*. New Yok: Harry N. Abrams, 1994.
Erlich, Gloria C. *The Sexual Education of Edith Wharton*. Berkeley: U of California P, 1992.
Esch, Deborah. (ed.) *New Essays on The House of Mirth*. New York: Cambridge UP, 2001.
Fedorko, Kathy A. *Gender and the Gothic in the Fiction of Edith Wharton*. Tuscaloosa: U of Alabama P, 1995.
Fryer, Judith. *Felicitous Space: The Imaginative Structures of Edith Wharton and Willa Cather*. Chapel Hill: U of North Carolina P, 1986.
Garrison, Stephen. *Edith Wharton. A Descriptive Bibliography*. Pittsburgh: U of Pittsburgh P, 1990.
Goodman, Susan. *Edith Wharton's Inner Circle*. Austin: U of Texas P, 1994.
Goodman, Susan. *Edith Wharton's Women–Friends and Rivals*. Hanover: U of New England P, 1990.
Goodwyn, Janet Beer. *Traveller in the Land of Letters*. Houndmills: Macmillan, 1990.
Harden, Edgar F. *An Edith Wharton Chronology*. Houndmills: Palgrave Macmillan, 2005.
Holbrook, David. *Edith Wharton and the Unsatisfactory Man*. New York: St. Martin's, 1991.
Howe, Irving. (ed.) *Edith Wharton*. Englewood Cliffs: Prentice Hall, 1962.
Jessup, Josephine Lurie. *The Faith of our Feminists: A Study in the Novels of Edith Wharton, Ellen Glasgow, Willa Cather*. New York: Biblio & Tannen, 1950.
Joslin, Katherine. *Edith Wharton*. Houndmills: Macmillan, 1991.
Joslin, Katherine. (with Price, Alan.) (eds.) *Wretched Exotic: Essays on Edith Wharton in Europe*. New York: Peter Lang, 1993.
Killoran, Helen. *Edith Wharton: Art and Allusion*. Tuscaloosa: U of Alabama P, 1996.
Killoran, Helen. *The Critical Reception of Edith Wharton*. Rochester: Camden House, 2001.
Lauer, Kristin.O. & Murray, Margaret.P. *Edith Wharton–An Annotated Secondary Bibliography*. New York: Garland, 1990.

Lawson, Richard.H. *Edith Wharton*. New York: Frederick Ungar, 1977.

Lee, Hermione. *Edith Wharton*. London: Vintage Books, 2007.

Lewis, R.W.B. *Edith Wharton*: *A Biography*. New York: Harper & Row, 1975.

Lubbock, Percy. *Portrait of Edith Wharton*. New York: Appleton-Century-Crofts, 1947.

Mainwaring, Marion. *Mysteries of Paris: The Quest for Morton Fullerton*. Hanover: U of New England P, 2001.

Marshall, Scott. *The Mount: Home of Edith Wharton–A Historical Structure Report*. Lenox: Edith Wharton Restoration, 1997.

McDowell, Margaret B. *Edith Wharton*. Boston: Twayne Publishers, 1991.

Montgomery, Maureen E. *Displaying Woman: Spectacles of Leisure in Edith Wharton's New York*. New York: Routledge, 1998.

Nevius, Blake. *Edith Wharton: A Study of her Fiction*. Berkeley: U of California P, 1953.

Preston, Claire. *Edith Wharton's Social Register*. Houndmills: Macmillan, 2000.

Price, Alan. *The End of the Age of Innocence: Edith Wharton and the First World War*. New York: St. Martin's, 1996.

Raphael, Lev. *Edith Wharton's Prisoners of Shame–A New Perspective on her Neglected Fiction*. New York: St. Martin's, 1991.

Sanders, Catherine.E. *Writing the Margin*: *Edith Whaton, Ellen Glasgow, and the Literary Tradition of the Ruined Woman*. Cambridge: Harvard UP. 1987.

Schriber, Mary Suzanne. *Writing Home–American Women Abroad, 1830-1920*. Charlottsville: U of Virginia P, 1997.

Singley, Carol J. *Edith Wharton Matters of Mind and Spirit*. Cambridge: Cambridge UP, 1998.

Singley, Carol J. (ed.) *A Historical Guide to Edith Wharton*. New York: Oxford UP, 2003.

Springer, Marlene. *Ethan Frome: A Nightmare of Need*. Tronto: Twayne Publishers, 1993.

Tintner, Adeline R. *Edith Wharton in Context: Essays on Intertextuality*. Tuscaloosa: U of Alabama P, 1999.

Waid, Candace. *Edith Wharton's Letters from the Underworld*. Chapel Hill: U of North Carolina P, 1991.

Walton, Geoffrey. *Edith Wharton: A Critical Interpretations*. Rutherford: Fairleigh Dickinson UP, 1970.

White, Barbara A. *Edith Wharton–A Study of the Short Fiction*. New York: Twayne Publishers, 1991.

Wolf, Cynthia Griffin. *A Feast of Words–The Triumph of Edith Wharton*. New York: Oxford UP, 1977.
Worth, Richard. *Edith Wharton*. New York: Julian Messner, 1994.
Wright, Sarah Bird. *Edith Wharton's Travel Writing*. New York: St. Martin's, 1997.
Wright, Sarah Bird. *Edith Wharton A to Z: The Essential Guide to the Life and Work*. New York: Facts On File, 1998.

佐々木みよ子『戦慄と理性――イーディス・ウォートンの世界』研究社、一九七六年
別府恵子編著『イーディス・ウォートンの世界』鷹書房弓プレス、一九九七年

あとがき

私のイーディス・ウォートン（Edith Wharton, 1862-1937）との出会いは、六十年あまり前に遡る。大学二年のときか三年のときかは定かではないが、丸善の洋書部の棚を眺めていて、ふとモダン・ライブラリーの *The Age of Innocence* を目にしたとき、珍しい題名の書物だと手にとってみたときのことだ。英米文学科に籍を置きながら、そのとき私はウォートンの名前を知らなかった。したがって、何の先入観もなく読んでみて、そこに描きこまれている恋愛物語の哀切な美しさに魅せられた。そして、卒論はウォートンにしようと心に決めた。

だが、当時はウォートン文学の低迷期に当たっていたため、手に入る作品の原書は、『エイジ・オブ・イノセンス』と『イーサン・フロム』と『国のしきたり』の三冊しかなかった。翻訳は『イーサン・フロム』だけ。絶版になっていたが、伊藤整訳の『汚れなき時代』が一九四一年に刊行されていたことは、あとで知った。私は、一、二冊の作品を深く徹底的に研究するという性質ではなく、気に入った作家の作品はできるだけたくさん、あるいは全部読まねば気が済まぬという変な性質があるので、暗澹とした気持ちになった。ところが、幸いなことにアメリカ文化センターには数冊のウォートンの作品があったので、救われる思いがしたことを覚えている。卒論は英語で書かねばならなかったので、"The Tragic Characters in Edith Wharton's Works" という題で、百枚前後の論文を書いたと思う。

その後修士課程に進んだが、ウォートンの作品は入手できないので、修士論文は、作品の内容が似通っており、ウォートンとも親交があったヘンリー・ジェイムズを選び、彼の作品における国際関係の描き方について比較対照し、思うところを述べた。ジェイムズは英米文学中の巨峰と見なされる大作家であるためか、彼の作品はすべて入手可能で、ほぼ全作品に目を通すことができたのは幸運だった。彼の作品は読めば読むほどその偉大さがわかって、圧倒される思いがする。修論後の研究の継続は志してはいるものの、まだ果たしていない。

現在、ウォートンは本文に述べたような事情でアメリカではブームになっており、全部の作品が刊行されているので、詩集と翻訳を除き全部の作品を読むことができた。しかし、半世紀以上にわたる読書であるため、細かいところは記憶がおぼろで、思わぬ勘違いをしているところがあるかもしれない。とはいえ、今回ウォートンについて本書にまとめてみようとしたところ、意外に論じにくい作家であることがわかった。それはなぜか。

他の作家の場合、読み終えたとたん、論じたい問題がいくつか浮かんでくるのに対して、ウォートンの場合、そういう論点を探すというよりは、全体として深く味わいたい、その雰囲気全体を楽しみたいという思いのほうが強く、ウォートン文学は論文の対象ではなく、鑑賞の対象であるような気がしてきたからだ。

翻訳の場合は、両作家の言語の構造も背景となる社会や発想の仕方も異なるので、原文の三分の二か四分の三程度しか伝えられないのは当然だが、ある作家の場合、まったく異質の感じがすることがある。一例をあげると、川端康成の小説の場合、翻訳はかなりよくできているとは思うものの、原文の味や香気は大半が失せてしまっているような印象を受ける。

ウォートンの場合も、それと同様に、翻訳や論文で原作の味を伝えるのは至難の業で、原作をゆっくり味わうしか方法はないように思われる。ウォートンの作品は、類稀な洗練された感受性と思考の軌跡を、すぐれた技法によって定着させ、彫琢した一種の芸術品であるから、分析して論じるよりは、全体として眺めて鑑賞する作品であるような気がしてならない。

本書は、長年ウォートンの作品を読んで、感じてきたことを思うままに書き綴った習作にすぎず、右に述べてきたことと矛盾するかもしれないが、日本の読者に、ウォートンの作品のすばらしさとその内容を少しでも知っていただくとっかかりになれば幸いだと思っている。

本書の出版に関しては、この機会を与えて下さった水声社の社主、鈴木宏氏と、編集上ひとかたならぬお世話になった飛田陽子さんに、紙面を借りて心からお礼を申し上げる。

二〇一八年四月二十九日

大社淑子

著者について——

大社淑子（おおこそよしこ）　一九三一年、福岡県に生まれる。早稲田大学大学院文学研究科英文学専攻博士課程修了。早稲田大学名誉教授。専攻、近現代の英米文学、比較文学。主な著書に、『ドリス・レッシングを読む』、『ミューリエル・スパークを読む』（ともに、水声社）、『アイヴィ・コンプトン＝バーネットの世界』（ミネルヴァ書房）など、主な訳書に、ドリス・レッシング『生存者の回想』、『シカスタ』（ともに、水声社）、トニ・モリスン『青い目がほしい』、『スーラ』、『ジャズ』、『パラダイス』（いずれも、早川書房）などがある。

装幀——齋藤久美子

イーディス・ウォートンを読む

二〇一八年六月二〇日第一版第一刷印刷　二〇一八年六月三〇日第一版第一刷発行

著者――大社淑子

発行者――鈴木宏
発行所――株式会社水声社
東京都文京区小石川二―七―五　郵便番号一一二―〇〇〇二
電話〇三―三八一八―六〇四〇　FAX〇三―三八一八―二四三七
［編集部］横浜市港北区新吉田東一―七七―一七　郵便番号二二三―〇〇五八
電話〇四五―七一七―五三五六　FAX〇四五―七一七―五三五七
郵便振替〇〇一八〇―四―六五四一〇〇
URL : http://www.suiseisha.net

印刷・製本――精興社

ISBN978-4-8010-0346-0